古典文獻研究輯刊

二六編

曾永義 主編

第13冊

名與目：《紅樓夢》的視覺書寫

蘇嘉駿 著

國家圖書館出版品預行編目資料

名與目：《紅樓夢》的視覺書寫／蘇嘉駿 著 -- 初版 -- 新北市：
花木蘭文化事業有限公司，2022〔民 111〕
目 2+192 面；19×26 公分
（古典文學研究輯刊　二六編；第 13 冊）
ISBN 978-626-344-003-6（精裝）
1.CST：紅學　2.CST：中國小說　3.CST：文學評論
820.8　　　　　　　　　　　　　　　　　　111009919

ISBN-978-626-344-003-6

古典文學研究輯刊
二六編　第十三冊　　　　　　ISBN：978-626-344-003-6

名與目：《紅樓夢》的視覺書寫

作　　者　蘇嘉駿
主　　編　曾永義
總 編 輯　杜潔祥
副總編輯　楊嘉樂
編輯主任　許郁翎
編　　輯　張雅淋、潘玟靜、劉子瑄　美術編輯　陳逸婷
出　　版　花木蘭文化事業有限公司
發 行 人　高小娟
聯絡地址　235 新北市中和區中安街七二號十三樓
　　　　　電話：02-2923-1455／傳真：02-2923-1452
網　　址　http://www.huamulan.tw 信箱 service@huamulans.com
印　　刷　普羅文化出版廣告事業
初　　版　2022 年 9 月
定　　價　二六編 23 冊（精裝）新台幣 62,000 元

名與目：《紅樓夢》的視覺書寫

蘇嘉駿　著

作者簡介

蘇嘉駿，生於馬來西亞，雪州沙登人。國立臺北大學中文系學士，國立中央大學中文所碩士、博士生。碩士時期師從康來新教授與李元皓教授，完成《名與目：《紅樓夢》的視覺書寫》。研究方向以中國古典小說、明清文學與文化為主。

提　要

　　《紅樓夢》自題名至全書情節推演，交織著豐富的眼目／視覺書寫。本論文策略性地擇取小說三個題名，分頭尋繹文本中不同面向的視覺書寫。「名與目」即標示出《紅樓夢》與「紅」，《風月寶鑑》與「鏡」以及《石頭記》與「眼」的論述架構及觀點。本文著眼於小說中的視覺元素、視覺物件乃至於視覺器官，探究其在敘事、象徵、寓意等層面的意涵，從中見出小說對於傳統資源的承繼與創新，進而掘發小說家超前的未來想像。再者，亦對魯迅「多立異名，搖曳見態」的表述作出回應。本文細讀小說文本，參照脂批評點，奠基前賢之論，進而衍伸補充，冀能再對《紅樓夢》的經典性有所詮釋與發明。

目

次

第一章 緒 論

第一節 立題動機

　　《紅樓夢》是中國許多人所知道，至少，是知道這名目的書。誰是
作者和續者姑且勿論，單是命意，就因讀者的眼光而有種種：經學
家看見《易》，道學家看見淫，才子看見纏綿，革命家看見排滿，流
言家看見宮闈秘事……。〔註1〕

　　誕生於十八世紀的《紅樓夢》，是中國古典小說創作的最高峰；古典文學
中最富典範意義的集大成之作。〔註2〕卡爾維諾（Italo Calvino）曾為讀者說
明「經典」的幾項定義，其中「經典是頭上戴著先前的詮釋所形成的光環、身
後拖著它們在所經過的文化（或者只是語言與習俗）中所留下的痕跡、向我
們走來的作品。」〔註3〕一項，最是凸顯經典跨越時空的普遍性。而就本文研
究對象《紅樓夢》而言，「中華文化的百科全書」〔註4〕之美稱與紅學研究之
浩如煙海，在在可見其經典意義。而經典既「從未對讀者窮盡其義」〔註5〕，

〔註1〕魯迅：〈《絳洞花主》小引〉，《集外集拾遺補編》，收入《魯迅全集》第8集（北
　　　京：人民文學出版社，2005年），頁179。
〔註2〕劉夢溪：《紅樓夢與百年中國》（臺北：風雲時代，2007年），頁36、58。
〔註3〕伊塔羅・卡爾維諾（Italo Calvino）著；李桂蜜譯：《為什麼讀經典》（臺北：
　　　時報文化，2005年），頁3。
〔註4〕周汝昌：《紅樓夢與中華文化》（臺北：東大，2007年），頁3。
〔註5〕伊塔羅・卡爾維諾（Italo Calvino）著；李桂蜜譯：《為什麼讀經典》，頁3。

則昭示著經典永遠有「重讀」之必要〔註6〕。文學經典作為一種「詮釋性存在」，當讀者從不同的詮釋角度進入文本的不同層面，就會解讀出文本所蘊含的不同意義，在這過程中對其「經典性」（canonicity）產生新的詮釋與建構。作品由此不斷重塑，進而超越「一時性的存在」，轉化成為「歷史性的不朽」〔註7〕。卷首所引魯迅的表述，可以說是《紅樓夢》成為「文學經典」（canon）歷程的一瞥展示，透過種種相異的讀者眼光，此部大書遂成其為不朽之經典。本論文以「名與目」為題，從《紅樓夢》的三種「名目」切入文本，整理論述小說中的眼目／視覺書寫，正是對其經典性的回應，試圖對《紅樓夢》「日新又新」之意義有所闡發。

由此，不妨從魯迅所言「名目」二字過渡到《紅樓夢》展示「名目」的段落。從小說內部所述的題名，我們將初窺小說的視覺書寫。開篇第一回有此敘述：

> （空空道人）因空見色，由色生情，傳情入色，自色悟空，遂易名為情僧，改《石頭記》為《情僧錄》。至吳玉峰題曰《紅樓夢》。東魯孔梅溪則題曰《風月寶鑑》。後因曹雪芹於悼紅軒中披閱十載，增刪五次，纂成目錄，分出章回，則題曰《金陵十二釵》。……至脂硯齋甲戌抄閱再評，仍用《石頭記》。（第一回，頁6）〔註8〕

《石頭記》、《情僧錄》、《風月寶鑑》與《金陵十二釵》係今日所見《紅樓夢》之別名。劉夢溪論紅學史的專書，有「四條不解之謎」一節〔註9〕，其中第三

〔註6〕有趣的是，書中第一回以空空道人閱讀石上大書，進而易名情僧，改《石頭記》為《情僧錄》，可見情僧是此書第一位讀者。由此，任何閱讀《紅樓夢》的行為，實則都是「重讀」或「重評」。而「如果『閱讀』所看到的也是他人未曾看到或看得不全者，那麼這種閱讀汲汲所為都在創新，都是所謂的『初讀』。」──〔美〕余國藩（Anthony C. Yu）著；李奭學譯：《重讀石頭記：《紅樓夢》裏的情欲與虛構》（臺北：麥田出版社，2004年），頁50。

〔註7〕王璦玲：〈重寫文學史──「經典性」重構與明清文學之新詮釋〉，收於王璦玲、胡曉真主編：《經典轉化與明清敘事文學》（臺北：聯經，2009年），頁3～5。

〔註8〕〔清〕曹雪芹等著，徐少知新注：《紅樓夢新注》（臺北：里仁出版社，2018年），頁6。本文所引《紅樓夢》原文皆出於此，後續引文不另外作注，僅標明回數與頁碼。括號文字為筆者所加。「至吳玉峰題曰《紅樓夢》」以及「至脂硯齋甲戌抄閱再評，仍用《石頭記》。」兩句為甲戌本獨有，參見〔清〕曹雪芹：《脂硯齋甲戌抄閱再評石頭記》（上海：上海古籍出版社，1985年）。

〔註9〕劉夢溪：《紅樓夢與百年中國》，頁426～430。

條便關乎引文所述的人名與書名。當中人名虛實、書名更易經過、兩者之間關係，雖是歷來論者必爭之地，卻始終沒有達成共識，連串書名的底理，至今仍未明所以。〔註10〕與《紅樓夢》淵源極深的張愛玲（1920～1995）便曾提出「作品演進說」〔註11〕，以校勘之法演繹出曹雪芹的創作進程。張氏細讀脂批各本，在參詳對照中成就《紅樓夢魘》，呈現鉅細靡遺的「文學考據」功夫。而學者將其歸為「洞燭靈視」的「發現」「啟示」紅學〔註12〕，則點出書中多有僅僅簡略提及卻令人耳目一新，可堪深究的觀點。本論文此次探勘的起點，正是出於其別具隻眼的「摩登」表述（1977）：

> 寶玉那塊玉本是青埂峰下那大石縮小的。第十八回省親，正從元妃眼中描寫大觀園元宵夜景，插入石頭的一段獨白，用作者的口吻。石頭掛在寶玉頸項上觀察記錄一切，像現代遊客的袖珍照相機，使人想起依修吳德的名著《我是個照相機》——拍成金像獎歌舞片「Cabaret」。〔註13〕

張愛玲此語，顯豁說明石之幻相—通靈寶玉具有「觀察」「記錄」功能，且與「照相機」關合召喚出此玉作為現代視覺裝置的特殊意涵。引文所述從人物眼中描寫場景的寫作技巧，無疑涉及曹雪芹在敘述視角上的操作，這與通靈寶玉的「觀看」能力，不可二分。事實上，不少學者在討論頑石作為敘述者

〔註10〕此段敘述誘發論者前仆後繼的探索，論者結合脂批與《凡例》，集中於《石頭記》、《風月寶鑑》、《紅樓夢》，爭論小說成書經過、版本、書名「真正」排序、作者原先屬意之名等問題。參見沈治鈞：《紅樓夢成書研究》（北京：中國書店，2004年），頁54～74。另有吳世昌：《紅樓夢探源外編》（上海：上海古籍出版社，1980年）。朱淡文：《紅樓夢論源》（南京：江蘇古籍出版社，1992年）。林冠夫：〈《紅樓夢》的本命與異名〉，《紅樓夢縱橫談》（南寧：廣西人民出版社，1985年）等等。本論文不涉及版本考察，僅在第三章討論中，就《風月寶鑑》的部分略述之。除此之外，俞平伯認為《紅樓夢》是大名，《石頭記》是小名。——詳見氏著：〈《紅樓夢》正名〉，《紅樓夢研究》，收入《俞平伯論紅樓夢》（上海：上海古籍出版社，1988年），頁577～582。周汝昌則謂《石頭記》包含在《紅樓夢》之內，後者文縐縐、不合套；前者則平實協調，意涵不言自明，認為《石頭記》為佳。——氏著：《紅樓夢新證（下）》（北京：人民文學出版社，1985年），頁822。

〔註11〕詳見周芬伶：《艷異——張愛玲與中國文學》（臺北：元尊文化，1999年），頁406。

〔註12〕康來新：〈對照記——張愛玲與《紅樓夢》〉，楊澤主編：《閱讀張愛玲：張愛玲國際研討會論文集》（臺北：麥田出版，1999年），頁55。

〔註13〕張愛玲：〈四詳紅樓夢——改寫與遺稿〉，《紅樓夢魘》（臺北：皇冠出版社，2010年），頁271～272。

（narrator）時，觸及通靈玉能夠「觀看」的設計。趙岡早於張氏數年，提出石頭是故事的目擊者、記錄人、電影攝影師（1972）〔註14〕，其說法仍將玉／石譬喻為人，筆者則欲對話張愛玲，強調其「為物」的意義。有趣的是，繼張氏之後，馬力、蔡義江、周汝昌皆先後提出相似論述（1980、1981、1981）〔註15〕。進入二十一世紀，康來新連結文本與「天生有眼」之批，則「發現」通靈寶玉為照相機的科技想像，得見曹雪芹的超前意識（2011）〔註16〕。

　　由此，當我們回看此書題名之一的《石頭記》，從玉／石貫串全書並以「玉眼」觀看記錄故事〔註17〕，文本自題名至情節推演，深寓「視覺」意涵，實實昭然可見。再將目光移至《紅樓夢》與《風月寶鑑》，則可看出「書中曾已點睛」〔註18〕的另外兩個題名，亦各別由作為視覺元素的「紅」及「鏡」此一視覺物件，而「點睛」般標識出小說另二面向的視覺書寫。「我們的語言充滿了視覺意象」〔註19〕，「紅」「鏡」「眼」無疑涵括了視覺對象、觀看實踐與視覺感官，而此三者在《紅樓夢》書中皆有精彩演繹，有待深入探勘。本論文便基於此「發現」開展論述，以三題名與「紅」「鏡」「眼」三個視覺關鍵字，

〔註14〕趙岡：〈紅樓夢的兩種寫法〉，《紅樓夢論集》（臺北：志文出版社，1975年），頁122。

〔註15〕詳論請見第四章。馬力：〈從敘述手法看「石頭」在《紅樓夢》中的作用〉，收入梅節，馬力著：《紅學耦耕集》（香港：三聯書店，1988年）。蔡義江：〈「石頭」的職能與甄、賈寶玉──有關結構藝術的一章〉，《蔡義江論《紅樓夢》》（浙江：寧波出版社，1997年），頁7。周汝昌：〈一架高性能的攝像機〉，《紅樓藝術》（北京：人民文學出版社，1995年），頁23～28。

〔註16〕康來新主講：〈「天生有眼」：試論通靈寶玉的科／技想像及其真／假辨證〉，臺北政治大學主辦：「百年論學：中國古典文藝思潮研讀會」，第六十三次研讀會，政治大學百年樓中文系會議室（O309），2011年6月11日。

〔註17〕據甲戌本《凡例》，《石頭記》題名是「自譬石頭所記之事」，石上大書是「石頭所記之往來」。甲戌本於《脂硯齋重評石頭記》書名之後，抄錄有《凡例》五條（約八百字）及七律一首，為他本所無。《凡例》文字引自〔清〕曹雪芹：《脂硯齋甲戌抄閱再評石頭記》，頁2。另見陳慶浩編著：《新編石頭記脂硯齋評語輯校》增訂本（臺北：聯經，2018年），頁4。

〔註18〕甲戌本《凡例》：「此三名皆書中曾已點睛矣」，頁4。

〔註19〕黛安‧艾克曼（Diane Ackerman）著；莊安祺譯：《感官之旅》（臺北：時報文化，2018年），頁256。另，「書寫文本中蘊含了大量有關視覺的意象與比喻，猶如豐富的稜鏡，折射出語言與感知方式。」──Jay, Martin, Downcast eyes: the denigration of vision in twentieth-century French thought, Berkeley: University of California Press, 1994, page 1. 翻譯文字引自陳建華：〈凝視與窺視：李漁〈夏宜樓〉與明清視覺文化〉，《政大中文學報》第九期（2008年6月），頁42。

將內文闢作三章，分頭尋繹《紅樓夢》的視覺書寫。

第二節　文獻回顧

　　《紅樓夢》自十八世紀問世以來，便吸引著無數讀者入乎其內，出乎其外的閱讀、考掘。由於此書具有反映時代的深刻性、思想內容的豐富性、藝術表現手法的多樣性、成書過程的複雜性等等特點，提供了可以不斷深入研究的素材、資料和問題，因此在長久累積下，「紅學」早已構成一門獨立的學科。〔註20〕在漫長的紅學研究史上，曾出現兩個佔主導地位而又互相競爭的「典範」（paradigm），其中蔡元培（1868～1940）《石頭記索隱》（1915）為索隱派的代表，而胡適（1891～1962）的《紅樓夢考證》（1921）則開啟了考證派紅學，代表著「新紅學」的興起。索隱派自晚清已多有發展，中心理論是以《紅樓夢》為清初政治小說，旨在宣揚民族主義，弔明之亡，揭清之失。其作法為探尋小說隱去的「本事」，推求其「微言大義」，早期說法包括影射納蘭明珠家事、傅恆家事、世祖與董鄂妃說、張侯說、和珅說、六王八王說等等。〔註21〕考證派則從前者的比附方法轉至客觀的歷史考據，考證結果普遍認為《紅樓夢》是曹雪芹的自敘傳。周汝昌（1918～2012）的《紅樓夢新證》（1953）是其中集大成之作，是今人閱讀《紅樓夢》的重要背景資料。無論是索隱派或考證派，由於仰賴小說文本之外的材料，是以都因新材料的缺乏，而產生無以為繼的內在危機。由此，余英時（1930～2021）提出紅學革命的「新典範」，重新回到小說文本，以文學批評的觀點「就小說而論小說」，通過研究整個的作品（integral work）以通向作品的「全部意義」（total meaning）。〔註22〕

　　事實上，王國維（1877～1927）的〈紅樓夢評論〉（1904）〔註23〕即是從文學角度論述《紅樓夢》的開山之作，在時間上早於蔡元培的《石頭記索隱》與胡適的《紅樓夢考證》。王氏引入西方叔本華哲學、美學觀點進行文學批評，

〔註20〕劉夢溪：《紅樓夢與百年中國》，頁36。

〔註21〕龔鵬程：〈索隱派紅學的發展〉，收入蔡元培等：《石頭記索隱》，頁1～58。

〔註22〕參考余英時：〈近代紅學的發展與紅學革命──一個學術史的分析〉，《紅樓夢的兩個世界》（臺北：聯經，2017年），頁1～39。另參考劉夢溪：《紅樓夢與百年中國》。

〔註23〕王國維：〈紅樓夢評論〉，收入《紅樓夢藝術論甲編三種》（臺北：里仁書局，1984年），頁1～29。

指出「所謂玉者，不過生活之欲之代表而已」，認識到《紅樓夢》為「徹頭徹尾的悲劇」，對於小說主旨有精彩闡發，可說是表現出終極關懷。雖然直接套用西方理論，難免有可商榷之處，然而作為第一位引用西方理論進行中國文學批評之人，其論述仍具有開天闢地的創舉意義。〔註24〕本論文的寫作自是歸於「小說批評」一派，而筆者的閱讀詮釋，則大量參照脂硯齋批語。無論是「題名」或是關乎視覺書寫的關鍵字「紅」「鏡」「眼」，脂批都可說是相當關鍵的對話對象。《紅樓夢》在乾隆五十六年辛亥（1791）萃文書屋排印出版之前（程甲本），都是以抄本形式小範圍流傳。早期書名為《脂硯齋重評石頭記》，只有前八十回（缺第六十四、六十七回，個別回亦有殘缺），現存有十二種不同的本子。現存早期抄本中，都帶有脂硯齋的評語（簡稱「脂評」或「脂批」），批書者不止一人，但以脂硯齋為稿本的主要整理者和評書人。脂硯齋、畸笏叟等批書人，是曹雪芹本家或朋友，在批書之外更參與了整理校對工作。他們對於此書稿本的演變、原稿的後半部、曹雪芹的生活與思想、創作時取用的素材，都有所了解。作為此書最早的讀者、評點者，且具如此特殊的身分，可知「脂評是此書正文外紅學的最重要資料；脂硯齋一班人其實就是最早的紅學家」〔註25〕。不僅如此，脂批作為一種小說評點，其價值與意義更是在於他的美學思想，對《紅樓夢》藝術成就、藝術經驗的研究和概括〔註26〕。因此，筆者對於文本的解讀將時時參閱脂批，以豐富論述，冀能產生對話。

有關視覺文化的討論，牽涉範圍極廣。舉凡「藝術、電影、電視、攝影、記錄片、廣告、漫畫等再現文本……歷史的視覺記錄，文學中的圖像性，論述中的觀看機制……日常生活物件、服裝時尚、都市景觀等文化產物」〔註27〕皆可納入視覺文化的脈絡中加以探究。正如米歇爾所指出的：「觀看行為（〔spectatorship〕觀看、注視、瀏覽，以及觀察、監視與視覺快感的實踐）可能與閱讀的諸種形式（解密、解碼、闡釋等）是同等深奧的問題」〔註28〕，視覺文化不僅重視圖像、媒介、空間等面向的研究，更十分關注人們的「觀看

〔註24〕劉夢溪：《紅樓夢與百年中國》，頁254。另參考康來新：《晚清小說理論研究》（臺北：大安出版社，1986年），頁213～236。

〔註25〕陳慶浩編著：《新編石頭記脂硯齋評語輯校》，頁1～3。

〔註26〕葉朗：《中國小說美學》（臺北：里仁書局，1987年），頁251～254。

〔註27〕劉紀蕙：〈文化研究的視覺系統〉，《中外文學》30卷12期（·2002年05月），頁15。

〔註28〕〔美〕W. J. T. 米歇爾（W. J. T. Mitchell）著，范靜曄譯：〈圖像轉向〉，收入周憲主編：《視覺文化讀本》（南京：南京大學出版社，2013年），頁48。

行為」，其中涉及的是心理與文化機制、感覺與認知、人際與權力等等。其中，約翰・伯格（John Berger）《觀看的方式》（1972）一書，為筆者較重要的參照。書中對繪畫、廣告、攝影等媒介皆有所論及。其認為「觀看先於語言」〔註29〕，然而我們的目光卻並不純粹，總是被個人的知識、信仰左右，而注視本身即是一種選擇行為。「男人行動，女人表現」〔註30〕等說法則涉及觀看中的性別意識、權力問題，強調觀看主體與被觀看者之間的關係。

　　與《紅樓夢》直接相關的視覺研究，參考商偉〈逼真的幻象：西洋鏡、透視法與大觀園的夢幻魅影〉〔註31〕（分為上中下三篇刊登）以及〈假作真時真亦假：《紅樓夢》與清代宮廷的視覺文化〉〔註32〕兩篇長文。前者聚焦自小說誕生以來的「《紅樓夢》現象」，集中視覺藝術部分，討論十八世紀後期和十九世紀的大觀園圖像呈現。商偉在討論中強調了現代視覺技術工具的重要性，如蘇州桃花塢單色木刻《紅樓夢》系列，之所以採用透視滅點，誇張畫面空間的縱深，便是為了配合西洋鏡的使用而來。其指出，伴隨西洋鏡等西方視鏡而來的，不是現代認知觀念、空間想像與「模仿」「再現」模式，而是中國本土「魅影」話語的再生，行文中涉及中國歷史上對於「鏡」的豐富想像，提及《古鏡記》、《夏宜樓》、《西遊補》的鏡像書寫。最後討論與西洋鏡無關的橫幅巨製《大觀園圖》。圖中共有七個賈寶玉的分身，出現在不同場景，商偉認為畫中時間的行進感被暫時中斷、懸置，這幅圖以真假虛實的時空演繹，呼應小說內的大觀園生活，對《紅樓夢》做出精湛詮釋。而〈假作真時真亦假：《紅樓夢》與清代宮廷的視覺文化〉一文，則借助雍正、乾隆時期的宮廷物質文化與視覺藝術，詮釋小說「假作真時真亦假」的主題。文章指出《紅樓夢》深受十八世紀宮廷視覺文化的影響，而「假」在雍正朝後成為一個富有成效的認知範疇和審美概念，廣泛運用在清代宮廷室內裝飾、繪畫藝術、物

〔註29〕〔英〕約翰・伯格（John Berger）著；吳莉君譯：《觀看的方式》（臺北：麥田，2010 年），頁 10。

〔註30〕〔英〕約翰・伯格（John Berger）著；吳莉君譯：《觀看的方式》，頁 58。

〔註31〕商偉：〈逼真的幻象：西洋鏡、透視法與大觀園的夢幻魅影（上）〉，《曹雪芹研究》2016 年第 1 期，頁 95〜117。——：〈逼真的幻象：西洋鏡、透視法與大觀園的夢幻魅影（中）〉，《曹雪芹研究》2016 年第 2 期，頁 103〜123。———：〈逼真的幻象：西洋鏡、透視法與大觀園的夢幻魅影（下）〉，《曹雪芹研究》2016 年第 3 期，頁 38〜63。

〔註32〕商偉撰，駱耀軍譯：〈假作真時真亦假：《紅樓夢》與清代宮廷的視覺文化〉，《文學研究》2018 年第 4 卷 01 期，頁 123。

質生活上，「真」與「假」的概念遂在感知上失去了指認的確定性，商偉認為
小說所處理的哲學認知、審美感受等問題（包括真假的觀念）或多或少來源
於此。文中第三、四、五、六節，分別論述了劉姥姥大觀園歷險的迷惑與魔幻
性、真真國美人與西洋風格的肖像畫、怡紅院中的鏡子與暗門、賈寶玉對自
我的困惑，為筆者的論述參照。

　　本論文關於《紅樓夢》視覺書寫的討論，受啟於張愛玲與康來新之論述，
並酌參趙岡、蔡義江、周汝昌等紅學家的說法，將於第四章詳述。而康來新
〈身體的發與變：從《肉蒲團》、〈夏宜樓〉到《紅樓夢》的偷窺意涵〉〔註33〕
一文，則是以「偷窺」為線，串接風月筆墨《肉蒲團》、才子佳人〈夏宜樓〉
以及世情書與抒情傳統集大成之《紅樓夢》，討論身體與視覺的關係，進行文
類變遷的「指標」觀察。文中提及通靈寶玉的「窺視」性質，「（通靈寶玉）墮
入溫柔富貴鄉，隨身體貼於主人的心跳處，以『抒情』之眼感知『溫柔鄉』，
以『世情』之眼感知『富貴場』，近視的方式幽微難盡。『偷窺』的差異似也在
隱喻文類與文本的差異，甚而，也或者，『偷窺』根本就是發微抉隱的學術本
質。」提供了思考行文參照。

　　此外，陳建華〈欲的凝視：《金瓶梅詞話》的敘述方法、視覺與性別〉
〔註34〕一文，圍繞《金瓶梅詞話》的敘述視角展開討論，認為書中多不勝數
的「偷窺」場面，是其敘述方法的重要特點。「視點」與「觀點」因此而運
用自如，「全知」敘述更是巧妙而順當地轉變為「限知」敘述，小說突破口
頭文學傳統，在晚明敘事文學發展中具有歷史性地位。陳建華接著指出小說
表現出日常生活和人物的「實」感和「物」感，表現晚明視覺文化與物質文
化的特色。而潘金蓮「虎目」的「偷窺」，則貫穿著「控制」的主題，男女
間看與被看的關係對調，尊卑秩序也有所顛倒。其中提及觀看的特質、視角
的轉變、「偷窺」在敘述結構上的功能，可堪借鏡。同樣是針對《金瓶梅》，
林偉淑則討論身體感知的敘事意義，指出觀看與被觀看者呈現出不同的身體
感知，兩者的對應位置或可見其位階高低。此文也論及偷窺及慾望書寫，點
出其作為書寫策略的功用。〔註35〕陳建華的〈凝視與窺視：李漁〈夏宜樓〉

〔註33〕康來新：〈身體的發與變：從《肉蒲團》、〈夏宜樓〉到《紅樓夢》的偷窺意涵〉，
　　　　《中國文哲研究通訊》17卷3期（2007年09月），頁168。

〔註34〕陳建華：〈欲的凝視：《金瓶梅詞話》的敘述方法、視覺與性別〉，《經典轉化
　　　　與明清敘事文學》（臺北：聯經出版，2009年），頁97～128。

〔註35〕林偉淑：〈《金瓶梅》身體感知的敘事意義——觀看、窺視、潛聽、噁心與快

與明清視覺文化〉〔註36〕，則認為李漁筆下的千里鏡與元明以來通俗文學中的視覺表現，尤其是情色的「窺視」，有密切關聯。同時凸顯了「凝視」的異質性，裡頭中西文化的複雜構成，對於認識「視覺現代性」在近世中國的開展，具有方法學的涵義。陳建華對本土感知系統的發展軌跡提問，再以《西廂記》、《金瓶梅詞話》、〈夏宜樓〉為例，指出其所論「窺視」，相對傳統「散視」的觀看方式，已屬於一種「凝視」。

第三節　方法取徑

一、文本擇用

　　文本擇用方面，本論文以曹雪芹《紅樓夢》為研究對象，主要使用文本為臺北里仁書局於 2018 年 9 月出版之《紅樓夢新注》（全五冊）。此版本由徐少知（秀榮）先生新注，前八十回以庚辰本《脂硯齋重評石頭記》為底本，並參校「甲戌本」（1754）、「己卯本」（1759）等版本十一種。八十回後至一百二十回則以「程甲本」（1791，程偉元、高鶚木活字擺印本《紅樓夢》）為底本，並參考「夢稿本」、「蒙府本」等以為校勘。庚辰本於諸抄本中為抄錄較早且較為完整的版本（存七十八回），應最接近曹雪芹創作原貌。《紅樓夢新注》號稱「《紅樓夢》的名物學」，採取不迴避的原則，附有詳盡註解。此外更整理收錄批語，便於讀者參閱對照，極具參考價值。本論文不涉及版本學探勘，採取當代學界較主流的說法：「前八十回為曹雪芹原著，後四十回為高鶚續作」，因此以里仁書局此書為主，以避免論述上產生混亂或觀點上的不一致，而內文討論則主要聚焦前八十回，並稍及八十回後之情節。偶有牽涉版本差異處則另外作註說明。此外，本文論述過程徵引脂硯齋批語，則參照陳慶浩先生所編著之《新編石頭記脂硯齋評語輯校》（1986）〔註37〕，其編輯校錄至為詳備。

　　感的身體書寫〉，收入《《金瓶梅》女性身體書寫的敘事意義》（臺北：臺灣學
　　生，2017 年），頁 71～130。
〔註36〕陳建華：〈凝視與窺視：李漁〈夏宜樓〉與明清視覺文化〉，《政大中文學報》
　　　　第九期（2008 年 6 月），頁 25～54。
〔註37〕俞平伯《脂硯齋紅樓夢輯評》（1954、1959、1960、1962）為脂硯齋批語整理
　　　　的先行者，自彼時起便廣受重視，為研究者大加應用。年代稍晚的陳慶浩，
　　　　所掌握抄本資料更為完備，在前人基礎上增補輯校，且為之註釋、製作索引，
　　　　為研究《紅樓夢》的重要參考。

二、研究方法

（一）文本細讀

　　本論文採取的研究觀念與方法，以文學文本的細讀（close reading）為主。基本上，透過對文本語言、結構、象徵、修辭、文體等等要素的仔細解讀，發掘文本內部意義的豐富性與複雜性。自新批評以後，細讀作為一種閱讀方法、文本闡釋的策略，已不拘限於文本內部而已，而是根據意義生成的不同模式，從不同角度尋找文本的意義。〔註38〕《紅樓夢》面世至今有著龐大的讀者群，構有自成體系的「紅學」。歷來讀者對其文本內外，可說是無所不至地，進行了全面而深細的搜剔尋繹，已然有著深邃的「接受史」，脂評無疑是當中最早的接受成果。本論文的整理與論述，借重於前輩論者的閱讀詮解，奠基前賢的「接受」往下擴衍，亦是恆河沙數的「讀者接受」中之一粟。

（二）接受理論

　　西方「接受美學」（reception aesthetics）或「接受理論」（reception theory）強調若無讀者，文學文本便不存在。文本本身實際上只給予一系列的「提示」，誘發讀者將語言作品建構成意義，讀者參與，正是文學作品具體化（concretizes）之關鍵。閱讀永遠是動態的，是時間之流中複雜的運動與開展。從接受理論來看，文學作品由「空隙」組成，如安貝托・艾柯（Umberto Eco）所述：

> ……建構一個由無數事件與人物組成的世界，無法鉅細靡遺，面面俱到，只能提示，然後由讀者自行去填滿所有的縫隙。每一個文本，就像我以前寫過的，都是部疏懶的機器，要求讀者也分擔部分工作。〔註39〕

由此，文學作品充滿「不確定性」，讀者必須積極參與，為其「縫隙」提供失落的關聯。而詮釋方式各不相同，有者更可能互相衝突，可以說作品提供的訊息愈多，其意義反而越不明確。閱讀時，讀者將某些「預先理解」帶入作品，與文本之間產生「詮釋循環」。閱讀不是一直向前的直線運動，過程中有些內容會在記憶中淡化，「縮小深度」（foreshortened），可能會被事後了解的

〔註38〕張劍：〈細讀〉，收入趙一凡等編：《西方文論關鍵詞》（北京：外語教學與研究出版社，2006年），頁630～640。

〔註39〕安貝托・艾柯（Umberto Eco）著，黃寤蘭譯：《悠遊小說林》（臺北：時報文化，2000年），頁4。

東西沖淡；往下則會捨棄某些早先的推斷、修正信念、做出越漸複雜的推測和預期。而有價值的作品，不僅僅強化我們既有的認知，也在違反或逾越固有的信念、觀察方式，讀者藉由閱讀策略修正文本，文本也同時修正讀者。文本的意義即在這一「接受」過程中建構，透過對文本成分的選擇，排除某些成分、凸顯其他成分，讀者由不同的詮釋角度，建構出多重的意義。〔註40〕接受理論啟示了文本之多元性與開放性，凸出讀者在意義詮釋上的關鍵位置。筆者由此取徑，從書中曾已點睛之三題名切入，論述其中的視覺關鍵──「紅」「鏡」「眼」，據此見出《紅樓夢》三種面向的視覺書寫。

（三）二元補襯

根據浦安迪（Andrew H. Plaks）的論述，中國神話原型乃至哲學典籍中，寓有陰陽互補的思維。這種傳統思想中陰陽五行的基本模型，自《易經》以降便是各種思潮的理論基礎，其對於宇宙世界的觀察、對於「事」的界定，表現出「綿延交替」及「反覆循環」的特質，中國敘事文學的基本結構，亦大抵不脫此模式。〔註41〕浦氏由此申論，西方寓意作品的核心理論──二元對立，與中國文學理論有所不同，中國文學對於二元問題的看待方式為：「宇宙無始無終，無所謂末日審判，也無所謂目的的終極，一切感覺與理智上的對立物，既無一不蘊涵其間，又兩兩互補共濟、相依並存」〔註42〕。由此，便觸及《紅樓夢》的深層結構與中心寓意，亦即「二元補襯」（complementary bipolarity）與「多項周旋」（multiple periodicity）。前者指的是「萬物在兩極之間不斷地交替循環」，如中國文化中盈虛、漲退等概念的對立互補；後者指的是源自四時循環順序的種種現象。而一如中國哲學裡「陰陽」、「五行」的互為表裡，「二元補襯」也自然地包含著「多項周旋」的意義，交替的變動必然擁有循環的

〔註40〕參考〔英〕泰瑞‧伊果頓（Terry Eagleton）原著，吳新發譯：《文學理論導讀》（臺北：書林，1993 年），頁 97～113。另見：「接受，是意義的主要闡釋者，文學應被視為作品與接受的辯證過程。一部作品的美學內涵在於讀者對它的第一次接受，它的歷史內涵是受來自一代又一代人的接受鏈條的限制或擴充的理解；一部作品的歷史意義得到確定，它的美學價值便得到證實。」──羅勃 C‧赫魯伯（Robert C. Holub）著；董之林譯：《接受美學理論》（臺北：駱駝，1994 年），頁 2。轉引自林素玫：〈不寫之寫──《紅樓夢》「春秋筆法」的書寫策略〉，《文學新鑰》第 15 期（2012 年 6 月），頁 70。

〔註41〕〔美〕浦安迪（Andrew H. Plaks）：《中國敘事學》（北京：北京大學出版社，1996 年），頁 97。

〔註42〕〔美〕浦安迪（Andrew H. Plaks）：《中國敘事學》，頁 130。

模式。〔註43〕此中強調的是一對概念的互相補充而非辯證對抗，兩者經常具備既對立又互補的關係，或在協調中達致交融互補。舉例而言，《紅樓夢》所繼承的「對偶美學」即反映此意，諸如〈情切切良宵花解語　意綿綿靜日玉生香〉、〈壽怡紅群芳開夜宴　死金丹獨艷理親喪〉等回目，便是最鮮明的例子。不僅如此，「二元補襯」的寓意結構乃貫穿全書，在詩詞、人名設計、人物塑造上皆然，如甄士隱與賈雨村就呈現至關緊要的真／假互補，此外如虛實、興衰，榮枯、冷熱、炎涼、離合、悲歡等等概念皆反映此結構。「二元補襯」作為全書的深層結構、寓意，本論文據其為閱讀與詮釋的關鍵原則，以得出合於小說結構之詮解。

〔註43〕〔美〕浦安迪（Andrew H. Plaks）：《中國敘事學》，頁 95～96。

第二章 《紅樓夢》與「紅」的詮索

　　曹雪芹在設色賦彩上的思考、擇用，足以導引讀者從欣賞、觀看小說的
視覺景象，走向其內在的情感意識、美學風格、象徵寓意與主題思想。在斑
斕諸色中，《紅樓夢》文如其名，文本中處處可見參差錯落的「紅」。歷來論者
早已注意到此一現象，小說自題名至人名、服飾、物件、住處、場景甚而是典
故設計，皆充斥著紅色的魅影。《紅樓夢》自書名以降，以「紅」及其相關變
形如「絳」、「赤」、「朱」、「茜」、「紫」、「丹」、「霞」、「胭脂」等紅色字詞，交
織出一幅豪艷而瑰異的紅色圖景。近乎偏執地迭用紅色字詞，敷演紅色意象，
或有曹雪芹自身喜好等因素，然而更為重要且大可深究的，應是此一設計在
小說文本中的種種用意。

　　《紅樓》文化之三綱：一曰玉，二曰紅，三曰情。常言：提綱挈領。

　　若能把握上列三綱，庶幾可以讀懂雪芹的真《紅樓夢》了。〔註1〕
周汝昌探討《紅樓夢》與中國文化，深得其中三昧，而所提出的「三綱說」
可謂授予讀者尋繹「紅樓藝術」的三把鑰匙。作為理解此書的一大關鍵，
「紅」再次重申其不可忽視的重要性。故此，本章試圖「考紅」，聚焦於此
色彩標記，思索文本中「紅」的複雜多義，並對其敘事或象徵上的意義作一
可能的詮釋。

〔註1〕周汝昌：〈《紅樓》文化有「三綱」〉，《紅樓藝術》（北京：人民文學出版社，
　　　1995年），頁8。

第一節　朱樓與紅妝

一、朱樓：鋪寫富貴場

（一）看來豈是尋常色：釋「紅」

「紅」既然是整部《紅樓夢》之「焦聚」〔註2〕，在深入文本內部的紅色字詞、紅色意象的書寫以前，不得不先將「紅」還原至中國傳統文化中的位置加以認識。一般認為紅色在中國傳統文化中具有特殊地位，既是「漢民族最討喜的顏色」，更是「中華文化的深厚底色」〔註3〕。周汝昌也說：「中華人的審美眼光，是以紅為世界上最美的色彩」，以紅為「七彩之首」〔註4〕。

「紅」在《說文解字》中為「帛赤白色也。从糸工聲。」段玉裁（1735～1815）註解：「春秋釋例曰：金畏於火，以白入於赤，故南方閒色紅也。論語曰：紅紫不以為褻服。按此今人所謂粉紅、桃紅也。」〔註5〕傳統中國文化具有正色與間色的概念，《禮記·玉藻》「衣正色，裳間色」的規制，說明早在春秋戰國年間便有正色與間色的區辨，且已落實在典章制度的實踐上。而從孔穎達的疏中，則能了解到正色、間色的生成與五行之說的對應比附〔註6〕，究而言之「中國色彩理論的基礎，正是陰陽、五行學理」〔註7〕。孔子所言「惡紫之奪朱」實實表達對於間色僭越正色的厭惡，指出兩者之間的尊卑位階、倫理秩序，「以紫亂朱」可以指涉善惡、正邪、真偽等價值判斷的錯亂顛倒〔註8〕。然而，

〔註2〕周汝昌：〈怡紅院的境界〉，《紅樓藝術》，頁83。

〔註3〕黃仁達：《中國顏色》（臺北：聯經出版社，2011年），頁14～17。

〔註4〕周汝昌：〈《紅樓》文化有「三綱」〉，《紅樓藝術》，頁11。

〔註5〕〔漢〕許慎撰；〔清〕段玉裁注：《新添古音說文解字注》（臺北：洪葉文化，1999年），頁657。

〔註6〕「正謂青、赤、黃、白、黑，五方正色也。不正謂五方間色也，綠、紅、碧、紫、騮黃是也。青是東方正，綠是東方間，東為木，木色青，木尅土，土黃，並以所尅為間，故綠色青黃也。赤是南方正，紅是南方間，南為火，火赤尅金，金白，故紅色赤白也。白是西方正，碧是西方間，西為金，金白尅木，故碧色青白也。黑是北方正，紫是北方間，北方水，水色黑，水尅火，火赤，故紫色赤黑也。黃是中央正，騮黃是中央間，中央為土，土尅水，水黑，故騮黃之色黃黑也。」——詳見孔穎達疏《禮記正義·卷二十九·玉藻第十三》。

〔註7〕姜澄清根據《禮記·月令》、《呂氏春秋》十二紀，《淮南子·時則訓》製作一簡要表格，呈現傳統中國文化中以五行為綱而發展出的「文化網絡」，筆者引用並略加調整，參見附錄（表格一）。——姜澄清：《中國色彩論》（蘭州：甘肅人民美術出版社，2008年），頁21。

〔註8〕《論語集注·陽貨第十七》：「子曰：『惡紫之奪朱也，惡鄭聲之亂雅樂也，惡

正統所言「五正色」：青、赤、黃、白、黑與綠、紅、碧、紫及騮黃「五間色」，其主從、高下的身分認定及其文化內蘊卻非始終不變，「在歷史進程及實際運用上，它們也自有命運的生長變化」〔註9〕。曹雪芹書寫《紅樓夢》，將紅、朱、赤、絳等紅色系列顏色字等同視之，並不瑣細分別其尊卑高低，而是在「烘樓照壁紅模糊」（第七十回，頁 1686）之中，發揮紅色之文化象徵意涵，並以「紅」為重要線索，創造人物、勾連情節。

隨著染織行業的興起與染色技術的進步，色彩的種類名目逐代孳乳。《說文》中屬於糸部的「紅」，亦產生在這樣的背景之下。〔註10〕同屬《說文解字·糸部》中的絑（純赤也）、絳（大赤也）、紫（帛青赤色）等赤色系列的糸部顏色字，由於數量多且使用頻繁，遂漸漸取代了時間較早的「赤」（南方色也。從大從火）。〔註11〕而作為本章討論核心的「紅」，更具有概括性的意義，從周代末年以後即成為此系列色彩的泛稱。〔註12〕

透過爬梳文獻，從《說文》：「赤，南方色也。從大從火。」、《釋名》：「赤，赫也，太陽之色也。」〔註13〕等記載，首先可知紅色的觀念物源為太陽與火。先民對於日、火的原始崇拜，延伸出對於日色、火色的畏服，經由後世發展，「紅」演化成為神聖、帝權的象徵。此外，紅色亦與血液具有深刻聯結。不僅「血為體中赤液」〔註14〕，學者更從甲骨文「紅」與「伐」字形相近，推敲

利口之覆邦家者。』」何晏《論語集解》引孔安國曰：「朱，正色，紫，間色之好者。惡其邪好而奪正色。」而《論語集注·鄉黨第十》：「君子不以紺緅飾，紅紫不以為褻服。」一則，同樣說明道德禮制與服飾色彩的關聯。——收入〔宋〕朱熹編著：《四書章句集註》（臺北：鵝湖月刊社，1984 年），頁 180、118～119。

〔註9〕 例如南朝宋明帝時期的「紫衣紅裳」、《宋史·輿服五》所載官員品級服色規制：「宋因唐制，三品以上服紫，五品以上服朱……」——詳見陳彥青：《觀念之色：中國傳統色彩研究》（北京：北京大學出版社，2015 年），頁 366～368、頁 13～21。

〔註10〕 胡樸安：〈從文字學上考見古代辨色本能與染色技術〉，《從文字學上考見中國古代之聲韻與言語》（臺南：僶勉出版社，1978 年），頁 69～83。

〔註11〕 以上各顏色字括弧中的說解出自〔漢〕許慎撰；〔清〕段玉裁注：《新添古音說文解字注》（臺北：洪葉文化，1999 年），頁 656、657、496。

〔註12〕 詳細說明請參看張永言：〈上古漢語的五色之名〉，《語文學論集》（北京：語文出版社，1992 年 1 月初版），頁 100～135。陳建初：〈試論漢語顏色詞（赤義類）的同源分化〉，《古漢語研究》，一九九八年第三期，頁 16～22。

〔註13〕 〔漢〕《釋名·卷四·釋綵帛第十四》，頁 19。

〔註14〕 李圃主編：《古文字詁林（第五冊）》（上海：上海教育出版社，2002 年 12 月），頁 229。另，唐佚名：《長生胎元神用經》：「赤水者，血也」。

出「紅」與戰事征伐以及殺戮犧牲有關。而上古宗教祭典中原有以鮮血塗抹犧牲、祭品的祭儀，而後改以朱砂取代血液，由紅色與血液、祭典的關聯，更可見其神聖寓意。〔註15〕依附上述物源而衍生的種種指涉，包涵了光明、權威、熱烈、溫暖、生命、殺戮等概念。姜澄清指出，色彩所蘊涵或輻射出的概念，都由其母概念「反覆孳乳、輾轉牽連出一種概念叢生現象」，其演繹的過程及方式，大抵出於「直覺經驗基礎上展開的體識聯想」〔註16〕。除了日與火，民間習俗更從冬去春來、雪消花紅的直覺經驗，抽繹出「紅」的另一層象徵意旨，如豔麗、青春、喜吉等概念。〔註17〕紅色在「紅花綠葉」的直觀感知上成為花的代表色，而女性則因塗抹胭脂，而使得「紅粉」、「紅妝」逐漸成為女性的轉喻。《紅樓夢》調配紅色字詞，編織紅色意象，不僅承繼文化傳統中賦予「紅」的豐富內涵，更在小說的敘事構設裡，為「紅」注入別樣的象徵與敘事意涵，下文述之。

（二）富貴字眼

《紅樓夢》所描寫者，乃是一個發生在「昌明隆盛之邦、詩禮簪纓之族、花柳繁華地、溫柔富貴鄉」（第一回，頁3）中的陳跡故事。全書所記為女媧補天所剩棄的頑石，「蒙茫茫大士、渺渺真人攜入紅塵，歷盡離合悲歡、炎涼世態的一段故事」（第一回，頁3）。追溯其幻形入世的根由，則因偶然聽得一僧一道有關「紅塵中榮華富貴」的對談。整部小說故事的發生，肇始於石頭的「得入紅塵」，而以賈寶玉「早把紅塵看破」（第一一七回，頁2605）的出家告終。推敲作為故事舞台的「紅塵」，字面義是指車馬揚起的飛塵，然而更常借指為紛擾人世間、繁華鬧熱之地。〔註18〕小說中的「紅塵」則不僅是繁華俗世的泛指，作書者透過石頭之口，具體畫出「紅塵」涵括的兩大範疇：

〔註15〕王德育：〈中國古代色彩與宗教表現〉，收入熊宜中總編：《「色彩與人生」學術研討會論文集》（臺北：藝術館，1998年5月），頁214～232。

〔註16〕姜澄清：《中國色彩論》（蘭州：甘肅人民美術出版社，2008年），頁113～114。

〔註17〕此段關於紅色的觀念物源、象徵指涉，詳見姜澄清：《中國人的色彩觀》（南京：江蘇教育出版社，1999年），頁11～14。

〔註18〕〔東漢〕班固：《西都賦》──「紅塵四合，煙雲相連。」、〔宋〕秦觀：《金明池》──「縱寶馬嘶風，紅塵拂面，也只尋芳歸去。」、〔唐〕王建：《從軍後寄山中友人》──「夜半聽雞梳白髮，天明走馬入紅塵」。

大師，弟子蠢物，不能見禮了！適聞二位談那人世間榮耀繁華，心
切慕之。弟子質雖粗蠢，性却稍通，況見二師仙形道體，定非凡品，
必有補天濟世之材，利物濟人之德。如蒙發一點慈心，携帶弟子得
入紅塵，在那富貴場中，溫柔鄉裡受享幾年，自當永佩洪恩，萬劫
不忘也！（第一回，頁22）〔註19〕

石頭因聽見一僧一道談論「紅塵中榮華富貴」而凡心大熾，對於「人世間榮
耀繁華」嚮往不已。而其央求攜入之紅塵世界，並非市井勾欄、尋常街肆，而
是能由之受享逸樂的「富貴場」與「溫柔鄉」。此二者乃是小說中「紅塵」之
兩大範疇，而本節將專注於「紅」所涵攝的富貴意涵，說明作者以紅色字詞
貫穿、鋪陳出「富貴場」，使《紅樓夢》成其為《紅樓夢》。

石頭幻形入世，墜落之處屬於「鐘鳴鼎食之家，翰墨詩書之族」（第二回，
頁45）的貴族世家，其富貴情狀不待贅言，從第四回護官符所記「白玉為堂
金作馬」可窺一斑。胡文彬曾於討論書中服飾文化時，以「尚紅意識」指稱作
者對於紅色所懷之特殊情感，更言「紅，是《紅樓夢》的標誌性色彩，也是全
書的高調色」〔註20〕。筆者認為，小說以紅色作為全書標誌色彩，乃至透顯
尚紅意識，正正是為了渲染出「富貴場」與「溫柔鄉」，唯有紅色方能兼融富
貴與溫柔之象徵意涵，並且更進一步表現小說之主題。「富貴」一詞涵括財貨
豐厚與地位尊崇之意〔註21〕，讀者可再從趙嬤嬤所憶：「把銀子都花的淌海水
似的」（第十六回，頁409）以及王熙鳳所言：「我們王府也預備過一次。那時
我爺爺單管各國進貢朝賀的事，凡有的外國人來，都是我們家養活。粵、閩、
滇、浙所有的洋船貨物都是我們家的」（第十六回，頁409）之接駕盛況，得
到印證。而紅色作為財富、尊位的象徵指涉，更是早在先秦便已有之。

　　服其命服，朱芾斯皇，有瑲蔥珩。——《小雅·采芑》

〔註19〕此段文字為甲戌本所獨有，本論文用書則將此段文字納入回末校記，因此另
　　　　外標出。——〔清〕曹雪芹等著，徐少知新注：《紅樓夢新注》（臺北：里仁
　　　　出版社，2018年），頁22。另參見〔清〕曹雪芹：《脂硯齋甲戌抄閱再評石頭
　　　　記》（上海：上海古籍出版社，1985年），頁5。

〔註20〕胡文彬：〈《紅樓夢》與中國服飾文化〉，《紅樓夢與中國文化論稿》（北京：中
　　　　國書店，2005年1月），頁461～464。

〔註21〕關於「富」——〔漢〕《釋名·卷四·釋言語第十二》：「福，富也。」（頁16）、
　　　　孔穎達疏《尚書正義·卷十二·洪範第六》：「二曰富，家豐財貨也。」關於
　　　　「貴」——〔漢〕《釋名·卷四·釋言語第十二》：「貴，歸也，物所歸仰也。」
　　　　（頁16）、〔南朝梁〕顧野王《玉篇》：「高也，尊也」。

其泣喤喤，朱芾斯皇，室家君王。——《小雅·斯干》

彤弓弨兮、受言藏之。——《小雅·彤弓》〔註22〕

上述節錄自《詩經》的三首詩，出現「朱芾」與「彤弓」，前者是作為服裝配飾的紅色蔽膝。值得注意的是，其色為「朱」而非其他，乃因朱色與地位尊崇的在上位者相聯繫：「芾者，天子純朱，諸侯黃朱。室家，一家之內，宣王所生之子，或其為諸侯，或其為天子，皆將佩朱芾煌煌然。」〔註23〕而「佩朱芾煌煌然」的說明更凸顯其榮耀顯貴。「彤弓」為漆上紅漆的弓，是天子賞賜有功諸侯之物，與「朱戶」類同。〔註24〕小說從「可嘆這，青燈古殿人將老；辜負了，紅粉朱樓春色闌。」（第五回，頁148）、「水亭處處齊紈動，簾卷朱樓罷晚粧。」（第二十三回，頁610）乃至第五十二回直接以「朱樓」點「紅樓」題名，皆根基於「紅」源遠流長之富／貴意涵。紅色作為身分地位的具體象徵，在與《紅樓夢》同屬世情小說一脈的《金瓶梅》中，亦有豐富表現，以下略述之以作參照。

相對於《紅樓夢》書寫詩禮簪纓的世家大族，處處以「紅」點題；《金瓶梅》寫的則是「暴發新榮之家」，乃是聚焦「混帳惡人」西門慶一家日常的「市井文字」〔註25〕。因此，同樣深明紅色作為尊榮、權位的表徵，《金瓶梅》中則多次透過強調服飾色彩，凸顯人物之間沈默的競爭。

西門慶與吳月娘居上坐，其餘李嬌兒、孟玉樓、潘金蓮、李瓶兒、

〔註22〕裴普賢編著：《詩經評註讀本（下）》（臺北：三民書局，2001年），頁428、459、417。

〔註23〕裴普賢編著：《詩經評註讀本（下）》，頁417。

〔註24〕《毛詩正義·彤弓》序：「彤弓，天子錫有功諸侯也。」、《韓詩外傳·卷八》傳曰：「諸侯之有德，天子錫之：一錫車馬，再錫衣服，三錫虎賁，四錫樂器，五錫納陛，六錫朱戶，七錫弓矢，八錫鈇鉞，九錫秬鬯。」、《白虎通德論》：「朱，盛色，戶，所以紀民數也，故民眾多賜朱戶也」。此外，段玉裁為「絳」所下的註解，亦可見紅色與天子、諸侯的連結：「大赤者，今俗所謂大紅也。上文純赤者，今俗所謂朱紅也。朱紅淡、大紅濃。大紅如日出之色。朱紅如日中之色。日中貴於日出。故天子朱芾。諸侯赤芾。赤即絳也」。

〔註25〕「西門慶是混帳惡人，吳月娘是奸險好人，玉樓是乖人，金蓮不是人，瓶兒是癡人，春梅是狂人，敬濟是浮浪小人，嬌兒是死人，雪娥是蠢人，宋蕙蓮是不識高低的人，如意兒是頂缺之人。若王六兒與林太太等，直與李桂姐一流。總是不得叫做人。而伯爵、希大輩，皆是沒良心的人。兼之蔡太師、蔡狀元、宋御史，皆是枉為人也。」；「《金瓶梅》倘他當日發心不做此一篇市井的文字，他必能另出韻筆，作花嬌月媚如《西廂》等文字也。」——張竹坡：〈金瓶梅讀法〉，《第一奇書——竹坡本《金瓶梅》》（臺北：里仁，1981年）。

孫雪娥、西門大姐，都在兩邊列坐。都穿着錦繡衣裳、白綾襖兒、

藍裙子，——惟有吳月娘穿着大紅遍地金通袖袍兒、貂鼠皮襖，下

着百花裙；頭上珠翠堆盈，鳳釵半卸。〔註26〕

詞話本第二十四回為全書第二次描寫元宵節，寫及家廳上眾妻妾的服飾，便
以「大紅遍地通袖袍兒」著意凸顯吳月娘正室妻子之地位，與為妾的潘金蓮、
李瓶兒等人尊卑有別，形成對比。而在小說第十五回，眾人來到李瓶兒於獅
子街的新房子為她慶生。此日正是元宵，街市花燈璀璨，遊人如織，與樓臺
上的鬧熱豔麗相互輝映：

吳月娘穿著大紅妝花通袖襖兒，嬌綠段裙，貂鼠皮襖。李嬌兒、孟

玉樓、潘金蓮都是白綾襖兒，藍段裙。李嬌兒是沉香色遍地金比甲，

孟玉樓是綠遍地金比甲，潘金蓮是大紅遍地金比甲，頭上珠翠堆盈，

鳳釵半卸。俱搭伏定樓窗觀看。〔註27〕

此回同樣描寫妻妾元宵筵席，則首先說明吳月娘身著「大紅妝花通袖襖兒，
嬌綠段裙，貂鼠皮襖」，而其餘諸人「都是白綾襖兒，藍段裙」，顯然較吳月娘
為遜色簡單。然而其後分別細寫李嬌兒、孟玉樓與潘金蓮所穿之比甲卻饒富
深意。故事發展至十五回，潘金蓮的「關鍵敵手」、兼有姿貌與財富優勢的李
瓶兒尚未過門，作為第五房的潘金蓮卻獨獨穿上「大紅遍地金比甲」與正妻
吳月娘爭勝，於此已可略窺此一人物之性情特質。以大紅色為權勢地位的象
徵，並以此透顯人物性格、人際幹旋，後在吳月娘夢見遭潘金蓮奪取、毀壞
大紅絨袍一段，表現得淋漓盡致。〔註28〕

　　《紅樓夢》具體而微地呈現出「愛紅」與「尚紅」的書寫，讀者在第十九
回的一段對話中，可以得見小說主人公賈寶玉對於紅色的喜好及尊崇，而這

〔註26〕〔明〕蘭陵笑笑生著，梅節校訂：《金瓶梅詞話》第二十四回（臺北：里仁書
　　　　局，2007年），頁333。

〔註27〕〔明〕蘭陵笑笑生著，張竹坡評：《第一奇書——竹坡本《金瓶梅》》第十五
　　　　回（臺北：里仁書局，1981年），頁379～380。

〔註28〕「到半夜，月娘做了一夢，天明告訴西門慶說道：「敢是我日裏看着他王太太
　　　　穿着大紅絨袍兒，我黑夜就夢見你李大姐箱子內尋出一件大紅絨袍兒，與我穿
　　　　在身上，被潘六姐匹手奪了去，披在他身上，教我就惱了，說道：『他的皮襖，
　　　　你要的去穿了罷了，這件袍兒你又奪。』他使性兒把袍兒上身扯了一道大口子，
　　　　吃我大吆喝，和他罵嚷，嚷著就醒了。不想是南柯一夢。」西門慶道：「不打
　　　　緊，我到明日替你做一件穿就是了。自古夢是心頭想。」——〔明〕蘭陵笑笑
　　　　生著，張竹坡評：《第一奇書——竹坡本《金瓶梅》》第七十九回，頁2302。

一段或也可視作整部小說的自剖：

> （寶玉）乃笑問襲人道：「今兒那個穿紅的是你什麼人？」襲人道：
> 「那是我兩姨妹子。」寶玉聽了，讚嘆了兩聲。襲人道：「嘆什麼？
> 我知道你心裡的緣故，想是說他那裡配紅的。」寶玉笑道：「不是，
> 不是！那樣的不配穿紅的，誰還敢穿？我因為見他實在好的狠，怎
> 麼也得他在偺們家就好了。」（第十九回，頁 509）

此段不僅「補出寶玉素喜紅色」〔註29〕，也清晰表明小說尚紅、愛紅的傾向。
從賈寶玉的角度出發，「紅」乃是高尚尊貴之色，「好的狠」的女子方可穿，絕
非人人「配穿」、人人「敢穿」。上述「紅」與「富貴」的諸般聯結，說明小說
「尚紅」原由之一乃為恰到好處地呈現出一如「身經目觀」般在「情理之中」
的富貴情狀，因而此處借脂硯齋語：「富貴字眼」指稱從題名到內文處處可見
的「紅」〔註30〕，以張揚其中深寓的富貴意涵。

二、紅妝：敷陳溫柔鄉

（一）芳—紅—艷：女兒代稱

　　《紅樓夢》承繼「紅」所具備的富貴意涵並大加發揮，以紅色作為全書
的標誌色彩，鋪寫富貴場。本節則接續闡發「紅」的另一重要象徵意涵，說明
作者以此構築小說中紅塵世界的另一範疇：溫柔鄉。第十九回，寶玉因在襲
人家中見著「穿紅的」女子，晚間便讚嘆不已進而發生襲人用騙詞，下箴規
一段故事。此段情節呈現寶玉「尊紅」的態度，更點出「紅」與美好女子的連

〔註29〕陳慶浩編著：《新編石頭記脂硯齋評語輯校》（臺北：聯經，2018 年），頁 366。
〔註30〕小說第三回「半舊的」三字，引發批書者一段議論，認為許多小說中對於富
貴人家、皇室貴族具有錯誤而乖離情理的想像。「富貴字眼」一詞在批語中具
諷刺意，筆者則僅挪用以凸顯「紅」之寓意。詳見：「三字有神。此處則一色
舊的，可知前正室中亦非家常之用度也。可笑近之小說中，不論何處，則曰
商彝周鼎、繡幕珠簾、孔雀屏、芙蓉褥等樣字眼。」「近聞一俗笑語云：一
庄農人進京回家，眾人問曰：『你進京去可見些個世面否？』庄人曰：『連皇
帝老爺都見了。』眾罕然問曰：『皇帝如何景況？』庄人曰：『皇帝左手拿一
金元寶，右手拿一銀元寶，馬上稍着一口袋人參，行動人參不離口。一時要
屙屎了，連擦屁股都用的是鵝黃緞子，所以京中掏茅廁的人都富貴無比。』
試思凡稗官寫富貴字眼者，悉皆庄農進京之一流也。蓋此時彼實未身經目觀，
所言皆在情理之外焉。又如人嘲作詩者亦往往愛說富麗話，故有『脛骨變成
金玳瑁，眼睛嵌作碧琉琉』之誚。余自是評《石頭記》，非鄙薄前人也。」——
——陳慶浩編著：《新編石頭記脂硯齋評語輯校》，頁 75。

結。於此，清代評點家張新之有兩條批語：

> 綠只黛玉一人，紅則公共者也。

> 見一紅愛一紅，情字又是這般說起。〔註31〕

張新之的評點經已指出「紅」為美好女子的代稱，上述首則引文更點出「綠」與林黛玉的獨特連結，不同於以「紅」指稱女兒的普遍性。「見一紅愛一紅」則與魯迅對於寶玉「愛博而心勞」〔註32〕的精闢斷語相映成趣。以「紅」字代指容貌或行止美好之女性，當從紅粉、紅顏等字詞轉化而來。紅顏一詞亦可指涉年輕之人兩頰鮮麗透紅〔註33〕，非為女子所獨享。然而，女性因塗抹胭脂妝飾容顏而與「紅顏」一詞更具視覺形象上的連結，因此更常用以指稱青春貌美之女性，《紅樓夢》中的「紅顏」一詞皆屬此類。小說第六十四回，林黛玉揀擇「古史中有才色的女子」（第六十四回，頁 1560），寫成《五美吟》以寄其欣羨、悲嘆之意，其中〈明妃〉一首有「絕艷驚人出漢宮，紅顏薄命古今同」之句。此外，燈姑娘自嘆所嫁非人則有「蒹葭倚玉之嘆，紅顏寂寞之悲」（第七十七回，頁 1867），「紅顏」在此皆指美好之女子。

　　《紅樓夢》以「紅」指稱女兒，第五回中直接產自太虛幻境所在——放春山遣香洞的茶「千紅一窟」為另一重要例證。警幻仙姑受寧、榮二公囑託，試圖警醒痴頑的寶玉，將其規引入正。警幻先引寶玉在薄命司內觀覽家中諸女子的命運簿冊，見其尚未覺悟便進而領寶玉入室「再歷飲饌聲色之幻」。在此，寶玉先聞到一縷幽香，詢問警幻仙姑方知為塵世所無之物，「係諸名山勝境內初生異卉之精，合各種寶林珠樹之油所製」，其名曰「群芳髓」。而後則嚐到清香味美異常的「千紅一窟」茶以及「百花之蕊、萬木之汁，加以麟髓之醅、鳳乳之麴釀成」的「萬艷同杯」酒（第五回，頁 145）。

　　此三種人間所無的珍異之物乃是重要的女性悲劇象徵，三物名稱各別諧音「群芳碎」、「千紅一哭」與「萬艷同悲」，脂批亦曾有所提示。作者透過諧音暗示一眾美好女性皆將面臨「破碎」、「哭泣」與「悲哀」的命運終局，具有平行對應關係的「群芳」、「千紅」與「萬艷」皆是美好女性的象徵。其中，茶與酒皆主要由水組成，以其作為女性象徵，呼應「女兒是水作的骨肉」（第二

〔註31〕馮其庸纂校訂定，陳其欣助纂：《八家評批紅樓夢》（北京：文化藝術出版社，1991 年 9 月），頁 424。

〔註32〕魯迅：《中國小說史略》（臺北：風雲時代，2018 年 04 月），頁 263。

〔註33〕李白：《流夜郎贈辛判官》：「夫子紅顏我少年，章臺走馬著金鞭」。早自《詩經・秦風・終南》中也有「顏如渥丹，其君也哉。」之句。

回，頁47）之說；而從「國色天香」等典故亦可知香素來便作為美好女性的嗅覺譬喻。此三者「透過質地、視覺、味覺、嗅覺等全方位的感官之美把『少女』象喻化」〔註34〕，名實相符地組成三位一體的女性悲劇象徵。不僅如此，壁上對聯「幽微靈秀地，無可奈何天」再度強化全書女性悲劇的主調，是以脂批在此評曰「女兒之心，女兒之境」，更在其下直言「兩句盡矣」〔註35〕。綜上所述，小說以「紅」象徵美好女性、以之指稱眾女兒清晰顯明；而當仙曲引子自揭其為「懷金悼玉的《紅樓夢》」（第五回，頁146）時，讀者更能理解題名中的「紅」與小說立意本旨的連結為何。

（二）花落水流紅：統合人花一體

從太虛幻境所焚之「群芳髓」，所釀所飲之「千紅一窟」與「萬艷同杯」，已知「芳—紅—艷」乃一組異名同實的女性象徵，而構成其象徵寓意的基礎正是源自花卉與美人互喻的文學傳統。早自《詩經·國風·桃夭》中「桃之夭夭，灼灼其華。之子于歸，宜其室家」之句，已將出嫁女子類比為豔麗盛放的桃花，可知女性與花的比附關涉之源遠流長。秦可卿魂托鳳姐賈家後事，別前「三春去後諸芳盡」一句、「壽怡紅群芳開夜宴」之回目，皆明白是以花喻人的例證。又如「花容月貌」、「花顏月貌」等襲用至今的詞語，《紅樓夢》便以前者形容劉姥姥所見的平兒（第五回）；後者則是寶玉內心描摹黛玉之語（第二十八回）。此種人花互喻的對應聯繫，不僅是書寫者的創作手法，亦係閱讀者的解讀方式之一種，清人諸聯便將書中女子與花卉進行比配：

> 園中諸女，皆有如花之貌。即以花論，黛玉如蘭，寶釵如牡丹，李紈如古梅，熙鳳如海棠，湘雲如水仙，迎春如梨，探春如杏，惜春如菊，岫煙如荷，寶琴如芍藥，李紋、李綺如素馨，可卿如含笑，巧姐如荼蘼，妙玉如簷蔔，平兒如桂，香菱如玉蘭，鴛鴦如凌霄，紫鵑如臘梅，鶯兒如山茶，晴雯如芙蓉，襲人如桃花，尤二姐如楊花，三姐如刺桐梅。而如蝴蝶之栩栩然，游於其中者，則怡紅公子也。〔註36〕

由此可見，美人與花卉引類譬喻乃是傳統上習見的文學手法，其緣由如

〔註34〕歐麗娟：《大觀紅樓（母神卷）》（臺北：臺大出版中心，2015年），頁128。

〔註35〕陳慶浩編著：《新編石頭記脂硯齋評語輯校》，頁128。

〔註36〕〔清〕諸聯：《紅樓評夢》，收入一粟編：《紅樓夢卷》（臺北：里仁書局，1981年12月），頁119。

康來新所言：「因為朱顏皓齒的柔嫩生命與花卉萌發燦放的青春所喚起人的美感質地是那麼髣髴酷似；甚至將二者視為同素異形體也未嘗不可」〔註37〕。值得注意的是，上述引文中諸聯以花喻人的解讀，與《紅樓夢》文本中設計的人花比附有所不符。小說承襲人花互喻的傳統，卻也在人花比附的關聯上超越泛泛的形容描述，進而結合人物特質、性情遭遇；與花卉屬性、生態狀況、文學典故等諸多元素作一「非如此不可」的象徵比附，達致人花一體的效果。舉例而言，第六十三回〈壽怡紅群芳開夜宴　死金丹獨艷理親喪〉掣花籤一節，便體現了小說「一人一種代表花」的細密設計，其人其花的對應聯繫呼應該人物的全個生命，且能在其他情節事件上一再認識其兩者對應之意涵為何〔註38〕。

　　文學傳統中的人花互喻，將花卉所具有的芳香、豔麗、短暫盛放隨即凋萎等特質，與美好女性青春易逝等特質緊相綰合。因此，文人筆下的花卉與美人實已相互疊合，與之相關的紅顏、紅粉、紅妝等詞語便也兼融美人／花卉之意涵。《紅樓夢》之著書目的既為「使閨閣昭傳」（第一回，頁1），小說家便據此將以上所述種種意涵凝結、嵌合於一「紅」字之中，並透過詩詞、名號、典故等設計呼應全書之主題。由是回看第五回中「群芳」、「千紅」與「萬艷」的象徵敘述，即已昭示此意，「芳—紅—豔」實當視作一組可互換的同義詞。另一集中體現「紅」兼融美人與花卉之內在意涵的段落，則出現在第二十七回「埋香塚飛燕泣殘紅」一節。此回描寫重要關目「黛玉葬花」，透過《葬花吟》的用字與寓意可以讀出小說「人即花，花即人」的互喻設計：

　　　　花謝花飛花滿天，紅消香斷有誰憐？……

　　　　儂今葬花人笑痴，他年葬儂知是誰？

　　　　試看春殘花漸落，便是紅顏老死時。

　　　　一朝春盡紅顏老，花落人亡兩不知！（第二十七回，頁713～714）

林黛玉以一曲《葬花吟》自傷自嘆其身世遭際，而證之以其淚盡而逝的孤悽

<hr>

〔註37〕康來新：〈疏影暗香——香菱氣韻的品評〉，《石頭渡海——紅樓夢散論》（臺北：漢光，1985年），頁37。

〔註38〕舉例而言，李紈的代表花係白梅、史湘雲則是海棠花等等。林黛玉的代表花為木芙蓉，其後在兼誅晴雯與黛玉的《芙蓉女兒誄》一段，再有一次精彩的呈現。關於《紅樓夢》全書「人花一體」的諸般設計，除了個別人物的代表花之外，還包括安插於敘事當中的「花神」與「花魂」之說、人物生辰與花朝節俗的關聯等等，下文將陸續論及。

結局，則可見此詩的詩讖功能，透出強烈的自挽意味。清人明義即題曰「傷心一首葬花詞，似讖成真自不知」〔註39〕。黛玉的《葬花吟》以花自況，首句便清楚畫出「花謝花飛，紅消香斷」的凋零萎落情景，而「儂今葬花」對「他年葬儂」、「春殘花落」與「紅顏老死」等句實皆關合「人花一體」的互喻設計。首句所謂「紅消香斷」者所指的既是花，亦是人，而其人則不單指黛玉，更是通於全書的薄命女兒，一如脂批所述：「埋香塚葬花乃諸艷歸源。葬花吟又係諸艷一偈也」〔註40〕。

《葬花吟》透顯出對於「紅消香斷」的傷懷哀悼，而「紅」具備人花一體的象徵指涉，因此「葬花」的情節設計、《葬花吟》的中心寓意乃至全書懷悼眾女兒的主題，可從首回「悼紅」二字中獲得清晰提點。余英時認為「葬花的構想是全書的中心觀念」〔註41〕，確實如此。必須注意的是，除了第二十七回黛玉葬花的重筆鋪寫，小說首次葬花實則出現於第二十三回。

> 那一日正當三月中浣，早飯後，寶玉攜了一套《會真記》，走到沁芳閘橋邊桃花底下一塊石上坐着，展開《會真記》，從頭細玩。正看到「落紅成陣」，只見一陣風過，把樹頭上桃花吹下一大半來，落得滿身、滿書、滿地皆是。寶玉要抖將下來，恐怕腳步踐踏了，只得兜了那花瓣，來至池邊，抖在池內。那花瓣浮在水面，飄飄蕩蕩，竟流出沁芳閘去了。回來只見地下還有許多。（第二十三回，頁612）

此段描寫引出寶黛共讀西廂與後續黛玉葬花的情節，而寶玉將花擱在水裡的舉動實則便是一次「寶玉葬花」，其惜花、愛紅之意乃與黛玉相通。周汝昌曾在詮釋小說中「巨大的象徵」時，將上述引文視作「沁芳」二字的痛切注腳。〔註42〕「沁芳」為寶玉所命之名，其以「新雅」稱之且獲得賈政認可。周汝昌認為其新雅之處正是透過省筆技巧，將《西廂記》中「花落水流紅」五字濃縮與重鑄為「沁芳」二字，且作為「全部書的總主題」與太虛幻境所聞之歌：「春夢逐雲散，飛花逐水流。寄言眾兒女，何必覓閒愁」前後呼應。

〔註39〕〔清〕明義：《題紅樓夢》，收入一粟編：《紅樓夢卷》（臺北：里仁書局，1981年），頁119。

〔註40〕陳慶浩編著：《新編石頭記脂硯齋評語輯校》，頁532。

〔註41〕余英時：〈眼前無路想回頭〉，《紅樓夢的兩個世界》（臺北：聯經，2017年11月），頁139。

〔註42〕周汝昌：〈巨大的象徵〉，《紅樓藝術》（北京：人民文學出版社，1995年），頁46～51。

由此可知，寶玉之葬花關合《會真記》所寫的「落紅成陣」，而其所在之處則暗寓「花落水流紅」五字，「紅」字始終貫穿其間。本回回末，黛玉聽見家中女伶演習《牡丹亭》戲文，始則感慨自嘆後則沈醉其中不能自制，此回深受觸動更成為後續《葬花吟》的一記伏筆。作者於此處為「人花一體」的象徵設計作了一次全面展示。其中令黛玉「心痛神痴」的數句詩、詞、戲文，如「流水落花春去也，天上人間」、「花落水流紅，閑愁萬種」等句皆指向了人與花終必凋萎的哀傷情境，後者便有周汝昌所言「花落水流紅」之句。不僅如此，所引的詩詞曲文更呼應「女兒是水作的骨肉」之設計，周汝昌將「花落水流紅」等同為「沁芳」，視之為眾悲劇女兒的象徵，實為準確。筆者以為，沁芳／花落水流紅指向青春生命之消逝，也可視作死亡的意象，尤其令人聯想寶玉曾經提及的一種理想的死亡情境：「比如我此時若果有造化，該死於此時的，趁你們在，我就死了，再能夠你們哭我的眼淚流成大河，把我的屍首漂起來，送到那鴉雀不到的幽僻之處，隨風化了，自此再不要托生為人，就是我死的得時了。」（第三十六回，頁889）此話由襲人關於「女兒死」的談話引起，而話中描繪的畫面正是「花落水流紅」——亦即「沁芳」的具象化。綜上所述，小說中承載「人花一體」意涵的「紅」，不僅是古典象徵的一再重現，更有小說家的精心構築，與《紅樓夢》追懷美好時光之消逝不返、哀悼青春生命之凋零破碎的主題形影不離。

三、總其全部之名

前文細究紅色或「紅」一字在文學與文化傳統累積下的象徵意涵，其中最為關鍵且為《紅樓夢》承繼並化用於敘事中的，一為其富／貴指涉，二則是其美人／花卉的象徵涵義。本節則承上所述，將此「紅」歸回題名「紅樓夢」中，討論此名作為「總其全部之名」的意涵，以作總結。

甲戌本《紅樓夢》獨有《凡例》五條，首條明示讀者：「是書題名極多，《紅樓夢》是總其全部之名也」〔註43〕，此條說明相當醒豁。時至今日，作為題名的《紅樓夢》顯然是其中傳佈最廣泛，影響至深遠者。脂評抄本系統的本子雖多以《脂硯齋重評石頭記》為題，然而在己卯本（1759）第三十四

〔註43〕甲戌本於《脂硯齋重評石頭記》書名之後，便抄錄有《凡例》五條（約八百字）及七律一首，為他本所無。《凡例》文字引自〔清〕曹雪芹：《脂硯齋甲戌抄閱再評石頭記》（上海：上海古籍出版社，1985年），頁2。另參考陳慶浩編著：《新編石頭記脂硯齋評語輯校》，頁4。

回回末已有《紅樓夢》標名。而脂批也多次以《紅樓夢》稱呼此書〔註44〕，已可知曹雪芹生前確曾一度以《紅樓夢》作為小說名字。〔註45〕另，曹雪芹友人明義有《題紅樓夢》組詩二十首，詩前有小序言：「曹子雪芹出所撰《紅樓夢》一部，備記風月繁華之盛。蓋其先人為江寧織府，其所謂大觀園者，即今隨園故址。惜其書未傳，世鮮知者，余見其鈔本焉。」〔註46〕由此可見，當此書仍以抄本形式流傳之時，確已曾以《紅樓夢》之名見於讀者。而最遲到乾隆五十六年辛亥（1791），隨著萃文書屋木活字本百廿回《紅樓夢》（程甲本）的出版，遂使得「紅樓夢」在此書的傳播與接受史上，漸成定名。〔註47〕《紅樓夢》於當時之通行狀況，可從有清一代的讀者記錄中窺見一二〔註48〕，其風靡甚至達到「開談不說紅樓夢，讀盡詩書是枉然」〔註49〕的程度。

　　《紅樓夢》作為小說題名，亦曾現身於回目與內文中。作為預示眾女子悲劇終局的重要一回，第五回於各版本上共有三種回目，本論文所據底本為庚辰本，其回目為〈遊幻境指迷十二釵　飲仙醪曲演紅樓夢〉，而甲戌本之回目則是〈開生面夢演紅樓夢　立新場情傳幻境情〉（第五回，頁154）。此回中，

〔註44〕如第五回：「妙。設言世人亦應如此法看此紅樓夢一書，更不必追究其隱寓。」第二十二回：「問的卻極是，但未必心應。若能如此，將來淚盡天亡已化烏有，世間亦無此一部紅樓夢矣。」第二十四回：「紅樓夢寫夢章法總不雷同，此夢更寫的新奇，不見後文，不知是夢。」第四十八回：「一部大書起是夢，寶玉情是夢，賈瑞淫又是夢，秦氏家計長策又是夢，今作詩也是夢，一面『風月鑑』亦從夢中所有，故曰『紅樓夢』也。余今批評亦在夢中，特為夢中之人作此一大夢也。脂硯齋。」等等。——陳慶浩編著：《新編石頭記脂硯齋評語輯校》，頁130、436、476、633。

〔註45〕孫遜：《紅樓夢脂評初探》（上海：上海古籍出版社，1981年11月），頁13。

〔註46〕〔清〕明義：《題紅樓夢》，收入一粟編：《紅樓夢卷》（臺北：里仁書局，1981年），頁11。

〔註47〕詳見朱淡文：《紅樓夢論源》（南京：江蘇古籍出版社，1992年6月），頁385～400；林冠夫：〈《紅樓夢》的本名與異名〉，《紅樓夢縱橫談》（南寧：廣西人民出版社，1985年），頁8。

〔註48〕「余以乾隆、嘉慶間入都，見人家案頭必有一本《紅樓夢》。」——〔清〕郝懿行：《曬書堂筆錄·卷三·談諧》，收入一粟編：《紅樓夢卷》，頁355。另有：「《紅樓夢》一書，近世稱官家翹楚也。家弦戶誦，婦豎皆知。」——〔清〕繆艮：《紅樓夢歌》後按語，收入一粟編：《紅樓夢卷》，頁349。

〔註49〕此詩不無諷刺意味，但亦鮮明道出《紅樓夢》是書在當時的風行程度，以談「紅」為時尚。引自〔清〕得輿：《京都竹枝詞·時尚門》，收入一粟編：《紅樓夢卷》，頁354。

警幻仙姑邀寶玉一遊太虛幻境，說明其處有「素練魔舞歌姬數人，新填《紅樓夢》仙曲十二支」，脂硯齋便批曰：「點題。蓋作者自云所歷不過紅樓一夢耳」〔註50〕，正是《凡例》所稱「點睛」處。批語所言「紅樓一夢」可連結第一回僧道勸阻之言加以理解：「那紅塵中有卻有些樂事，但不能永遠依恃；況又有『美中不足，好事多魔』八箇字緊相連屬，瞬息間則又樂極悲生，人非物換，究竟是到頭一夢，萬境歸空，倒不如不去的好。」〔註51〕脂硯齋在「萬境歸空」之側有「四句乃一部之總綱」〔註52〕的批語，由此小說已為讀者揭示「紅樓夢」所指：美好之事俱不長久且難圓滿，終將由盛轉衰、由喜轉悲並歸於空無。

再推敲「紅樓夢」三字，甲辰本夢覺主人的〈紅樓夢序〉如此說明：「辭傳閨秀而涉於幻者，故是書以夢名也。夫夢曰紅樓，乃巨家大室兒女之情，事有真不真耳。紅樓富女，詩證香山；悟幻莊周，夢歸蝴蝶，作是書者藉以命名，為之『紅樓夢』焉。」〔註53〕今人歸結出「紅樓」的七種意涵：富貴人家的府邸、富家女子的居所、煙花女子的樓閣、宮殿樓閣、寺院樓閣、菩薩居所、邊城防戍塔樓〔註54〕，而作為此書題名的「紅樓」應指前二者，亦即前文所述的富貴場與溫柔鄉。此與夢覺主人認為「紅樓」典出白居易「紅樓富家女，金縷繡羅襦」〔註55〕之意大抵相符。而其將「夢」字連結「莊周夢蝶」的典故，周汝昌認為並不貼切，不若將這「夢」字來歷歸於唐傳奇《枕中記》、《南柯太守傳》以及明代湯顯祖據此創作的《邯鄲記》與《南柯記》。〔註56〕「紅樓夢」大體指的是世間繁華終歸空幻如夢，小說亦多有人物出入夢境的

〔註50〕陳慶浩編著：《新編石頭記脂硯齋評語輯校》，頁121。

〔註51〕此段文字為甲戌本所獨有，本論文用書則將此段文字納入回末校記，特此說明。——〔清〕曹雪芹等著，徐少知新注：《紅樓夢新注》（臺北：里仁出版社，2018年），頁22。另參見〔清〕曹雪芹：《脂硯齋甲戌抄閱再評石頭記》（上海：上海古籍出版社，1985年），頁6。

〔註52〕陳慶浩編著：《新編石頭記脂硯齋評語輯校》，頁6。

〔註53〕〔清〕夢覺主人：〈紅樓夢序〉，收入一粟編：《紅樓夢卷》（臺北：里仁書局，1981年12月），頁28。

〔註54〕俞曉紅：《《紅樓夢》意象的文化闡釋》（安徽：安徽人民出版社，2006年12月），頁14～20。

〔註55〕〔唐〕白居易：《議婚》。

〔註56〕周汝昌：〈「紅樓夢」解〉，《紅樓夢新證（下冊）》（北京：人民文學出版社，1985年），頁824～827。

描述〔註57〕，而周汝昌將此題名關合湯顯祖及其作品，則已讀出兩者之間的互文關係（intertextuality）〔註58〕。其中，元妃歸省時所點一折〈仙緣〉便出自《邯鄲記》；而《南柯夢》則在賈母等人至清虛觀打醮時於神前拈出，兩者皆具伏筆作用。值得注意的是，《南柯記》、《邯鄲記》、《紫釵記》以及前文提及的《牡丹亭》（《還魂記》）因情節命意皆不離「夢」，因此四者又合稱「臨川四夢」或「玉茗堂四夢」。小說多次借《牡丹亭》戲文傷悼青春女性之薄命亡逝，林黛玉之未嫁而亡便可與杜麗娘之故事對讀。不僅如此，後續劉姥姥所說抽柴少女「茗玉」姑娘的故事，也透過互文為一眾薄命女兒留下紀錄，進而產生撫慰與救贖之效。〔註59〕

由此可見，「紅樓夢」與「玉茗堂四夢」實具備多層次的互文聯繫，從曹雪芹小說與湯顯祖戲曲互文的角度詮釋「紅樓夢」，使得此「夢」字亦具女兒氣息，小說「使閨閣昭傳」的意涵因而更為深邃細膩。由此種種，當我們重看

〔註57〕 清代三大評點家之一的王希廉在〈紅樓夢總評〉說明：「從來傳奇小說，多託言於夢。如《西廂》之草橋驚夢，《水滸》之英雄惡夢，則一夢而止，全部俱歸夢境。《還魂》之因夢而死，死而複生，《紫釵》彷彿似之，而情事迥別。《南柯》、《邯鄲》，功名事業，俱在夢中，各有不同，各有妙處。《紅樓夢》也是說夢，而立意作法，另開生面。前後兩大夢，皆游太虛幻境，而一是真夢，雖閱冊聽歌，茫然不解；一是神遊，因緣定數，了然記得。且有甄士隱夢得一半幻境，絳芸軒夢語含糊，甄寶玉一夢而頓改前非，林黛玉一夢而情癡愈錮。 又有柳湘蓮夢醒出家，香菱夢裏作詩，寶玉夢與甄寶玉相合，妙玉走魔惡夢，小紅私情癡夢，尤二姐夢妹勸斬妒婦，王鳳姐夢人強奪錦匹，寶玉夢至陰司，襲人夢見寶玉、秦氏、元妃等託夢，寶玉想夢無夢等事，穿插其中。與別部小說傳奇說夢不同。文人心思，不可思議。」——馮其庸纂校訂定，陳其欣助纂：《八家評批紅樓夢》，頁3。

〔註58〕 「從符號學的基礎出發，克莉斯蒂娃認為，文本總是某種表達，因此類似於能指，例如具體作品中的字詞。而字詞的意義本身不是確定的，在文學中尤其如此，它的指向是各種影響因素在文本空間中相互交織的產物。文本也同樣，它至少是兩個方向的交織品：從橫向看，文本的所指受到作者和讀者的主觀性決定；從縱向看，文本中字詞的選擇和意義的生產又總是同此前的、已先期存在的各種文本或者與它同時存在的各種文本材料相關聯，即文本的產生建立在客觀存在的歷史和現實的其他文本材料基礎之上。因此，克莉斯蒂娃的「互文性」概念不僅僅是指那種可以進行求證的某一具體文本與其餘文本的關係，例如典故、引文、改編、回憶等等關係，而是包含了與賦予其意義的各種知識、代碼和表意實踐的整體性關係。」——汪民安主編：《文化研究關鍵詞》（臺北：麥田出版社，2013年），頁222。

〔註59〕 汪順平：《女子有行：《紅樓夢》的閨閣、遊歷敘事與「海上」新意涵》（臺北：元華文創，2018年），頁141～143。

第五回，《紅樓夢》既是套曲之名又是全書之名的涵意，便已清楚明白。作為曲名的《紅樓夢》，其所呈現的內容與薄命司命運簿冊相類，演繹眾金釵之性情遭際、因果命途，這已將另一題名《金陵十二釵》包含於內。另，曲中更以前後的引子及收尾，道出全書「懷金悼玉」的主旨與「落了片白茫茫大地真乾淨」（第五回，頁151）的結局。綜上所述，以《紅樓夢》作為題名確實發揮總括全書主題之作用，將此一闋貴族世家的輓歌、青春生命與美好女兒的悲歌，咸皆涵融於中。

第二節 情緣與血淚

一、絳珠與絳芸：一對紅色情緣

上一節論述「紅」於傳統文化中點滴積累的象徵意涵，認識其「花柳繁華」與「溫柔富貴」的豐富指涉，進而對於「紅樓夢」之所以為「總其全部之名」有所詮釋。本節則轉而深入文本敘事中的「紅」，推敲此一色彩標記在小說中的不同指向，作為最頻繁閃現於讀者目前的視覺元素，其意涵隨敘事跌宕而發生多種變化。小說首回，甄士隱炎夏裡夢至太虛幻境，不僅聽見僧道有關風流冤家造劫歷世的談話，更因緣得見通靈寶玉一面。夢境中，作者為我們交代了主角賈寶玉與林黛玉的前世糾葛：

> 那僧笑道：「此事說來好笑，竟是千古未聞的罕事。只因西方靈河岸上三生石畔，有絳珠草一株，時有赤瑕宮神瑛侍者，日以甘露灌溉，這絳珠草始得久延歲月。後來既受天地精華，復得雨露滋養，遂得脫卻草胎木質，得換人形，僅修成個女體，終日遊於離恨天外，飢則食蜜青果為膳，渴則飲灌愁海水為湯。只因尚未酬報灌溉之德，故其五內便鬱結着一段纏綿不盡之意。恰近日這神瑛侍者凡心偶熾，乘此昌明太平朝世，意欲下凡造歷幻緣，已在警幻仙子案前挂了號。警幻亦曾問及：『灌溉之情未償，趁此倒可了結的？』那絳珠仙子道：『他是甘露之惠，我並無此水可還。他既下世為人，我也去下世為人，但把我一生所有的眼淚還他，也償還得過他了。』因此一事，就勾出多少風流冤家來，陪他們去了結此案。」（第一回，頁8~9）

針對「勾出多少風流冤家來陪他們去了結此案」一句，脂批說：「餘不及一人

者，蓋全部之主惟二玉二人也。」〔註60〕此話雖武斷將其他人物一筆抹倒，然而全書主角為賈寶玉及林黛玉則無疑義，兩個玉兒「不是冤家不聚頭」，更曾由賈母親口認證（第二十九回，頁768）。寶玉前身為赤瑕宮神瑛侍者，「瑕」字據脂批所言為「玉小赤也，又玉有病也」〔註61〕——指玉上有斑點、瑕疵，指涉的是賈寶玉乃至全書的一種有所缺憾、無可奈何之基調，與「赤」相連結則昭示其紅色之意。而黛玉前世則是受神瑛侍者以甘露灌溉而得以存活的「絳珠草」，亦即「生有大紅珠狀果實的仙草」。經由學者追本溯源，「絳珠草」應變造自神話中的「靈芝仙草」，而「絳珠」之名或改自形態相似的「紫珠芝」。〔註62〕經由此段神話，讀者得知賈寶玉與林黛玉從神仙前世便種下這段「情緣」，且兩者之間以「赤瑕」、「絳珠」對應串連，強化二人連結之餘，鮮豔耀目的「紅」更成為此段情緣的象徵。

　　賈寶玉前身為赤瑕宮神瑛侍者，下世為人以後則因口內銜玉而名曰寶玉。清代解盦居士說：「寶玉既為赤霞宮侍者，又號絳花洞主，其所居軒曰絳芸，院曰怡紅，所謂愛紅毛病者其在斯乎！此書名曰《紅樓夢》，絳珠之窗又是茜紗，總不離乎絳紅者，近是必另有命意，俟考。」〔註63〕此段引文說明其已注意到《紅樓夢》處處「不離乎絳紅」，小說中心人物賈寶玉身上更堆疊無數紅色符號。〔註64〕小說第三十七回，寶玉與眾金釵在探春邀集下結成海棠詩社，眾人為求雅趣便另取別號。輪到寶玉時，李紈有此一語：「你還是你的舊號『絳洞花王』就好。」（第三十七回，頁901）寶玉以此

〔註60〕陳慶浩編著：《新編石頭記脂硯齋評語輯校》，頁20。

〔註61〕陳慶浩編著：《新編石頭記脂硯齋評語輯校》，頁18。

〔註62〕張衡《西京賦》形容靈芝草的型態為「神木靈草，朱實離離」，朱淡文認為「神木」、「靈草」的別名，恰是小說中以「木」稱絳珠草的根據（「草胎木質」、「木石前盟」）。此外，葛洪《抱朴子‧仙藥》介紹靈芝草有三百六十種，其中「紫珠芝」是「莖黃葉赤，實如李而紫色」，紫為紅色的一種，此或即是「絳珠」的來源。——朱淡文：《〈紅樓夢〉神話論源》，《紅樓夢研究》（臺北：貫雅文化，1991年），頁10～12。

〔註63〕〔清〕解盦居士：《石頭臆說》，收入一粟編：《紅樓夢卷》（臺北：里仁書局，1981年12月），頁187。

〔註64〕引文中「赤霞宮」應作「赤瑕宮」，解盦居士誤以別字「霞」取代「瑕」，卻有趣地引入赤色雲氣、絢麗光彩的意涵，凸顯其紅色的形象。「絳花洞主」應為解盦居士引述原文時產生的錯誤，本文所據庚辰本將此別號書作「絳洞花王」。解盦居士若引述其他版本，亦應為「絳洞花主」而非字序錯亂的「絳花洞主」。

為小時候的戲語，赧然婉拒，探春此時補充道：「你的號多的狠，又起什麼？我們愛叫你什麼，你就答應着就是了。」（第三十七回，頁902）因此，本回後續便根據其住所「怡紅院」稱其為「怡紅公子」。而無論是「絳洞花王」或「怡紅公子」，皆藉由同為美好女性象徵的「絳—紅—花」而寓含愛護、憐惜眾女子之意。

再著眼其住處。遷入怡紅院之前，寶玉已將臥室題為「絳芸軒」（第八回，頁246），而此命名的關鍵意涵早由批語點明——「照應絳珠」〔註65〕。朱淡文曾考察各版本及脂批，發現「絳洞花王」的臥房共有「紫芸軒」、「紫芝軒」、「絳芝軒」及「絳雲軒」四種異稱。前文曾經提及學者推論「絳珠草」為「紫珠芝」的變造，曹雪芹出於對「絳」（大紅色）的喜好而將「紫」改為音韻較響亮、色彩更豔麗的「絳」，進而以「絳珠」為重要角色命名。職是之故，上述異名中除了「絳雲軒」或因「雲」與「芸」形、音皆近而抄誤之外，其他三名極可能是小說家創作過程中一度擇用的舊稱，其論述如下：

> 賈寶玉之居室原名「紫芝軒」或「絳芝軒」（按：吳方言中芝、珠同音），以表現賈寶玉兒時對絳珠仙草的朦朧記憶，這與第三回寶黛第一次見面就觸發了心靈驚悸出於同一構思。後來作者恐此意過於顯露，又將它改為「紫芸軒」，第五次增刪稿《石頭記》中才改寫成「絳芸軒」。〔註66〕

筆者認為其系統化的推論，兼有對於作者背景的掌握及文學構思的考量，頗具說服力。讀者單從「絳芸軒」與「絳珠草」的一字相同，或不易聯想兩者間的關係，更難以清晰理解批語所謂「照應絳珠」。寶黛初晤，黛玉因覺眼熟而吃驚，寶玉更直抒胸臆，道出「遠別重逢」之語。學者將「絳芸軒」與之等同，視作對於前世「絳珠草」殘存記憶的產物，此解讀可謂絲絲入扣。筆者認為「絳洞花王」之構思也不妨置於此脈絡下加以理解。綜上所述，小說家以紅色符號串接寶、黛的宿世情緣，構思設計細膩精微，可見其苦心經營。

周策縱曾撰文討論《紅樓夢》與《西遊補》的種種類似之處，認為《紅樓夢》極可能受到《西遊補》的啟發或影響，尤其在「補天石」、「情」、「痴」、

〔註65〕陳慶浩編著：《新編石頭記脂硯齋評語輯校》，頁197。
〔註66〕朱淡文：〈談「絳芸軒」〉，《紅樓夢研究》（臺北：貫雅文化，1991年），頁90～92。

「情根」、「空」、「夢幻」等重要概念上。〔註67〕周氏謂《紅樓夢》中的「紅」
應有多重意涵，亦舉出《西遊補》開頭的內容與《紅樓夢》對照闡釋：

> 這書第一回一開頭就說：「此一回書鯖魚擾亂，迷惑心猿，總見世界
> 情緣，多是浮雲夢幻。」於是敘述唐僧師徒四眾，離了火焰山西行，
> 路上忽見一樹紅牡丹，「雲憐國色來為護，蝶戀天香去欲遲」，孫悟
> 空驚呼：「那牡丹這等紅哩！」唐僧卻說「牡丹不紅」，只是孫悟空
> 「自家紅了」，也就是自己「心上紅」了之故。不久便見牡丹樹下簇
> 擁著數百「春紅女」，在那裏「抱女攜兒，打情罵俏」，造成一個「男
> 女城」來包圍唐僧；都讓悟空掄棒打死這一干男女，才得脫難。這
> 開頭顯是用「紅」來代表男女與俗世情緣，而行者打死「春紅女」，
> 則正如回末總批所說，「是斬絕情根手段」。這和《紅樓夢》裏寶玉
> 愛紅，由和尚來度脫，有類似之處。〔註68〕

周策縱從《西遊補》「紅牡丹」、「春紅女」等紅色意象相關的情節裡，讀出「紅」
實為男女、俗世情緣的鮮明象徵。將此象徵意涵與《紅樓夢》中寶玉「愛紅」
的特質對讀，雖二者所指有其差異，然而「紅」作為「浮雲夢幻」之「世界情
緣」的象徵，卻是兩者互通。小說在第五回揭示一眾女兒皆歸薄命司之前，
已在前一回「薄命女偏逢薄命郎」一節率先為讀者鋪展「一段小榮枯」〔註69〕，
以甄英蓮為眾薄命兒女的嚮導。原以為能結束被拐的淒苦境況，嫁與馮淵安
穩過活，豈料遇上拐子「一人二賣」，馮淵更慘遭「獃霸王」薛蟠手下打死。
賈雨村因而感嘆：「這正是夢幻情緣，恰遇一對薄命兒女。」（第四回，頁115）
這話一則命意與前述引文所謂「世界情緣，浮雲夢幻」如出一轍，二則經已
指向寶玉與黛玉的此段情緣，其收場終與甄、馮二人相似，不得善果。

〔註67〕董說所撰《西遊補》（明朝崇禎十四年，西元1641年）為《西遊記》續書之
一種，續補原著第六十三回「孫行者三調芭蕉扇」之後的故事，全書僅十六
回卻極富想像力與象徵性。詳參周策縱：〈《紅樓夢》與《西遊補》〉，收錄於
余英時・周策縱等著：《曹雪芹與紅樓夢》（臺北：里仁書局，1985年），頁
92～99。

〔註68〕周策縱：〈《紅樓夢》與《西遊補》〉，收錄於余英時・周策縱等著：《曹雪芹與
紅樓夢》（臺北：里仁書局，1985年），頁95。

〔註69〕小說第二回，賈雨村迎賈嬌杏作二房，此時甄英蓮早被拐走不知下落，而甄
士隱已隨僧道遠去。此處批語曰：「士隱家一段小榮枯至此結住，所謂真不去
假焉來也。」此中甄士隱家的「小榮枯」可謂是小說真正欲寫的賈家「大榮
枯」之先聲、伏筆，甄英蓮與馮淵的事件，實具備相同敘事作用。批語參見
——陳慶浩編著：《新編石頭記脂硯齋評語輯校》，頁39。

　　賈寶玉曾因窺見齡官如癡般在地下不住地劃「薔」字，後又得見其與賈薔嘔氣吵嘴，受其相處的情狀觸動而「深悟人生情緣，各有分定」（第三十六回，頁892）。往後晴雯遭撵亡故，司棋、入畫、芳官等人遭逐，寶釵遷出園子，獨自晃蕩的寶玉深感人非物換與造化無情。這時，寶玉明白園中諸人皆有散去的一日，然而即便至此，黛玉仍始終不變地被篤定視作「同死同歸」（第七十八回，頁1892）之人。寶黛二人有著赤瑕宮神瑛侍者與絳珠草的宿世前緣，今生更在長久相處中培養出心靈互契的知己情感（第三十二回），以上二者皆為寶、黛所獨有。曹雪芹選擇以「紅」作為此段情緣的象徵，凸顯出專屬於寶黛二人的深摯情緣。

二、金麒麟之外：湘雲與間色法

（一）「間色法」釋義

　　脂硯齋的批語為讀者指點小說文本的寫作技法，針對小說結構、敘事技巧、人物塑造等方面皆多有提示。小說開篇第一回，脂批便自言：

> 事則實事，然亦敘得有間架、有曲折、有順逆、有映帶、有隱有見、有正有閏，以至草蛇灰綫、空谷傳聲、一擊兩鳴、明修棧道、暗度陳倉、雲龍霧雨、兩山對峙、烘雲托月、背面傳（傅）粉、千皴萬染諸奇。書中之祕法，亦不復少；余亦干（于）逐回中搜剔刳剖，明白註釋，以待高明，再批示誤謬。〔註70〕

上述引文羅列種種小說寫作之技巧方法，而後在二十七回，亦曾整理多種創作手法於一條批語之中：「截法、岔法、突然法、伏線法、由近漸遠法、將繁改簡法、重作輕抹法、虛敲實應法」〔註71〕。而在脂批所提出的諸般技法之中，實有不少借鑑自繪畫藝術之術語，除了上文所引「烘雲托月」、「背面傅粉」之外，其他如「攢三聚五」〔註72〕、「濃淡墨點苔法」〔註73〕皆係繪畫技法挪用為文章作法批評的例子。而根據曹雪芹友人張宜泉、敦敏等人的記錄，可知曹雪芹乃是「工詩善畫」之人，更曾因經濟拮据而賣畫〔註74〕，若說其

〔註70〕陳慶浩編著：《新編石頭記脂硯齋評語輯校》，頁10。

〔註71〕陳慶浩編著：《新編石頭記脂硯齋評語輯校》，頁527。

〔註72〕陳慶浩編著：《新編石頭記脂硯齋評語輯校》，頁590。

〔註73〕陳慶浩編著：《新編石頭記脂硯齋評語輯校》，頁461。

〔註74〕「工詩善畫」出自〔清〕張宜泉：《春柳堂詩稿》。〔清〕敦敏：《懋齋詩鈔》，收入一粟編：《紅樓夢卷》，頁7。

在小說寫作上融會作畫之法，亦為可能。脂硯齋以賞析繪畫之方式點評《紅樓夢》，其方法名目多樣且散落全書各處，而本節欲討論者乃是與筆者「論紅」之旨密切相關的「間色法」。此一批評術語首先出現在第二十六回，此回前半講述小紅（林紅玉）與賈芸因手帕子而有交集的一段情節，脂批其後批曰：「至此一頓，狡猾之甚。原非書中正文之人，寫來間色耳。」〔註75〕同一回針對馮紫英則有：「紫英豪俠小（文）三段是為金閨間色之文」〔註76〕。本節欲聚焦討論的則是關合史湘雲的一則：「金玉姻緣已定，又寫一金麒麟，是間色法也。何顰兒為其所感，故顰兒謂『情情』」。〔註77〕

　　沈宗騫《芥舟學畫編・設色瑣論》說明：「五色原於五行，謂之正色，二五行相錯雜以成者，謂之間色。」〔註78〕「間色」的概念乃是相對於「正色」而生的產物，本文於首節闡釋「紅」的意涵時曾有論及。傳統中國將顏色納入五行說的體系中，作為正色的青、赤、黃、白、黑直接對應木、火、土、金、水。所謂「間色」，則屬於過渡或雜錯其間的色彩，或與畫面主色在深淺濃淡上有所不同之色。繪畫領域中的間色之法，能夠從明暗等變化上產生豐富的視覺效果，避免雷同之餘凸顯各色的妙處。〔註79〕脂批引用此繪畫之法點評曹雪芹的寫作，正為說明此一現象。

　　小說在主要人物、主要情節的發展之間，間錯以另一人物、次要故事線，一則使得敘事更為複雜錯綜，二則兩相映照，顯出各自妙趣。舉例而言，描寫小紅與賈芸情愫暗生乃至交換信物，卻又急促截住，其緣由便是脂批所言：「原非書中正文之人，寫來間色耳。」插入此一段小波瀾，或為寫出有別於富家兒女的感情事件，作為次要情節襯托寶、黛的一段情緣，且賈「芸」與「林紅玉」之名洽便與寶黛的「紅色情緣」相和。綜言之，「間色法是曹雪芹在撰寫小說《紅樓夢》時，借鑑中國畫家繪製山水畫的構圖原則和設色技巧，把小說中的人物、情節立賓主、別正副，甚至繼續分賓中賓、副中副，這些非主要的人物、情節在小說中筆墨分量不多，但也不可少，起到的作用與繪畫設色時間色的作用相似，使全書人物設置顯得不單調，主要人物的活動有更

〔註75〕陳慶浩編著：《新編石頭記脂硯齋評語輯校》，頁506。

〔註76〕陳慶浩編著：《新編石頭記脂硯齋評語輯校》，頁511。

〔註77〕陳慶浩編著：《新編石頭記脂硯齋評語輯校》，頁551。

〔註78〕〔清〕沈宗騫：《芥舟學畫編》。

〔註79〕「間色以免雷同，豈知一色中之變化；一色以分明晦，當知無色處之虛靈。」——〔清〕笪重光：《畫筌》。

廣闊的生活背景，情節發展更為曲折瑣碎，這些非正文的文字為書中正文起到引接的作用。」〔註80〕

（二）絳紋・海棠・櫻桃九熟

小說第三十一回，脂硯齋在回前批曰：「金玉姻緣已定，又寫一金麒麟，是間色法也。何顰兒為其所感，故顰兒謂『情情』。」〔註81〕此處點出小說家在薛寶釵與賈寶玉的「金玉姻緣」之外，又刻意從第二十九回寫出一「赤金點翠的金麒麟」，乃是一種「間色」的寫法，藉此為人物關係添一層次，為故事情節增色。於是，書中「金玉之論」便不僅指向寶玉與寶釵，更將湘雲與寶玉相互縮繫，小說敘事由此生出事故，導致寶玉與黛玉的一場大風波。小說家將發揮「間色」作用的金麒麟分配予史湘雲，並因之而橫生枝節，筆者以為內有乾坤。《紅樓夢》以「還淚神話」建構賈寶玉與林黛玉跨越前世今生的宿世情緣，這便形成書中所述二人之間的「木石前盟」；而在「下世為人」的紅塵俗世裡，則另有與之衝突的「金玉良姻」，指向薛寶釵與賈寶玉的婚姻。此二者為書中關鍵的一組矛盾，關合全書情節發展與人物塑造，且別具寓意。若說史湘雲佩帶金麒麟、賈寶玉從清虛觀拿走而後由史湘雲拾得的一整段描寫，乃是針對「金玉良姻」而生的一段「間色」文字；筆者則認為小說家針對「木石前盟」亦有所關照，亦即與史湘雲相關的「間色」文章，不僅尚有幾處應予補充，更可透過小說中多處線索，將「間色法」讀作史湘雲人物塑造的關鍵技法。

從前述批語可知，脂硯齋針對「金麒麟」與「金玉」的連結而評之為「間色法」。筆者現將觀察焦點從金麒麟轉移、擴大至關鍵人物史湘雲，發現此一人物不僅因佩帶、撿拾金麒麟而關合擁有金鎖的薛寶釵，更由多種紅色意象的疊加而與寶、黛「木石前盟」產生聯繫，而此種關聯皆指向與賈寶玉的特殊關係。首先仍是「因麒麟伏白首雙星」一回，在史湘雲與丫鬟翠縷談論陰陽進而拾得金麒麟之前，先有一段送戒指的情節。此處特意描寫史湘雲帶了「好東西」贈予襲人、鴛鴦、金釧兒與平兒，禮物的名稱由寶玉道出：

〔註80〕陳娟：〈論間色法在《紅樓夢》敘事中的運用——也談曹雪芹原作中史湘雲之結局〉，《渤海大學學報》2009年第三期，頁49～53。此外，尚可參考曾保泉的釋義。——馮其庸，李希凡主編：〈間色法〉，《紅樓夢大辭典》（北京：文化藝術出版社，1990年），頁991。

〔註81〕陳慶浩編著：《新編石頭記脂硯齋評語輯校》，頁551。

寶玉道：「什麼好的？你倒不如把前兒送來的那種絳紋石戒指兒帶
兩個給他。」湘雲笑道：「這是什麼？」說著便打開。眾人看時，果
然就是上次送來的那絳紋戒指，一包四個。（第三十一回，頁800）

曹雪芹於此寫史湘雲送眾人「絳紋石」戒指，除了表現湘雲與賈家姑娘、丫
嬛感情親厚，帶出閨閣日常的溫馨情景外之外，應可從絳紅紋飾石頭的戒指
上，思考其背後隱藏的意涵。第二段附著在湘雲身上的「紅色書寫」，則在第
六十三回：

湘雲笑著，擅拳擄袖的伸手掣了一根出來。大家看時，一面畫著一
枝海棠，題着「香夢沉酣」四字，那面詩道是：
只恐夜深花睡去。
黛玉笑道：「『夜深』兩個字，改『石涼』兩個字。」眾人便知他趣
白日間湘雲醉臥的事，都笑了。（第六十三回，頁1525）

湘雲掣出的花籤為題有「香夢沉酣」的海棠花籤。「香夢沉酣」四字直接對應
白日間「憨湘雲醉眠芍藥裀」之事，原文如此寫道：「說着，都走來看時，果
見湘雲臥於山石僻處一個石凳子上，業經香夢沉酣，四面芍藥花飛了一身，
滿頭臉、衣襟上皆是紅香散亂……」（第六十二回，頁1498）史湘雲因酒醉而
直接於戶外露天處酣睡，在在可見其曠達灑脫無拘束。此一「湘雲眠芍」的
畫面富有詩情畫意且渾然天成，前頭飲酒行令特寫湘雲見門斗上貼有「紅香
圃」三字，此處再描摹「紅香散亂」一幕，每每將其與「紅」關聯起來。而更
重要的是其所掣的海棠花籤及「只恐夜深花睡去」之詩句。

賈寶玉所居怡紅院及其怡紅公子之號，其中「紅」字皆源於怡紅院所植
的西府海棠。據寶玉所言，由於「此花之色紅暈若施脂，輕弱似扶病，大近
乎閨閣風度」（第十七至十八回，頁443），因此才有其來自「女兒國」，稱作
「女兒棠」的俗傳。正因為院中種有海棠與芭蕉，怡紅院才會先後題作「紅
香綠玉」與「怡紅快綠」，湘雲掣得海棠花，便再次因「紅香」、「怡紅」而
染上「紅」的印記。不可忽略的是，湘雲在詩社中「枕霞舊友」的別號，是
除「怡紅公子」外另一有「紅」之名號〔註82〕。再看曹雪芹形容海棠「絲垂
翠縷，葩吐丹霞」，又令人聯想及湘雲的丫嬛「翠縷」。此外則是花籤上的詩
句，原詩作：「東風嫋嫋泛崇光，香霧空濛月轉廊。只恐夜深花睡去，更燒

〔註82〕〔宋〕《太平御覽・天部》曰：「霞，白雲映日光而成赤色，假日之赤光而成
也。故字從雨，叚聲。」又，《說文新附》：「霞，赤雲氣也」。

高燭照紅妝。」〔註83〕小說家因怡紅公子所居院落而多次援引此詩,清客試題「崇光泛彩」及寶玉題詠中的「紅妝夜未眠」皆出於此,而後者或與湘雲醉眠一節有所呼應。除此之外,小說第四十回描寫眾人行牙牌令,湘雲的一副骨牌在在坐實湘雲與「紅」的淵源。

　　牙牌乃是由骰子衍生變化而來的酒令博戲。骰子是一種戲具、賭具,立體四方形構成六面,各別刻有一到六個圓點。必須注意的是,其中僅有一點和四點為紅色,其餘為黑色。牙牌又稱骨牌,全副骨牌共三十二張,每張牌乃是由兩顆骰子,各取一面組合而成,每張牌皆有其名字。在三十二張牙牌中,任意抽取三張便組合成一副骨牌,前人曾為種種不同的組合題上雅名,匯成牌譜以之遊戲作樂。曹雪芹此回所描寫的骨牌名號多出自《宣和牌譜》〔註84〕,其行令方式如鴛鴦所述:

> 鴛鴦道:「如今我說骨牌副兒,從老太太起,順領說下去,至劉姥姥
> 止。比如我說一副兒,將這三張牌拆開,先說頭一張,次說第二張,
> 再說第三張,說完了,合成這一副兒的名字。無論詩詞歌賦,成語
> 俗話,比上一句,都要協韵。錯了的罰一杯。」(第四十回,頁 991)

正如書中詩詞歌賦皆關合小說家對人物、情節的描寫,具有不同的指涉;眾人行令中的骨牌副兒,以及所對出的詩詞俗語,亦絕非「獺祭填寫」的敷衍搪塞之文。且看史湘雲的骨牌組合及其應對:

> 鴛鴦又道:「有了一副。左邊『長么』兩點明。」湘雲道:「雙懸日
> 月照乾坤。」鴛鴦道:「右邊『長么』兩點明。」湘雲道:「閑花落
> 地聽無聲。」鴛鴦道:「中間還得『么四』來。」湘雲道:「日邊紅
> 杏倚雲栽。」鴛鴦道:「湊成『櫻桃九熟』。」湘雲道:「御園却被鳥
> 啣出。」(第四十回,頁 992)

湘雲的骨牌副兒為左右兩張「長么」,中間一張「么四」牌。「長么」又稱「地牌」,是兩個一點;「么四」又稱「雜五」,由一點與四點上下組合而成。誠如上文所述,骰子上的一點與四點皆為紅色,曹雪芹為史湘雲安排的一副骨牌便是由九個紅點組成的「櫻桃九熟」。由此,湘雲根據「兩個紅色圓點」的象形思考答出:「雙懸日月照乾坤」以及「閑花落地聽無聲」。而「日邊紅杏倚雲栽」則是由牌上一輪紅日以及四點紅花的類比聯想而來。針對全副牙牌組合

〔註83〕〔宋〕蘇軾:《海棠》。
〔註84〕王乃驥:《金瓶梅與紅樓夢》(臺北:里仁書局,2001 年),頁 75～77。

成紅艷欲滴的「櫻桃九熟」，湘雲回應以「御園却被鳥啣出」則相當有趣。首先，這是對於王維《敕賜百官櫻桃》詩「總是寢園春薦後，非關御苑鳥銜殘」的化用，而改作「御園却被鳥啣出」則不僅與「櫻桃九熟」押韻，更將原來太平頌聖的意涵轉向指涉「到頭一場空」，圓熟的櫻桃却遭雀鳥銜去，美好物事終究落空如「湘江水逝楚雲飛」。而當我們循線看向王維詩中下一句「歸鞍競帶青絲籠，中使頻傾赤玉盤」，則進一步發現史湘雲與「赤瑕宮神瑛侍者」的關聯。王維之詩引用漢朝典故，根據《拾遺錄》記載：「漢明帝於月夜宴賜群臣櫻桃，盛以赤瑛盤。群臣視之月下，以為空盤，帝笑之。」〔註85〕此處的「赤瑛盤」在王維詩中作「赤玉盤」，當曹雪芹將「櫻桃九熟」特特配予史湘雲，又令湘雲說出暗藏赤瑛／赤玉字眼的「御園却被鳥啣出」時，史湘雲與賈寶玉的聯繫又多一宗。

綜上所述，曹雪芹不僅寫出金麒麟一節，將史湘雲與「金玉姻緣」連線；更以枕霞舊友之號、絳紋石戒指、海棠花以及一副「櫻桃九熟」的牙牌，細密而深入地為史湘雲染上層層紅色印記。無怪乎有學者要將史湘雲視為賈寶玉真正的婚配對象，諸般線索確實耐人尋味。〔註86〕然而，筆者緊貼文本，考察各回情節並參酌脂硯齋關於「間色」之評點，則認為史湘雲一則在「金麒麟」上關合了「金玉姻緣」；二則經由上述種種紅色線索，與寶、黛的「紅色情緣」——亦即「木石姻緣」牽合。然而，相對於薛寶釵金鎖的始終貫串且最終確實成婚；以及林黛玉因前世而今生的宿世因緣，史湘雲的「金麒麟」與

〔註85〕櫻桃（古稱「含桃」）經常與皇家宗廟祭祀相關，亦是帝王用以賞賜諸臣之物。早期記載可見於《漢書‧酈陸朱劉叔孫傳》：「惠帝常出游離宮，通曰：『古者有春嘗果，方今櫻桃熟，可獻，願陛下出，因取櫻桃獻宗廟。』上許之。諸果獻由此興。」此外，《禮記‧月令》亦有：「是月也，天子乃以雛嘗黍，羞以含桃，先薦寢廟。」的記錄。此處所引《拾遺錄》的文字出自〔宋〕《太平御覽‧果部》。

〔註86〕因著小說第三十一回「因麒麟伏白首雙星」的回目、內文以及脂硯齋「後數十回若蘭在射圃所佩之麒麟，正此麒麟也。提綱伏於此回中，所謂草蛇灰線在千里之外。」等批語；再基於眾學者對於「紅樓夢未完」的認知，史湘雲的後續發展、婚配對象，遂成為紅學史上諸多聚訟紛紜的懸案之一。諸多學者已提出多種推論，本文意不在此，詳細可參考——周汝昌：〈湘雲的後來及其他〉、朱彤：〈釋「白首雙星」——關於史湘雲的結局〉、沈思：〈史湘雲的結局〉，三篇文章皆收入余英時‧周策縱等著：《曹雪芹與紅樓夢》（臺北：里仁書局，1985年），頁315～342。此外，亦可參看孫遜：《紅樓夢脂評初探》（上海：上海古籍出版社，1981年11月），頁150～153。

「紅色符號」則僅僅是穿插其間的「間色」文章。小說第三十二回敘述湘雲勸導寶玉應學習經濟仕途、應酬世務之事，寶玉不僅直接駁斥，更道出內心對於黛玉的認同與讚許。此處已顯示湘雲與寶玉人生理念上的重大分歧，且一如黛玉聽見後所生的感觸：「素日認他是個知己，果然是個知己」——真正與賈寶玉互為知己的不是寶釵、更非湘雲，而是「草木之人」林黛玉。後文將從「紅綠對照」說明寶、黛的姻緣牽合。

本節欲說明的是，湘雲之「紅」屬於未經脂硯齋點出的「間色」之處，而考量此一人物的設置、其在敘事上的功能，則或可稱之為「間色人物」。湘雲自小與寶玉同在賈母處起居，兩者「親厚之極」〔註87〕；而其性情與釵、黛相較迴然又是另一種典型，即使「襁褓中父母嘆雙亡」，居於叔嬸處坎坷難言，卻始終是「英豪闊大寬宏量」的爽朗個性。藉由此一特殊人物的介入，寶玉與黛玉、寶釵之間的互動聯繫更見波瀾起伏，舉例而言：湘雲甫登場，便發生寶黛口角且因讚美寶釵而引起黛玉酸妒（第二十回）、湘雲率直道出伶人與黛玉樣貌相像，寶玉對其使眼色卻兩邊皆得罪，此段仍以釵、黛的一搭一唱收結，「四人仍復如舊」（第二十二回，頁586）……關於湘雲交錯於「木石」與「金玉」之間，使得人物關係、對話互動更為繁複曲折的「間色文章」不勝枚舉，脂硯齋直評為「間色法」的金麒麟一段文字，便是最好的例證。因此，史湘雲不僅是曹雪芹筆下活跳可愛的「嬌憨女兒」〔註88〕，更在關合「木石姻緣」與「金玉姻緣」之處發揮其獨特的「間色」作用，小說因而更顯精彩。

三、豈非血淚乎：作為死亡跡兆

（一）滴淚為墨，研血成字

作為全書重要的色彩標記，「紅」自有其繁華富麗、青春美豔等等指涉，而如前文所述，從其觀念物源的角度切入則可見「紅」乃太陽、火焰與血液之色。「紅顏」指稱年少具生命力之人，進而成為青春女性的代名詞，一則因為通於花卉色澤，二則亦與臉頰鮮亮透紅的外在形象相關，如此一來「紅顏」之「紅」實也有「血色」之意。紅色的物源之一是血，而在語言文字的使用當中又以「血」反向代指紅色，小說中不乏此例。《紅樓夢》第二十八回以「血點似的大紅汗巾子」形容蔣玉菡與賈寶玉交換的茜香羅，相似的用

〔註87〕陳慶浩編著：《新編石頭記脂硯齋評語輯校》，頁406。
〔註88〕陳慶浩編著：《新編石頭記脂硯齋評語輯校》，頁408。

法亦可見於第七十八回的「血點般大紅褲子」。此外，第十九回還有一段：「黛玉因看見寶玉左邊腮上有鈕扣大小的一塊血漬，便欠身湊近前來，以手撫之細看。又道：『這又是誰的指甲刮破了？』」此處不僅帶出寶玉愛紅的習癖，更細膩描寫黛玉誤判胭脂為血漬，湊近細看並以手帕擦拭則顯示寶黛的親暱。

> 一種色彩的表象和表現性往往可以因題材的改變而改變。同一種紅色，當我們用它分別表現鮮血、面孔、馬匹、天空、樹木時，它看上去就不再是同一種紅了，因為在觀看這一紅色時，人們總是要把它與這些客觀物體的常態顏色聯繫起來，甚至還要帶著這些色彩所要表現的情景的含意來進行觀察。〔註89〕

誠如引文所述，色彩作為一種視覺元素能夠附著、存在於不同物事上，因而帶來各不相同的心理感受、象徵意涵，具有歧義而不宜刻板判斷其指涉。筆者旨在思考小說中有關「紅」的種種敘述，因此本節將循著「血」所給的線索，針對相關敘述作一整理討論。

著眼《紅樓夢》字裡行間的批語，「血」經常作為描述悲苦辛酸的字樣。第三回作者描述黛玉年幼多病，失恃且無手足扶持的孤苦情境，便有「可憐。一句一滴血，一句一滴血之文。」〔註90〕的脂批。「慧紫鵑情辭試忙玉」一回則有回前總批：「作者發無量願，欲演出真情種，性地圓光，徧示三千，遂滴淚為墨，研血成字，畫一幅大慈大悲圖。」〔註91〕前者顯出對於小說人物的憐惜同情；而後者則與「四字是血淚盈面，不得已、無奈何而下。四字是作者痛哭。」〔註92〕、「能解者方有辛酸之淚，哭成此書。」〔註93〕等等批語相類，乃是對於作者著書心境、小說悲劇主題的共鳴體會。批語經常將「血淚」並提，「滴淚為墨，研血成字」更使兩者互通。若將《凡例》「字字看來皆是血，十年辛苦不尋常」〔註94〕與第一回中「滿紙荒唐言，一把辛酸

〔註89〕〔美〕魯道夫・阿恩海姆著；滕守堯、朱疆源譯：《藝術與視知覺——視覺藝術心理學》（北京：中國社會科學出版社，1984年），頁478。
〔註90〕陳慶浩編著：《新編石頭記脂硯齋評語輯校》，頁57。
〔註91〕陳慶浩編著：《新編石頭記脂硯齋評語輯校》，頁57。
〔註92〕四字指的是「孽根禍胎」（第三回）——陳慶浩編著：《新編石頭記脂硯齋評語輯校》，頁76。
〔註93〕陳慶浩編著：《新編石頭記脂硯齋評語輯校》，頁12。
〔註94〕陳慶浩編著：《新編石頭記脂硯齋評語輯校》，頁5。另參見〔清〕曹雪芹：《脂硯齋甲戌抄閱再評石頭記》，頁4。

淚。都云作者痴，誰解其中味！」對讀，似可將《紅樓夢》視作「血淚書」
——在繁華靡麗的書寫背後，盡是作者辛酸滿腹的「血」與「淚」。其中寓
含曹雪芹對自身「一事無成，半生潦倒」的悔恨慚愧，指示其「舉家食粥酒
常賒」〔註95〕窮愁窘乏的著書情境，兼且昭示了小說的悲劇主調。小說第五
十回《詠紅梅花》有詩一句：「凍臉有痕皆是血，酸心無恨亦成灰」〔註96〕，
或也呈現此一命意。

（二）泣盡而繼之以血

　　沿著「血淚」，可以發現小說第一回「絳珠草」登場時，甲戌本有脂硯齋
硃色側批：「點『紅』字。細思『絳珠』二字豈非血淚乎。」〔註97〕此一批語
十分有趣。絳珠仙子投胎入世成為林黛玉，只為以一生眼淚償還神瑛侍者的
灌溉之惠，將「絳珠」讀作紅色的淚珠足以回應此一設計。而「紅淚」本具有
美人之淚的意涵，「還淚神話」因此能與其「娥皇女英」的神話血緣相互結合，
深化「淚盡而逝」的悲劇命運〔註98〕。春日裡，黛玉一首《桃花行》便有「胭
脂鮮艷何相類，花之顏色人之淚」（第七十回，頁1686）之句，或即出自同一
思路。然而，此處脂硯齋的批語卻將「絳珠」視為「血淚」，由此透顯出更為
深沈哀痛的意味。「絳珠」與「血淚」的綰合並不是脂硯齋一己的聯想，小說
透過《葬花吟》「獨把花鋤淚暗灑，灑上空枝見血痕」（第二十七回，頁714）
一句，已呈現兩者的結合。而賈寶玉在馮紫英酒席上唱出「滴不盡相思血淚
拋紅豆」之句，更從《桃花行》與《葬花吟》的婉轉訴說轉向直接披露，林黛
玉的哀愁哭泣與「血淚」於焉相合。「血淚」一詞用以比喻辛酸悲痛之意，與
其相關的典故可以追溯至《韓非子》：

　　楚人和氏得玉璞楚山中，奉而獻之厲王，厲王使玉人相之，玉人曰：
　　「石也。」王以和為誑，而刖其左足。及厲王薨，武王即位，和又

〔註95〕〔清〕敦誠：《贈曹雪芹》、《寄懷曹雪芹》，收入一粟編：《紅樓夢卷》，頁1。
〔註96〕「凍臉有痕皆是血」描寫紅梅花之紅，如臉頰上有血色淚痕，即以血淚說紅。
　　　　——蔡義江：《紅樓夢詩詞曲賦鑒賞》（北京，中華書局，2004年），頁282。
〔註97〕陳慶浩編著：《新編石頭記脂硯齋評語輯校》，頁17。
〔註98〕「至於『絳珠』，『絳』，紅也；『珠』，淚也；『絳珠』者，紅淚也，乃『拾遺
　　　　記』中魏文帝寵妃常山美人薛靈芸的典故。薛靈芸辭親赴魏宮時，悽然落淚
　　　　於紅玉唾壺之中，因而被稱作『紅淚』；這和娥皇女英痛哭亡夫，故以灑淚湘
　　　　竹，兩樁故事都在強調一種意義——深情女子的哀哭。」——康來新：〈寂寞
　　　　紅——從芙蓉看黛玉〉，《石頭渡海——紅樓夢散論》，頁180。

奉其璞而獻之武王，武王使玉人相之，又曰「石也」，王又以和為誑，
而刖其右足。武王薨，文王即位，和乃抱其璞而哭於楚山之下，三
日三夜，泣盡而繼之以血。王聞之，使人問其故，曰：「天下之刖者
多矣，子奚哭之悲也？」和曰：「吾非悲刖也，悲夫寶玉而題之以石，
貞士而名之以誑，此吾所以悲也。」王乃使玉人理其璞而得寶焉，
遂命曰：「和氏之璧。」〔註99〕

此則有關「和氏璧」的記載，講述楚人和氏欲將寶玉獻予國君，卻因被鑑定
為尋常石頭而接連遭楚厲王、楚武王處以斷足之刑，直到楚文王繼位方才
沉冤得雪。此則記載可與小說互文對看，其中玉石判別、真假辯證問題皆與
《紅樓夢》旨趣密切相關；而受冤、寶玉真偽等情事更令人聯想《一捧雪·
豪宴》的內容。〔註100〕回到「血淚」。文中描述和氏「抱其璞而哭於楚山之
下，三日三夜，泣盡而繼之以血」，無以復加的身心創痛，使其哭泣長達三
天三夜，最終淚水流盡，眼中竟流出鮮血。典出於此的「血淚」令人悲戚愴
然且感怵目駭異。「泣盡而繼之以血」在此顯然具備時間先後動態發展的指
涉，若將此意涵讀入「絳珠」的「血淚」當中，或可作為林黛玉生命歷程的
一則說明。

　　林黛玉此生必須完成「還淚」的重大任務，如其所言：「但把我一生所有
的眼淚還他，也償還得過他了」，因此淚水還盡以後黛玉便將亡逝歸天。小說
中描述林黛玉外形樣貌的文字便是「淚光點點，嬌喘微微」（第三回，頁86），
若不論拜別父親、初會賈母等一般的哭泣情景，獨屬於黛玉哭泣垂淚的情節
仍是不勝枚舉。如寶黛初晤當夜，黛玉便因寶玉砸玉而「自己淌眼抹淚」（第
三回，頁91），即刻開始了「來還甘露水」〔註101〕的一程生命。其後便是連
串不斷的哭泣。第二十九回因金麒麟之事引發寶黛爭執，黛玉因而「傷心大
哭」；三十四回則因痛惜寶玉被打傷重而哭得「兩個眼睛腫得桃兒一般」；五
十七回「慧紫鵑情辭試忙玉」致使寶玉大病，黛玉關心憂慮，「未免又添些

〔註99〕《韓非子·和氏第十三》。

〔註100〕清代李玉戲曲作品《一捧雪·豪宴》，出現在小說第十七至十八回，乃是元
　　　　妃省親所點的第一齣劇目，具有伏筆作用。脂硯齋認為其「伏賈家之敗」，
　　　　參考康來新：《紅樓夢研究》（臺北：文史哲出版社，1981年），頁86。另可
　　　　參看白先勇：〈戲中戲：《紅樓夢》中戲曲的點題功用〉，《白先勇的文藝復興》
　　　　（臺北：聯合文學，2020年）。

〔註101〕陳慶浩編著：《新編石頭記脂硯齋評語輯校》，頁90。

病症，多哭幾場」；六十七回則因見到江南家鄉之物而「睹物傷情，揮淚自嘆」……大大小小落淚情節貫串全書，寶玉擔心黛玉的安康而勸其好生保養，也說：「每天好好的，你必是自尋煩惱哭一會子，才算完了這一天的事」。然而，小說家在此卻經由黛玉的回應，給予提示：

> 黛玉拭淚道：「近來我只覺心酸，眼淚恰像比舊年少了些的。心裡只管酸痛，眼淚却不多。」寶玉道：「這是你哭慣了心裡疑的，豈有眼淚會少的？」（第四十九回，頁1184）

雖然仍有心酸、哭泣的情況，黛玉的眼淚卻已逐漸減少。換言之，黛玉正逐漸完成其還淚的任務，往「淚盡而亡」的宿命終局邁近。而其走向死亡的過程正與上文所述「泣盡而繼之以血」的歷時變化，有所對應。第八十三回，黛玉驚夢「吐了一盒子痰血」：

> 探春聽了咤異道：「這話真麼？」翠縷道：「怎麼不真。」翠墨道：「我們剛纔進去去瞧了瞧，顏色不成顏色，說話兒的氣力兒都微了。」湘雲道：「不好的這麼着，怎麼還能說話呢？」探春道：「怎麼你這麼糊塗，不能說話不是已經……」說到這裡却咽住了。（第八十二回，頁2002）

由此回起至第九十八回「苦絳珠魂歸離恨天」，林黛玉咳血、吐血的次數越趨頻繁，上述引文中探春回答湘雲的話語，更已經帶出死亡的徵象。從第四十九回始，眼淚減少已是作者對於黛玉逐漸「淚盡」的提示，而一如「泣盡而繼之以血」所述，當此處故事情節出現黛玉吐血時，便是其即將「泣盡」的暗示——亦即表示黛玉死亡之逼近。而後，黛玉從傻大姐處得知寶玉將娶寶釵，儘管內心五味雜陳卻不再落淚哭泣，甚至在迷惑中與寶玉對坐傻笑，及至回到瀟湘館方才「『哇』的一聲，一口血直吐出來」。小說如此描寫黛玉聞知真相的反應：「此時反不傷心，惟求速死，以完此債。」從此時一直到黛玉焚稿、氣絕身亡，再也不曾見過黛玉流淚，而淚盡以後接續替代淚水的便是「血」。單只「林黛玉焚稿斷癡情」一回，便有「痰中帶血」、「吐出好些血來」等至少三處以「血」步步鋪寫其將死之情狀。綜上所述，本節由絳珠／血淚與「泣盡而繼之以血」的互文對讀，詮釋林黛玉「還淚」的歷時變化過程，最先日夜涕泣，再則淚水漸盡，進而頻頻咳血，最終走向「淚盡亡逝」的必然結局。沿著此一發展，「血」或可稱為黛玉的「死亡跡兆」，「簌簌亂跳」（第八十二回）的鮮紅血星，點點斑斑地指向黛玉之死。

第三節　微物與對照

一、參詳：張愛玲的方法學

　　以小說與散文起家而涉入紅學研究的張愛玲，以「十年一覺迷考據」寫就《紅樓夢魘》，其論述的基礎起於對「《紅樓夢》未完」的認識。誠如其所述：「我唯一的資格是實在熟讀紅樓夢，不同的本子不用留神看，稍微眼生點的字自會蹦出來。」〔註102〕張愛玲正是憑藉對於各個版本的詳讀、對照，以其「感性優於知性，品味強於說理，細心推敲勝過旁徵博引」〔註103〕的文學考據法得出前人未曾發掘的種種創見。〔註104〕張愛玲在《紅樓夢魘》「自序」中如此自承：「這兩部書在我是一切的泉源，尤其紅樓夢」〔註105〕，一語道破主導其文學血緣的兩部大書，乃是同屬世情小說系譜的《金瓶梅》與《紅樓夢》。關於張愛玲與《金》、《紅》二書的傳承聯繫，學界已有不少討論，並非本節所欲探究的重點。本節討論的焦點，是循著文本中紅色字詞、紅色意象的諸般設計，進而聚焦《紅樓夢》中的紅色物件，以及小說中醒目且至關緊要的一組色彩對照。康來新曾經指出：

　　　　「對照」是張愛玲的方法學。

　　　　她以參差對照書寫小說，以參詳對照考據《紅樓夢》，最後則以「看
　　　　老照相簿」的圖文對照回顧並終結一生。〔註106〕

本節便欲取徑於「張愛玲的方法學」開啟論述。往下將針對筆者所欲討論的「微物」與「對照」，先略舉張愛玲作品中的相關敘述，進而潛入《紅樓夢》文本參詳之、對照之。由此，亦可再補充《紅樓夢》與張氏書寫的血脈傳承、互文對照處。

〔註102〕張愛玲：〈自序〉，《紅樓夢魘》（臺北：皇冠，2010年），頁5。

〔註103〕康來新：〈對照記——張愛玲與《紅樓夢》〉，楊澤主編：《閱讀張愛玲：張愛玲國際研討會論文集》（臺北：麥田出版，1999年），頁52。

〔註104〕關於《紅樓夢魘》所陳述的主要觀點，詳參郭玉雯：〈《紅樓夢魘》與紅學〉、〈《紅樓夢魘》的考證意見與價值——以小處刪改與後四十回問題為主〉，收入《紅樓夢學——從脂硯齋到張愛玲》（臺北：里仁書局，2004年），頁341～415。另，可參考周芬伶：《艷異》，頁381～409。余斌：《張愛玲傳》（台中：晨星，1998年），頁356～365。

〔註105〕「這兩部書」指的是《金瓶梅》與《紅樓夢》。——張愛玲：〈自序〉，《紅樓夢魘》（臺北：皇冠，2010年），頁7。

〔註106〕康來新：〈對照記——張愛玲與《紅樓夢》〉，楊澤主編：《閱讀張愛玲：張愛玲國際研討會論文集》（臺北：麥田出版，1999年），頁29。

張愛玲在〈天才夢〉裡說:「對於色彩,音符,字眼,我極為敏感。當我彈奏鋼琴時,我想像那八個音符有不同的個性,穿戴了鮮豔的衣帽攜手舞蹈。我學寫文章,愛用色彩濃厚,音韻鏗鏘的字眼……」〔註107〕此中所說的音樂、色彩、字眼,除了音樂之外,皆可與曹雪芹對看。〔註108〕《紅樓夢》中對於色彩的書寫,斑斕多樣且皆依據人物塑造、情節安排而各別賦色,擅畫的曹雪芹對於設色自有其獨到之處。張愛玲一如其在〈天才夢〉所言,敏感於用字、用色,且擅長從視覺營造而探入幽微心靈。其文章不僅意象尖新,色彩上的鋪寫更是繁複講究,且看其早期小說作品〈第一爐香〉:

> 草坪的一角,栽了一棵小小的杜鵑花,正在開著,花朵兒粉紅裏略帶些黃,是鮮亮的蝦子紅。牆裏的春天,不過是虛應個景兒,誰知星星之火,可以燎原,牆裏的春延燒到牆外去,滿山轟轟烈烈開著野杜鵑,那灼灼的紅色,一路摧枯拉朽燒下山坡子去了。杜鵑花外面,就是那濃藍的海,海裏泊著白色的大船。這裏不單是色彩的強烈對照給予觀者一种眩暈的不真實的感覺——處處都是對照;各种不調和的地方背景,時代气氛,全是硬生生地給摻揉在一起,造成一种奇幻的境界。〔註109〕

此處為小說開頭處,主角葛薇龍初次來到姑母的華貴住宅,眼前的景色讓她感覺華麗而怪誕,「金漆托盤」似的園子從一片荒山裡「憑空擎出」,綠樹與豔麗玫瑰則如托盤上的「工筆彩繪」。其後則如引文所述,葛薇龍的目光從近處草坪一路移往牆外山坡,再擴大至海洋進而定焦在船隻上。此處,張愛玲濃墨重彩地描繪牆裡杜鵑「粉紅裏略帶些黃,是鮮亮的蝦子紅」,牆外野杜鵑則是火勢延燒般「灼灼的紅色」。遠處背景有「濃藍的海」、「白色的大船」,種種「色彩的強烈對照」或為凸出來自上海的葛薇龍對於香港,乃至在香港的姑母之感受,精巧炫目而予人奇幻之感。小說其下仍然不厭其煩地細寫「白房子」的「碧色琉璃瓦」、綠色玻璃窗及其「雞油黃嵌一道窄紅邊

〔註107〕張愛玲:〈天才夢〉,《華麗緣》(臺北:皇冠,2010年),頁9。

〔註108〕除了前文曾提及曹雪芹工於繪畫之外,張愛玲在討論到馬道婆挑鞋面的版本異文時,從顏色描寫的增刪,輕輕點到「可見作者對色彩的喜好。」雖是靈光乍現的簡短句子,卻可謂灼見。——張愛玲:〈初詳紅樓夢——論全抄本〉,《紅樓夢魘》,頁75。

〔註109〕中篇小說《沉香屑·第一爐香》發表於周瘦鵑主編的《紫羅蘭》雜誌,連載於第二期至第四期。其後收錄於1945年出版之小說集《傳奇》。此處引文〈第一爐香〉,收入《傾城之戀》(臺北:皇冠,2010年),頁6~7。

的框」;客室裡的「翡翠鼻煙壺」、「象牙觀音像」、「斑竹小屏風」……此處已然呈現張愛玲對於色彩與物件的關注、講究,其作品經常一再細寫景物、建築、擺設等物的顏色與細節,實則也可歸入張氏小說中世情小說美學之傳衍。

張愛玲對於顏色與物件細節的喜好,不僅體現在小說作品中,其散文篇章更直接剖明色彩、物件等「雜事」給予她的喜悅,僅以〈公寓生活記趣〉中一段文字作例:「許多身邊雜事自有它們的愉快性質。看不到田園裏的茄子,到菜場上去看看也好——那麼複雜的,油潤的紫色;新綠的豌豆,熟艷的辣椒,金黃的麵筋,像太陽裏的肥皂泡。」〔註110〕滿目琳琅的物質與色彩,予人豐富的視覺感知,或也帶給張愛玲一種飽含生活感的愉悅,因此讀者不難發現其作品中大量物質與色彩的堆疊。〔註111〕值得注意的是,對於物質及其細節的重視實可溯及世情小說的傳統。張竹坡評點《金瓶梅》指出:「西門家裏,大大小小,前前後後,碟兒碗兒,一一記之。」〔註112〕其鉅細靡遺的書寫特質,小至「碟兒碗兒」皆納入視野詳述;《紅樓夢》更是自陳描寫「閨閣中一飲一食」,可見瑣細物件、微小細節,本即是聚焦家庭生活、描摹人情世態的世情小說之特質或特長所在。所謂「細密真切的生活質地」〔註113〕便緣此而生。張愛玲曾說:「就因為對一切都懷疑,中國文學裏瀰漫著大的悲哀。只有在物質的細節上,它得到歡悅——因此《金瓶梅》、《紅樓夢》仔仔細細開出整桌的菜單,毫無倦意,不為什麼,就因為喜歡——細節往往是和美暢快,引人入勝的,而主題永遠悲觀。一切對於人生的籠統觀察都指向虛無。」〔註114〕張愛玲認為《紅樓夢》主題是悲觀虛無的,而物質的細節則因其帶來歡悅而獲得毫無倦意的細寫,然而細察文本卻可發現不少「物質的細節」乃是作者的精心設置,除了「因為喜歡」之外更有其敘事或

〔註110〕 張愛玲散文中多有色彩、物件的描寫,例如〈重訪邊城〉一文便從「紅封套的玫瑰紅」花布開啟大段有關色彩與文化的討論。引文出自張愛玲:〈公寓生活記趣〉,《華麗緣》(臺北:皇冠,2010年),頁38。

〔註111〕 楊佳嫻曾如此描述「她的張愛玲」,「全是色彩和官感,如同野火花,一系列的微物。她的小說全是微物的海洋,人物與讀者,同樣在物體系中得到安慰。」——楊佳嫻:〈張愛玲懷想〉,《聯合報》副刊。

〔註112〕 張竹坡:〈金瓶梅讀法〉。

〔註113〕 張愛玲:〈國語本《海上花》譯後記〉,《海上花落》(臺北:皇冠,2020年),頁363。

〔註114〕 張愛玲:〈中國人的宗教〉,《華麗緣》(臺北:皇冠,2010年),頁179。

象徵的功能。

　　而作為張愛玲別具一格的方法學，「對照」除了隱顯兼有地現身於小說如〈第一爐香〉外，更曾在其談論自身寫作的散文中有所說明：

　　　　我不喜歡壯烈。我是喜歡悲壯，更喜歡蒼涼。壯烈只有力，沒有美，似乎缺少人性。悲壯則如大紅大綠的配色，是一種強烈的對照。但它的刺激性還是大於啟發性。蒼涼之所以有更深長的回味，就因為它像蔥綠配桃紅，是一種參差的對照。〔註115〕

由此可知，張愛玲所喜歡的既是對照，更是「參差的對照」。其所指向的，是最為張愛玲在乎的人性與美，乃至於啟發性。而所謂「參差的對照」更因蒼涼而具有「更深長的回味」。往下，張愛玲直陳：「我喜歡參差的對照的寫法，因為它是較近事實的。」〔註116〕如此，我們更進一步認識到「參差對照」的意味，是一種富於人性的真實，其中沒有善／惡、美／醜的決然分明，因此她的小說不寫極端的、斬釘截鐵的分判與衝突，其筆下「全是些不徹底的人物」。雖然「不徹底」但卻更真實，英雄總是例外的，而這些「軟弱的凡人」才是真正「時代的廣大的負荷者」。唯有從種種「不徹底的人物」身上，我們看見世情、人性的豐富性與複雜性。脂硯齋有過這樣的批評：「最恨近之野史中，惡則無往不惡，美則無一不美，何不近情理之如是耶。」〔註117〕對此，張愛玲「參差對照」的方法與美學或回應了脂硯齋的批評。

　　張愛玲的色彩美學亦從中透出，「大紅大綠」的強烈對照是她喜歡的，但參差對照的「寶藍配蘋果綠，松花色配大紅，蔥綠配桃紅」〔註118〕才最為她稱賞。此一色彩美學與《紅樓夢》同出一脈，小說多次透過人物之口說明配色的訣竅，第三十五回便有一段：

　　　　鶯兒道：「汗巾子是什麼顏色的？」寶玉道：「大紅的。」鶯兒道：「大紅的須是黑絡子纏好看的，或是石青的纏壓的住顏色。」寶玉道：「松花色配什麼？」鶯兒道：「松花配桃紅。」寶玉笑道：「這纏妖艷。再要雅淡之中帶些妖艷。」鶯兒道：「蔥綠柳黃是我最愛的。」

　　　　（第三十五回，頁872～873）

　　〔註115〕張愛玲：〈自己的文章〉，《華麗緣》（臺北：皇冠，2010年），頁115。
　　〔註116〕張愛玲：〈自己的文章〉，《華麗緣》（臺北：皇冠，2010年），頁115。
　　〔註117〕陳慶浩編著：《新編石頭記脂硯齋評語輯校》，頁614。
　　〔註118〕張愛玲：〈童言無忌〉，《華麗緣》（臺北：皇冠，2010年），頁128。

寶玉請鶯兒打絡子,鶯兒不僅手巧更精於色彩的比配對照。而寶玉讚美「嬌艷」的「松花配桃紅」乃至於鶯兒最愛的「蔥綠柳黃」,不僅是張氏所寶愛欣賞的「婉妙複雜的調和」〔註119〕,更是「參差對照」的配色原則與審美品味的展現。本節從參詳張愛玲的方法學開始,從「微物」與「對照」看見張愛玲與「世情書」《紅樓夢》的聯繫呼應,往下則以「紅」為線索,轉入思索小說文本所設置的「微物」與「對照」。

二、微物:通靈玉與楓露茶

(一)「燦若明霞」的通靈玉

《紅樓夢》中所寫的紅色小物件多不勝數,除了上文提及的絳紋石戒指,其它如琥珀杯(第五回)、紅麝香珠(第二十八回)、硬紅鑲金大墜子(第六十三回)等等,皆歸屬於小說紅色物件的體系之中。其中至為重要的,當是貫串全書且富有象徵性的「通靈寶玉」。此一小節便羅列文本線索,闡明此玉之色。小說中,一僧一道將媧零頑石幻化變形為如扇墜大小「可佩可拿」的美玉,讀者首先從甄士隱午睡夢中見到此玉:「士隱接了看時,原來是塊鮮明美玉,上面字跡分明,鐫着「通靈寶玉」四字,後面還有幾行小字。」(第一回,頁10)此處僅揭曉玉上有「通靈寶玉」四字,一如脂硯齋所說「凡三四次始出明玉形,隱屈之至」〔註120〕,此塊玉的整體形象直到第八回,方在與寶玉有「金玉姻緣」的薛寶釵眼中,細細寫出:

> 寶釵因笑說道:「成日家說你的這玉,究竟未曾細細的賞鑒,我今兒倒要瞧瞧。」說着便挪近前來。寶玉亦湊了上去,從項上摘了下來,遞在寶釵手內。寶釵托於掌上,只見大如雀卵,燦若明霞,瑩潤如酥,五色花紋纏護。(第八回,頁235)

根據脂批,「大如雀卵」、「燦若明霞」、「瑩潤如酥」、「五色花紋纏護」各別指出通靈寶玉的「體」、「色」、「質」、「文」。〔註121〕「燦若明霞」的色澤已經點出通靈玉的色澤光燦如赤色明霞。第三十五回,薛寶釵看見丫環鶯兒為汗巾打絡子,提出將通靈玉絡上的建議,寶釵在此可謂直接道出了通靈玉的顏色:

> 寶釵笑道:「這有什麼趣兒?倒不如打個絡子把玉絡上呢。」一句話

〔註119〕張愛玲:〈童言無忌〉,《華麗緣》(臺北:皇冠,2010年),頁128。
〔註120〕陳慶浩編著:《新編石頭記脂硯齋評語輯校》,頁20。
〔註121〕陳慶浩編著:《新編石頭記脂硯齋評語輯校》,頁183~184。

提醒了寶玉,便拍手笑道:「倒是姐姐說得是,我就忘了。只是配個什麼顏色繞好?」寶釵道:「若用雜色斷然使不得,大紅又犯了色,黃的又不起眼,黑的又過暗。等我想個法兒:把那金線拿來,配着黑珠兒線,一根一根的拈上,打成絡子,這繞好看。」(第三十五回,頁874)

「大紅的又犯了色」指的是若用紅色絲線結成絡子,恐怕與通靈玉顏色相似而有所重疊,「黃的又不起眼」則可理解為通靈寶玉已是紅色,若用黃色絡子恐與之相近,並不具兩相對照的視覺美感,顯得失色。由此,賈寶玉誕生時銜在口中,後戴於頸項的通靈寶玉,無論顏色深淺,實為紅色無疑。小說第八十五回寫賈寶玉獲北靜王賞賜一仿通靈玉而造的玉,晚間其原來的通靈寶玉「竟放起光來了,滿帳子都是紅的」(第八十五回,頁2052),或可作為通靈寶玉是紅色的旁證。《紅樓夢》的主角,是由赤瑕宮神瑛侍者轉世的怡紅公子,其居處為絳芸軒╱怡紅院,項上戴有「燦若明霞」的紅色通靈玉,又有「愛紅」之癖,凡此種種疊加在賈寶玉身上的紅色元素,每每指涉其性情特質,並串連起人物之間的關係,在在可見作者的用心。

有趣的是,小說首次聚焦細看通靈寶玉的體、色、質、紋,以及後一次強調其顏色,皆是從薛寶釵之眼、之口帶出。如此設計並非巧合,而是小說家有意關合「金玉良姻」而有的寫法。小說第八回,薛寶釵將通靈寶玉托於掌上細看,念出了玉正面上所鐫篆字:「莫失莫忘,仙壽恒昌」;而後透過鶯兒之口可知寶釵金鎖上有「不離不棄,芳齡永繼」八個篆字。寶玉念了兩遍之後,也認同鶯兒的說法:「姐姐這八個字倒真與我的是一對」。而後小說敘事中,更進一步說明「金鎖是個和尚給的,等日後有玉的方可結為婚姻」(第二十八回,頁742),「金玉良姻」的指涉由此可知。而在同樣關涉「金玉之論」的金麒麟一段,不僅可見林黛玉對此說的著急在意,更可說是作者針對「物件撮合人事」的說明:

> 近日寶玉弄來的外傳野史,多半才子佳人都因小巧玩物上撮合,或有鴛鴦,或有鳳凰,或玉環金珮,或鮫帕鸞絛,皆由小物而遂終身。
> (第三十二回,頁813~814)

此種設計常見於小說、戲曲等傳統文學作品,以物件促成男女關係的媒合,預示兩者未來的婚戀狀況。此一物件往往穿插於敘事當中,成為牽動情節變化的重要道具。《紅樓夢》中亦所在多有,通靈寶玉與寶釵的金鎖正是作者所

設計的一組「物識」，指示二人日後將結為夫妻。〔註 122〕此外，小說中另一「由小物而遂終身」的設計則著落在花襲人與蔣玉菡身上，下文將從「紅綠對照」的角度討論之。

（二）從楓露茶到紅指甲

浦安迪認為《金瓶梅》、《紅樓夢》等小說文本中存在各種物質細節、物體形象，常見的解讀方式一為深究「言內」的實際物件，二是索求「言外」的隱含指涉，而浦氏則從字面與譬喻性讀法的兩端之間提出另一種闡釋角度。除了尋求物件具體的歷史背景、思索文本脈絡內的象徵意涵之外，浦安迪轉而著眼物質細節的敘事功能，探求物體形象在故事轉折中的情節結構作用。而這種屬於「非象徵」的敘事作用，浦氏稱之為結點（node）或鉸連（hinge）。〔註 123〕考察出現於第八回的「紅色微物」──「楓露茶」，便發現其與晴雯具有特殊連結，在有關情節中掩映相對：

> 寶玉吃了半碗茶，忽又想起早起的茶來，因問茜雪道：「早起潄了一碗楓露茶，我說過，那茶是三四次後纔出色的，這會子怎麼又潄了這個來？」茜雪道：「我原是留着的，那會子李奶奶來了，他要嘗嘗，就給他吃了。」寶玉聽了，將手中的茶杯只順手往地下一擲，「豁啷」一聲，打了個粉碎，潑了茜雪一裙子的茶。又跳起來問着茜雪道：「他是你那一門子的奶奶！你們這麼孝敬他？不過是仗着我小時候吃過他幾日奶罷了。如今逞的他比祖宗還大了！如今我又吃不着奶了，白白的養着祖宗作什麼？攆了出去，大家乾淨！」說着便要去立刻回賈母，攆他乳母。（第八回，頁 247）

從梨香院酒醉歸來的寶玉，聽見乳母李奶奶將特意沏下的「楓露茶」喝了，不由得動氣將杯子摔破，且潑了丫環茜雪一裙子的茶。此處衝突引爆的關鍵物品為「楓露茶」，雖僅於文中蜻蜓點水般提及，然而卻已成為引發衝突的結點（node），其最終的結果是導致了茜雪被攆逐。讀者可透過第十九回李嬤嬤一句話得知：「你們也不必粧狐媚子哄我，打量上次為茶攆茜雪的事我不知道

〔註 122〕歐麗娟：〈論《紅樓夢》中的隱識系譜及主要表述策略〉，《淡江中文學報》第二十三期（2010 年 12 月），頁 78。

〔註 123〕〔美〕浦安迪（Andrew H. Plaks）：〈打一用物：中國古典小說中物體形象的象徵與非象徵作用〉，《中正大學中文學術年刊》2011 年第一期（2011 年 6 月），頁 257～266。

呢。明兒有了不是，我再來領！」（頁 508）值得注意的是，在茜雪捧茶之前，
尚有一「豆腐皮包子」作鋪墊。李奶奶擅自將寶玉留給晴雯的「豆腐皮包子」
取走，已讓寶玉暗自有氣，再聽見「楓露茶」之事，便不免發怒。由此，「楓
露茶」事件便與晴雯隱隱相連，而在為晴雯而作的《芙蓉女兒誄》中，此茶更
是成為「達誠申信」之微物：

> 維太平不易之元，蓉桂競芳之月，無可奈何之日，怡紅院濁玉，謹
> 以群花之蕊，冰鮫之縠、沁芳之泉、楓露之茗，四者雖微，聊以達
> 誠申信，乃致祭於白帝宮中撫司秋艷芙蓉女兒之前曰……（第七十
> 八回，頁 1904）

僅一次現身於第八回的「楓露之茗」，在第七十八回哀祭晴雯的《芙蓉女兒誄》
中與「群花之蕊」、「沁芳之泉」等重要女兒象徵物同列，晴雯由此而與楓露
茶緊密相連。而需要「三四次後才出色」的楓露茶，其色澤該是如秋日楓葉
般紅〔註124〕，一如「停車坐愛楓林晚，霜葉紅於二月花」〔註125〕、「楓葉紅
於染，津亭耐歲寒。」〔註126〕等詩句所述。而此一「紅色的茶」作為貫串晴
雯生命的物體形象，在寶玉與晴雯永訣之際，再次登場：

> 寶玉只得拿了來，先拿些水洗了兩次，復又用水汕過，方提起沙壺
> 斟了半碗。看時，絳紅的，也太不成茶。晴雯扶枕道：「快給我喝一
> 口罷！這就是茶了。那裡比得偺們的茶！」寶玉聽說，先自己嚐了
> 一嚐，並無清香，且無茶味，只一味苦澀，略有茶意而已。嚐畢，
> 方遞與晴雯。只見晴雯如得了甘露一般，一氣都灌下去了。（第七十
> 七回，頁 1868）

此處描寫晴雯病重，含冤遭撵，自知命不長久已是心如死灰。寶玉前來探訪，
而在此最終會面的訣別時刻，寶玉為晴雯所做的最後一件事便是找茶奉茶。
而小說家除了描寫茶壺茶碗皆不成樣，且有「油膻之氣」外，更刻意描寫其
茶為「絳紅」之色。於此，死前「絳紅的」茶與怡紅院裡的「楓露茶」遙遙相
對，而前者「並無清香，一味苦澀」，則與楓露茶之講究迥然相反，更為凸顯

〔註124〕小說第四十六回，當作者寫平兒、鴛鴦等人到「楓樹底下」時，脂批曰：「正
愁園中草木黃落，不想看此一句，便恍如值（置）身於千霞萬錦，絳雪紅霜
之中矣。」——陳慶浩編著：《新編石頭記脂硯齋評語輯校》，頁 627。
〔註125〕〔唐〕杜牧：《山行》。
〔註126〕〔明〕韓日纘：《丹楓》。

前後處境之天差地別。脂硯齋曾在「楓露茶」之旁有「與『千紅一窟』遙映」〔註127〕之批語，由此「楓露茶」與「絳紅的」茶不僅前後掩映，串連並指點晴雯生命中的兩般情境，更與太虛幻境那「千紅一哭」結合，具體地成為女兒「破碎情境」的象徵物。

可以補充的是，專屬於晴雯的「紅色微物」實則還包括「金鳳花染的通紅」的兩個指甲〔註128〕，以及那「貼身穿著的一件舊紅綾襖」。前者在訣別一刻鉸下給予寶玉，後者亦脫下與寶玉交換而穿。晴雯臨死前放膽越禮的舉動，愈加凸顯其從沒有「私情密意勾引」的磊落光明，受冤屈的淒慘處境亦與「風流靈巧遭人怨，壽夭多因毀謗生」的判詞相呼應，令讀者感嘆。而在第七十八回，寶玉身上穿著晴雯所縫製的「血點般大紅褲子」，也觸發睹物思人的哀傷情緒，引秋紋、麝月發出「物在人亡」之嘆。曹雪芹對於物質細節的精心構設，可引張竹坡之語稱之：「小小物事，用入文字，便令無窮血淚，皆向此中灑出。真是奇絕文字」〔註129〕。總言之，結點（node）或鉸連（hinge）乃是閱讀、詮釋方式之一種，一個物件經常具備多樣功能，可從多方面推敲。再舉例而言，前文討論的「金麒麟」亦可從這個角度看待。此物從第二十九回現身導致寶黛口角，一路「草蛇灰線」般貫串，致使第三十二回發生「訴肺腑」一段。而由於錯對襲人說出「睡裡夢裡也忘不了你」等一段心事，更引發後續襲人與王夫人一番推心置腹的私密對話，種種情事皆對故事情節產生重大影響。此外，「茉莉粉替去薔薇硝　玫瑰露引來茯苓霜」以及「投鼠忌器寶玉情贓　判冤決獄平兒情權」兩回，更是以物件穿插於大觀園內外的公子、丫環、僕人間，自衝突中凸顯賈府複雜的人事糾葛、派系傾軋，茉莉粉、玫瑰露等物因此「成為故事曲折輾轉的核心樞紐」〔註130〕。此一小節據此思考，

〔註127〕陳慶浩編著：《新編石頭記脂硯齋評語輯校》，頁198。
〔註128〕「鳳仙……，一名染指甲草。本草云，女人採其花及葉包染指甲，其實狀如小桃，故有指甲、小桃諸名。……椏間開花，頭翅尾足俱翹然如鳳狀，故又有金鳳之名。」──〔清〕汪灝、張逸少等：《御定佩文齋廣群芳譜》。另，「鳳仙花即透骨草，又名指甲草。五月花開之候，閨閣兒女取而搗之，以染指甲，鮮紅透骨，經年乃消。」──〔清〕富察敦崇：《燕京歲時記》（臺北：廣文書局，1969年），頁73。
〔註129〕葉朗：《中國小說美學》（臺北：里仁書局，1987年），頁227～229。
〔註130〕〔美〕浦安迪（Andrew H. Plaks）：〈打一用物：中國古典小說中物體形象的象徵與非象徵作用〉，《中正大學中文學術年刊》2011年第一期（2011年6月），頁257～266。

考察關合晴雯生命處境的「紅色微物」，據其引起衝突、貫穿情節並在故事中產生前後掩映的效果，實便是曹雪芹小說中結點（node）／鉸連（hinge）之一種。

三、對照：兩全其妙的指涉

（一）賈母的色彩對照

賈母作為賈府此一「公侯富貴之家」的「老祖宗」，成長於階級、文化背景相等的「金陵世勛史侯家」，其教養程度自是與寶釵、黛玉等金釵不相上下。而在辦事能耐上，賈母更自言曾比「水晶心肝玻璃人」王熙鳳還要靈巧：「當日我像鳳哥兒這麼大年紀，比他還來得呢。」（第三十五回，頁865）小說家於是透過此一「寶塔頂」〔註131〕般的人物，恰如其分地寫出其對於文學、音樂、色彩等方面的審美品味、賞鑒批評。如在「史太君破陳腐舊套」一回，賈母便針對「才子佳人模式」的文學作品有所批判，不僅指出「千部共出一套」的故事內容重複無趣，更點出其乖離事實之處。小說第四十回，賈母則從房屋佈置的情節書寫中，表現出色彩對照的美學品味。此處描寫賈母一行人來到蘅蕪苑，當賈母發現寶釵屋中竟如「雪洞一般，一色玩器全無」，「床上只吊著青紗帳幔，衾褥也十分樸素」時，便主張為過分空蕩素淨的房子收拾擺設，對鴛鴦吩咐道：「你把那石頭盆景兒和那架紗桌屏，還有個墨烟凍石鼎，這三樣擺在這案上就彀了。再把那水墨字畫白綾帳子拿來，把這帳子也換了。」（第四十回，頁989）賈母為蘅蕪苑所作的佈置，確實如其所言「又大方又素淨」。所添置的擺設物更與房屋自身和諧映襯，不僅未減卻原來樸素淡雅的韻致，「墨烟凍石鼎」與「水墨字畫白綾帳子」更與「雪洞一般」的白色調形成高雅素淨的黑白對照，賈母所說：「我最會收拾屋子的」，誠非空口誇言。

賈母對於色彩對照的美學品評並不僅此一端，瀟湘館的一席話在凸顯其見識廣博之外，又是一次賈母色彩「對照學」的精彩演繹：

> 說笑一會，賈母因見窗上紗的顏色舊了，便和王夫人說道：「這個紗新糊上好看，過了後來就不翠了。這個院子裏頭又沒有個桃杏樹，這竹子已是綠的，再拿這綠紗糊上反不配。我記得咱們先有四五樣顏色糊窗的紗呢。明兒給她把這窗上的換了。」……賈母笑道：「你

〔註131〕王昆侖：《紅樓夢人物論》（北京：生活・讀書・新知三聯書店，1983年），頁111。

能夠活了多大，見過幾樣沒處放的東西，就說嘴來了。那個軟煙羅只有四樣顏色：一樣雨過天晴，一樣秋香色，一樣松綠的，一樣就是銀紅的；若是做了帳子，糊了窗屜，遠遠的看著就似煙霧一樣，所以叫作『軟煙羅』。那銀紅的又叫作『霞影紗』。如今上用的府紗也沒有這樣軟厚輕密的了。」（第四十回，頁979～980）

此處從王熙鳳錯認「軟煙羅」為「蟬翼紗」寫出賈母年高而多識，一如薛姨媽等人所言：「憑她（按：王熙鳳）怎麼經過見過，如何敢比老太太」。瀟湘館遍植翠竹，且其院子裡沒有桃杏等樹，而其窗紗卻又是綠色，賈母便認為其整體配色單調，並無層次變化之意趣。為此，賈母特意囑咐：「明兒就找出幾匹來，拿銀紅的替她糊窗子」。賈母以「銀紅色」的「霞影紗」為黛玉糊窗子，便為翠綠一片的瀟湘館增添一抹紅色的點綴，兩者相映呈現「紅綠對照」的明豔畫面。賈母因應蘅蕪苑、瀟湘館相異的環境條件，各別作出巧妙的顏色配對，呈現其不俗品味。可以注意的是，「紅綠對照」的配色實則在《紅樓夢》中相當常見，諸如寶玉所穿「大紅棉紗小襖子，綠綾彈墨夾褲」（第六十三回）、襲人穿著的「銀紅襖兒，青緞背心」（第二十六回）、尤三姐的「綠褲紅鞋」（第六十五回）、芳官的「紅褲綠襪」（第七十回），其例子不勝枚舉，呈現出視覺上的繽紛嬌豔。質言之，此與《畫說》所述：「紅間綠，花簇簇。青間紫，不如死。」〔註132〕的色彩美學同出一轍，由此可窺小說家精諳繪畫設色之道。此外，小說中也不乏「穿紅著綠」（第三回）、「桃紅柳綠」（第五回）等泛泛的形容用法，然而筆者下一節要接續討論的，則是「紅綠對照」的另一種意涵，及其在《紅樓夢》中的特殊指涉。

（二）「紅綠牽巾是這樣用法」

小說第二十八回，賈寶玉與薛蟠等人受邀至馮紫英家飲酒行令，恰遇久聞其名的琪官／蔣玉菡。賈寶玉本已對眼前「嫵媚溫柔」的蔣玉菡留戀不捨，後知曉其便是馳名天下的優伶琪官，便為表示情誼厚熱而相贈微物：

想了一想，向袖中取出扇子，將一個玉玦扇墜解下來，遞與琪官，

〔註132〕〔五代〕荊浩：《畫說》。此外，張愛玲在〈童言無忌〉文中亦有所提及：「紅綠對照，有一種可喜的刺激性。可是太直率的對照，大紅大綠，就像聖誕樹似的，缺少回味。中國人從前也注重明朗的對照，有兩句兒歌：『紅配綠，看不足；紅配紫，一泡屎。』《金瓶梅》裏，家人媳婦宋惠蓮穿著大紅襖，借了條紫裙子穿著；西門慶看著不順眼，開箱子找了一匹藍紬與她做裙子。」——張愛玲：〈童言無忌〉，《華麗緣》（臺北：皇冠，2010年），頁128。

道:「微物不堪,略表今日之誼。」琪官接了,笑道:「無功受祿,何以克當!也罷,我這裡得了一件奇物,今日早起方繫上,還是簇新的,聊可表我一點親熱之意。」說畢撩衣,將繫小衣兒一條大紅汗巾子解了下來,遞與寶玉,道:「這汗巾子是茜香國女國王所貢之物,夏天繫著,肌膚生香,不生汗漬。昨日北靜王給我的,今日纏上身。若是別人,我斷不肯相贈。二爺請把自己繫的解下來,給我繫著。」寶玉聽說,喜不自禁,連忙接了,將自己一條松花汗巾解了下來,遞與琪官。(第二十八回,頁738~739)

賈寶玉與蔣玉菡互相交換的汗巾子乃是貼身穿著的衣物,而蔣玉菡的「茜香羅」與賈寶玉的「松花汗巾」正是一組色彩奪目的「紅綠對照」。至晚間,寶玉方想起此條松花汗巾乃是襲人之物,因感懊悔便於晚間將汗巾悄悄繫於襲人腰間,以表示賠補之意。於此,花襲人與蔣玉菡便經由寶玉,不自知地完成「聘物」的交換;而早在汗巾交換以前,蔣玉菡便因無意念出「花氣襲人知晝煖」而與襲人產生連結。一如脂硯齋所言:「茜香羅暗繫於襲人腰中,係伏線之文。」〔註133〕其後襲人確實嫁於蔣玉菡,應了「堪羨優伶有福,誰知公子無緣」的判詞,且直至見著松花綠的汗巾「始信姻緣前定」,不再尋死。

相當有趣的是,此處一紅一綠的汗巾子並不僅僅是作者巧施善設的聯姻「物識」而已。在蔣玉菡與賈寶玉交換所繫汗巾之時,脂硯齋批曰:「紅綠牽巾是這樣用法,一笑。」〔註134〕不僅如此,張新之「陰陽配合,紅綠相映」〔註135〕的評點,亦指出「紅綠對照」與婚姻結合的聯繫關係。有關「紅綠牽巾」,原是一種由來已久的婚嫁習俗,以下為宋代《夢粱錄》以及《清稗類鈔》中的記載:

> 禮官請兩新人出房,詣中堂參堂,男執槐簡,掛紅綠綵,綰雙同心結,倒行;女掛于手,面相向而行,謂之「牽巾」。〔註136〕

〔註133〕陳慶浩編著:《新編石頭記脂硯齋評語輯校》,頁548。
〔註134〕陳慶浩編著:《新編石頭記脂硯齋評語輯校》,頁546。
〔註135〕眉批:「是聘物,不是贈物。」——馮其庸纂校訂定,陳其欣助纂:《八家評批紅樓夢》,頁656。
〔註136〕〔宋〕吳自牧:《夢粱錄·嫁娶》。另可參考「婿於床前請新婦出,二家各出綵段,綰一同心,謂之『牽巾』,男掛於笏,女搭於手。」——〔宋〕孟元老:《東京夢華錄·娶婦》。

湖南醴陵之婚禮，重媒妁，慎門閥。文定時，先以紅箋書男庚致女
家，女家允，發女庚，曰草八字。於是擇日迎女父或其親屬上門，
以紅綠箋互書男女庚，執為信，曰填庚。〔註137〕

由此可見，脂批所謂「紅綠牽巾」乃出自傳統婚嫁禮俗；而以「紅綠箋」互相
書寫男女的年齡，交換為訂下婚約之信物，皆與小說中大紅芟香羅與松花綠
汗巾，具有異曲同工之妙用。職是之故，作為互補色的紅綠二色之相配相映
〔註138〕，便不僅具有一般色彩對照的視覺美感，更生發出與男女婚姻結合相
關的指涉。由此，當我們將這一「紅綠對照」的指涉讀入《紅樓夢》中醒目非
常的「紅香綠玉」時，或可得出其另一層意指。「大觀園試才題對額」一回，
針對怡紅院中「數本芭蕉」與「西府海棠」的景緻，寶玉不滿足於清客所題的
「崇光泛彩」與「蕉鶴」，其認為：

> （賈寶玉）又嘆：「只是可惜了。」眾人問：「如何可惜？」寶玉道：
> 「此處蕉棠兩植，其意暗蓄『紅』『綠』二字在內。若只說蕉，則棠
> 無著落；若只說棠，蕉亦無著落。固有蕉無棠不可，有棠無蕉更不
> 可。」賈政道：「依你如何？」寶玉道：「依我，題『紅香綠玉』四
> 字，方兩全其妙。」（第十七至十八回，頁 443）

寶玉認為所題之字必得符合「蕉棠兩植」的院內景緻，不可遺棄任何一方。
正是在此思維下，寶玉題出讓他舒心稱意的「紅香綠玉」。一般認為此處「紅」
既寓指大觀園眾女兒，也指向「怡紅公子」賈寶玉；而「綠」字則通向林黛

〔註137〕此條完整內容為「湖南醴陵之婚禮，重媒妁，慎門閥。文定時，先以紅箋書
男庚致女家，女家允，發女庚，曰草八字。於是擇日迎女父或其親屬上門，
以紅綠箋互書男女庚，執為信，曰填庚。亦有親迎時填者，謂之轎下庚。後
多不填庚，即以草八字為定。將婚，諏吉，先期倩媒妁往女家報日。屆期，
不親迎，惟以彩輿迓之，女繡帕蒙頭，升輿。至門，擇戚友夫婦之宜男者揭
輿幕，命捧花燭者導引入房，交拜，互飲，歌詩，曰合卺。是夜，眾賓集房
中，歌詩讚燭，曰鬧房。次日拜祖先，次拜翁姑尊長親黨，曰拜茶。」──
徐珂：《清稗類鈔‧婚姻類》（臺北：臺灣商務出版社，1966年）。另，尚有
一則與「紅綠」相關的婚嫁習俗：「寧古塔即寧安縣，其居民之婚禮，無柬
帖，無鼓樂，無男女儐相。文定時，父率子從媒介人往婦家謁其父母。明日，
女之父母亦從媒介人答謁。行聘曰下茶，羊酒之外，有高桌，鋪紅氈，以盤
置茶果、綢緞、布疋陳其上，多者至數十桌。嫁時，匲具如鏡臺箱篋被褥之
類亦置於高桌，二人扛之。新婦乘車，必懸紅綠綢於上。入門，拜翁姑，夫
婦不交拜。」──徐珂：《清稗類鈔‧婚姻類》。

〔註138〕魏繼昭：〈《紅樓夢》的色彩意味初探〉，《紅樓夢學刊》第三期（1987年），
頁168。

玉〔註 139〕，筆者則在此基礎上將「紅綠」所具有的婚姻結合指涉讀入「紅香綠玉」之中。寶玉從遊園題字一直到元妃歸省題詠，時時不忘將紅、綠二字嵌入其中，因而又有「綠蠟春猶捲，紅妝夜未眠」之句，其所秉持的原則始終是前文所引的「兩全其妙」。而此關合一紅一綠的「兩全其妙」，或暗含寶玉欲與黛玉相伴相守，乃至「同死同歸」、結為連理之心。尚可補充的是，林黛玉不僅在名字上有「綠」，所居瀟湘館更因「竿竿青欲滴，个个綠生涼」（第十七至十八回，頁 465）而與綠色有所關聯。爾後在賈母為其換上「霞影紗」後，林黛玉之住處即巧妙地與怡紅院同樣具有「兩全其妙」的紅綠對照。然而，賈母的舉措雖使二者倆倆相對，卻也是後續「茜紗窗下，我本無緣；黃土壟中，卿何薄命。」（第七十九回，頁 1936～1937）此一不祥之句的由來。由此，有別於花襲人與蔣玉菡因「紅綠之繫」而最終成婚，賈寶玉與林黛玉的「紅綠對照」卻注定是悲劇收場，恰如脂批所言：「傷哉，展眼便紅稀綠瘦矣，嘆嘆」〔註 140〕。

〔註 139〕「翠者，黛玉之色」——馮其庸纂校訂定，陳其欣助纂：《八家評批紅樓夢》，頁 634。
〔註 140〕陳慶浩編著：《新編石頭記脂硯齋評語輯校》，頁 502。

第三章 《風月寶鑑》與「鏡」的書寫

　　本章著眼小說的另一異名《風月寶鑑》。誠如前文所述,《紅樓夢》既是整部小說的題名,亦是小說第五回詠嘆金釵悲劇命運的套曲之名;而《風月寶鑑》之別緻處,則在於其既是本書曾經存在的題名之一,更是具備神異功能的器物,實乃一名符其實的「寶貝」[註1]鏡鑑。「風月寶鑑」兼指物名與書名,據甲戌本《凡例》所言,其旨義乃為「戒妄動風月之情」:

　　……風月寶鑑,是戒妄動風月之情。……賈瑞病,跛道人持一鏡來,

　　上面即鏨「風月寶鑑」四字,此則風月寶鑑之點睛(睛)。[註2]

根據《說文》,「鑑」[註3]即是「鏡」[註4]。有趣的是,「鑑」之本字「監」,其甲骨文與金文的寫法象一人彎腰觀看盛水器皿之形,實已有從水中倒影照看自身的意思。[註5]從中國最早的青銅鏡至今,鏡鑑作為不可或缺的日常用

〔註1〕第十二回跛足道人語(頁321)。

〔註2〕〔清〕曹雪芹:《脂硯齋甲戌抄閱再評石頭記》(上海:上海古籍出版社,1985年),頁2。另參考陳慶浩編著:《新編石頭記脂硯齋評語輯校》(臺北:聯經,2018年),頁4。

〔註3〕「鑑,大盆也,一曰鑑諸,可以取明水於月。」徐灝曰:「鑑,古祇作堅,從皿以盛水也。其後範銅為之,而用以照形者,亦謂之鑑,聲轉為鏡。」——〔漢〕許慎撰;〔清〕段玉裁注:《新添古音說文解字注》,頁710。

〔註4〕許慎:「鏡,景也。」段玉裁注:「景者,光也。金有光可照物謂之鏡。此以疊韵為訓也。鏡亦曰鑒。雙聲字也。」——〔漢〕許慎撰;〔清〕段玉裁注:《新添古音說文解字注》,頁710。

〔註5〕施翠峰:《中國歷代銅鏡鑑賞》(臺北:臺灣省立博物館,1990年),頁1。另,《說文》「監」的註解如下:「小雅毛傳。監,視也。許書。瞷,視也。監,臨下也。古字少而義晐。今字多而義別。監與鑒互相假。」〔漢〕許慎撰;〔清〕段玉裁注:《新添古音說文解字注》,頁392。

物，已伴隨人們至少四千年。〔註6〕由於材質、技術的差異，古今鏡子或有形制、清晰程度上的不同，然而其反射光線、照映萬物的物理特質、光學原理卻是亙古不變。因著此視覺特性，鏡子長久以來被賦予豐富的象徵意涵。唐太宗「以銅為鏡，可以正衣冠；以古為鏡，可以知興替；以人為鏡，可以明得失。」〔註7〕的三鏡說為人熟知，而對照前事、他人以作為提醒警戒的「借鑑」思維早自《尚書》即已存在。〔註8〕《詩經‧大雅‧蕩》所言：「殷鑒不遠，在夏后之世」〔註9〕亦同屬於「以鏡喻史」譬喻思維的一體貫串。不僅如此，鏡鑑除了作為民間習俗中婚嫁喪葬用物、為取向各異的宗教、思想流派引為譬喻之外，更在傳統文學寫作中成為關鍵器物〔註10〕，「風月寶鑑」即是一例。正如余國藩所言：「(『夢』與『鏡鑑』)這兩個主要意象，小說中都巧設善使。」〔註11〕本章「名與目」的思考，便始於「風月寶鑑」而及於小說中「鏡」及其相關的視覺書寫，試圖閱讀出《紅樓夢》的另一種文本風光。

第一節　風月寶鑑物與書

一、寶鑑：兩面皆可照人

（一）警幻所製之鏡

　　既是物亦是書的「風月寶鑑」作為關鍵的視覺器物，實具有多層次的作用或象徵指涉。本節先針對其「為物」的層面，從其現身的〈王熙鳳毒設相思局　賈天祥正照風月鑑〉一回，討論整理此物質器用的奇異處，及其文學、

〔註6〕施翠峰：《中國歷代銅鏡鑑賞》（臺北：臺灣省立博物館，1990 年），頁 1～9。另，參看沈從文：《銅鏡史話》（瀋陽：萬卷出版，2004 年），頁 009～017。

〔註7〕〔後晉〕張昭，賈緯等：《舊唐書‧卷七十一‧列傳第二十一‧魏徵傳》。

〔註8〕「惡乎君子，天有顯德，其行甚章。為鑑不遠，在彼殷王。謂人有命，謂敬不可行。謂祭無益，謂暴無傷。上帝不常，九有以亡。上帝不順，祝降其喪。惟我有周，受之大商。」——《尚書‧酒誥》，引自《尚書註疏》（臺北：藝文印書館，影印阮勘宋本），頁 210。關於「借鑑」——〔北齊〕劉晝：《劉子新論‧卷第六‧貴言第三十一》：「人目短於自見，故借鏡以觀其形」。

〔註9〕裴普賢編著：《詩經評註讀本（下）》，頁 698。

〔註10〕詳參劉藝：《鏡與中國傳統文化》（成都：四川出版集團巴蜀書社，2004 年），頁 291～355。

〔註11〕〔美〕余國藩（Anthony C. Yu）著；李奭學譯：《重讀石頭記：《紅樓夢》裏的情欲與虛構》（臺北：麥田出版，2004 年），頁 183。

思想淵源。「風月寶鑑」出現於第十二回。前一回「見熙鳳賈瑞起淫心」中，已描寫賈瑞對王熙鳳起了非分的念頭，不顧人倫調戲鳳姐。第十二回便續寫賈瑞深陷欲望迷障，因步步走入鳳姐算計又兼不惜身的緣故，導致病重難醫。這日恰有一化齋的跛足道人經過，賈瑞便喊叫著將其請入：

> 賈瑞一把拉住，連叫：「菩薩救我！」那道士嘆道：「你這病非藥可醫，我有個寶貝與你，你天天看時，此命可保矣。」說畢，從褡褳中取出一面鏡子來──兩面皆可照人，鏡把上面鏨著「風月寶鑑」四字──遞與賈瑞道：「這物出自太虛玄境空靈殿上，警幻仙子所製，專治邪思妄動之症，有濟世保生之功。所以帶它到世上，單與那些聰明傑俊、風雅王孫等看照。千萬不可照正面，只照他的背面，要緊，要緊！三日後吾來收取，管叫你好了。」（第十二回，頁321）

跛足道人所持的「風月寶鑑」乃出自太虛幻境空靈殿，由警幻仙子所製，且看照對象有所限制。由其來歷已可知此鏡不屬於凡塵人間，而其「兩面皆可照人」的形制更與正面照人、背面紋飾的一般銅鏡有所不同。必須注意的是，道士對於鏡鑑功能的說明為「專治邪思妄動之症，有濟世保生之功」，而賈瑞亦是在聽見道士口稱「專治冤業之症」（第十二回，頁320）後，才磕頭求道士入內相救。種種描寫，凸出的是「風月寶鑑」治病療疾的特殊功能。以鏡鑑而具備療疾作用，其文學淵源可上溯至六朝志怪中巫、醫並置共構的書寫想像。《西京雜記》當中，便曾記載咸陽宮藏有一面「廣四尺，高五尺九寸，表裏有明」的大方鏡：

> ……人直來照之，影則倒見。以手捫心而來，則見腸胃五臟，歷然無硋。人有疾病在內，則掩心而照之，則知病之所在。又女子有邪心，則膽張心動。秦始皇常以照宮人，膽張心動者則殺之。〔註12〕

此面具有神異功能的鏡子，因其能夠照見人心正邪、善惡而成為後世「秦鏡高懸」一語的來源，既是對於官吏斷案嚴明公正的讚頌，也顯示民間對其明辨是非曲直的寄望。而秦始皇所擁有的這面寶鏡，更能「透視」病人軀體而知曉疾病之所在，已初步具備診病的作用。及至唐代王度所寫的《古鏡記》，則可謂是集從前「鏡象書寫」之大成。其筆下的鏡鑑不僅能照妖、伏魔，其治病功能則在「照見腑臟」的基礎上更進一步，能使照鏡之人直接獲得治癒的

〔註12〕〔晉〕葛洪：《西京雜記》。

效果。〔註13〕自《古鏡記》面世，後出文本的鏡子皆從先前單一功能的描寫轉變為多重複合功能。〔註14〕《太平廣記》所收〈漁人〉中便有一面寶鏡，能使人「照形悉見其筋骨臟腑，潰然可惡」，而嘔吐醒轉後則「其人先有疾者，自此皆愈」〔註15〕。

此一神異鏡鑑的書寫及至曹雪芹筆下則又翻出新意，「風月寶鑑」治療疾病的方式是必須看照「背面」，而此鏡不但不透視人體，更不反映照鏡之人：

> （賈瑞）拿起「風月鑑」來，向反面一照，只見一個骷髏立在裡面，唬得賈瑞連忙掩了，罵道士：「混帳！如何嚇我！——我倒再照照正面是什麼。」想著，又將正面一照，只見鳳姐站在裡面招手叫他。賈瑞心中一喜，蕩悠悠的覺得進了鏡子，與鳳姐云雨一番，鳳姐仍送他出來。到了床上，「噯喲」了一聲，一睜眼，鏡子從手裏掉過來，仍是反着立着一個骷髏。（第十二回，頁321～322）

鏡子反面立著令人悚慄的骷髏，而正面卻是形貌美豔的鳳姐，正纏陷於自身欲望的賈瑞遂忘了「千萬不可照正面」的囑咐，來往鏡內三四次後，執迷不堪而死。反面骷髏，正面美人的書寫，顯然參照佛家修行方式中的「不淨觀」、「白骨觀」。「白骨觀」為一種佛教「觀想」的修行方法，藉由觀想肉身的毀敗腐爛，破除對於色身色相的執著，進而熄滅熾盛的欲望，解脫生命之苦況〔註16〕。曹雪芹將此佛教的修道觀挪用入「風月寶鑑」之中，以之對治因淫

〔註13〕 《古鏡記》寫鏡鑑療治疾病的段落如下：「時天下大飢，百姓疾病。蒲陝之間。癘疫尤甚。有河北人張龍駒，為度下小吏。其家良賤數十口，一時遇疾。度憫之。齎此入其家。使龍駒持鏡夜照。諸病者見鏡，皆驚起云。見龍駒持一月來相照，光陰所及，如冰著體，冷徹腑臟。即時熱定，至晚並愈。」——〔唐〕王度：《古鏡記》。

〔註14〕 關於《古鏡記》的開創性與裂變性意義，以及《紅樓夢》與歷代小說鏡象書寫的承襲與新變，參考自陳麗如：〈論古典小說「鏡象書寫」的兩度裂變——《古鏡記》與《紅樓夢》〉，《興大人文學報》第四十九期（2012年9月），頁77～108。另可參看陳珏：《初唐傳奇文鉤沉》（上海：上海古籍出版社，2005年），頁173。

〔註15〕 〔宋〕李昉等編：《太平廣記·卷二百三十一器玩三·漁人》，現收於北京愛如生數字化技術研究中心著錄，《中國基本古籍庫·藝文庫·文學類·小說話本目》（合肥：黃山書社，2008年，據民國景明嘉靖談愷刻本）。

〔註16〕 「若復見女人，皮肉離體，但見白骨，前時端正，顏貌妹好，沒不復現，其患證乎？」——〔西晉〕竺法護譯：《所欲致患經》。又，「觀不淨相，生大厭離。悟諸色性。以從不淨白骨微塵，歸於虛空。空色二無，成無學道。」——《楞嚴經》卷五。

慾而起的「邪思妄動之症」，可謂別具匠心。針對賈瑞反其道而行的舉動，脂批評曰：「苦海無邊，回頭是岸。若個能回頭也，嘆嘆。」〔註17〕此批語也引用佛家的語彙，而就「風月寶鑑」的神異性、宗教性，清代讀者也曾提出灼見：

> 風月寶鑑，神物也：照鑑之背，不過骷髏；照鏡之面，美不可言。但幻由心生，仙家亦隨人現化。賈瑞為鳳姐而病，照之則鳳姐現身其中，浸假而賈赦照之，鑑中必是鴛鴦矣；浸假而賈璉照之，鑑中必是鮑二之女人矣。至於鑑背骷髏，作鳳姐之幻相可，作鴛鴦、鮑婦之幻相亦無不可。〔註18〕

二知道人的解讀切合小說的陳述，指出此一鏡鑑正面映現的實是個人心中慾念。值得注意的是，引文中「幻由心生」提醒讀者鏡中幻相隨人心所化，令人聯想儒、釋、道三家皆有「以鏡喻心」的說法〔註19〕，如朱熹曰：「致知乃本心之知。如一面鏡子，本全體通明，只被昏翳了，而今逐旋磨去，使四邊皆照見，其明無所不到。」〔註20〕、王陽明認為「心猶鏡也。聖人心如明鏡，常人心如昏鏡」〔註21〕；莊子則有「至人之用心若鏡，不將不迎，應而不藏，故能勝物而不傷。」〔註22〕之說。「風月寶鑑」的設計關涉佛家「白骨觀」，佛教以鏡喻心的例子更直接寫於小說情節之中，第二十二回由寶釵轉述神秀的「身是菩提樹，心如明鏡臺；時時勤拂拭，莫使有塵埃。」以及六祖惠能「菩提本非樹，明鏡亦非臺，本來無一物，何處染塵埃？」，便是

〔註17〕陳慶浩編著：《新編石頭記脂硯齋評語輯校》（臺北：聯經，2018 年），頁 228。

〔註18〕〔清〕二知道人：《紅樓夢說夢》，收入一粟編：《紅樓夢卷》（臺北：里仁書局，1981 年），頁 100～101。

〔註19〕「惟儒釋道三家之言心有道德心、虛靜心與清淨心不同之著重點，故三家之取鏡為喻以言心者，自有不同之思理，但要保持鏡體之明淨使其能光照物像之說則一。就中國之儒道二家言，首先提出以鏡喻心者乃莊子，稍後有荀子以水為鏡以喻心之說。《淮南子》之鏡喻可謂為莊說之多方喻解；而理學家之鏡喻除承莊子、荀子之說外，復受到佛家說法之影響，然皆從自家哲理之觀點方便借鏡以說理。鏡中之像非實物，此為佛家所特重，因以喻萬法非真。」詳參——劉錦賢：〈儒釋道三家鏡喻分析〉，《興大中文學報》第四十二期（2017 年 12 月），頁 116～117。

〔註20〕〔宋〕黃士毅編；徐時儀，楊艷彙校：《朱子語類彙校·卷第十五·大學二·經下》（上海：上海古籍出版社，2014 年），頁 303。

〔註21〕葉紹鈞點註：《傳習錄·上》（臺北：臺灣商務印書館，1991 年），頁 53。

〔註22〕王先謙註：《莊子集解·應帝王第七》（臺北：臺灣商務印書館，1967 年），頁 49。

著名的「以鏡喻心」之禪宗偈語。質言之，鏡子映照眼前物而不留影像，若要清明照物則必須常保鏡面潔淨光亮，需以刮磨擦拭去除髒污障蔽，諸家學說正是從鏡子的物質特性延伸出相關譬喻，以之闡明其學說義理、修養門徑。若從「以鏡喻心」的角度解讀賈瑞正照風月鑑一節，則「風月寶鑑」的鏡中人毋寧是賈瑞自我欲望的投射，其終日顛倒執迷於王熙鳳，因此鏡中即現鳳姐之幻相。倘若照鏡之人為賈赦、賈璉，則將幻化出其人淫欲妄想之對象。

「風月寶鑑」的想像虛構中具有豐富的佛教思維，然而誠如學者所示，此面寶鏡的設計亦與道家法術觀念及其相關文學書寫深具聯繫。除了前文所述的療疾功能承襲舊時巫醫以鏡治病之說外，小說安排「跛足道人」攜帶寶鏡來去，實亦其來有自。道教以鏡子為重要的科儀法器，以之祈福禳災甚至役使鬼神。古時候四處遊歷、登山尋仙的道士更隨身佩帶鏡子，以之作為協助修煉的護身寶物。〔註23〕古典小說中描寫鏡鑑具有「照妖」的奇異功能，即出自此一認知，如書寫神仙道術的《漢武洞冥記》中便有一面能夠「照見魑魅，不獲隱形」的「金鏡」〔註24〕。而四大奇書之一的《西遊記》更有一柄神通廣大的「照妖鏡」，不僅能夠照住妖魔使其無法挪動，更能將其鎮倒，大大發揮鏡鑑照妖、降魔的神異功能〔註25〕。「風月寶鑑」雖僅在第十二回具名現身，然而讀者還能在接近結尾處，再次瞥見其身影：

> 寶玉正在情急，只見那送玉來的和尚，手裡拿着一面鏡子一照，說道：「我奉元妃娘娘旨意，特來救你。」登時鬼怪全無，仍是一片荒郊。（第一一六回，頁2596～2597）

此回描寫寶玉重遊太虛幻境，然而其經歷、心境、眼界已與前大異，此番重看薄命司命運簿冊更成為寶玉大徹大悟的關鍵之一。寶玉在此恍惚間似碰見尤三姐、王熙鳳、鴛鴦、晴雯等逝去之人，然而卻是形貌相似而皆不理睬寶玉，其後一群女子更突然「變作鬼怪形象」，直到癩頭和尚以鏡子照之，方消

〔註23〕劉藝，許孟青：〈神奇寶鏡的背後——「風月寶鑑」的宗教思想文化蘊含〉，《道教研究》，頁40～45。另參考劉藝：《鏡與中國傳統文化》，頁305～310、355～358。

〔註24〕〔東漢〕郭憲：《漢武洞冥記·卷一》。另參考李豐楙：〈六朝鏡鑑傳說與道教法術思想〉，收錄於《中國古典小說研究專集2》（臺北：聯經出版，1981年）。

〔註25〕詳見劉藝：《鏡與中國傳統文化》，頁301～303。

失殆盡。此處情節顯然呼應傳統小說中「照妖鏡」的書寫。此次雖為和尚拿出鏡鑑，然而太虛幻境既為警幻仙子管轄之地，且考量鏡子所具備的神異性質，實不妨將此視作「風月寶鑑」的二度出場。

《紅樓夢》誕生於儒、釋、道三派思想所主導的傳統文化中，作者於書寫之際必然有所反映，甚至在引之為創作資源之外更加以反思。前文所述，已可知「風月寶鑑」深深嵌入佛、道色彩，此特質與製作寶鑑的警幻仙子一般無二。然而不可忽略的是，第五回賈寶玉遊太虛幻境，從看簿冊到賞仙曲等飲饌聲色之事，無不屬於警幻仙子為「警其痴頑」將其「規引入正」的種種努力。而究其根由則是受寧、榮二公囑託，冀望寶玉將來能繼承家業，擔起重任。再者，「而今後萬萬解釋，改悟前情，留意於孔孟之間，委身於經濟之道」（第五回，頁 152）的沉重勸諫，更使警幻仙子幾乎成為「儒家的傳聲筒」〔註 26〕。針對寶玉之「意淫」，警幻的對治方式是令其經歷幻境風光而後醒悟；而針對賈瑞的「皮膚淫濫」，則端出「風月寶鑑」以為救治〔註 27〕，由此不難看出這面單給「聰明傑俊、風雅王孫等」照看的鏡子，實實兼涵儒、釋、道三家之意趣。綜上所述，「風月寶鑑」的設計融鑄前人對於鏡鑑的書寫、想像，而曹雪芹經由情節、人物等方面的苦心營構，則使此鏡具有豐沛的文化意涵，其創新別緻處在在可見。倘若我們認同學者所言，此書從首回自我懺悔之語開始，便為小說塗抹上一層「儒家思想的罪惡感」，而全書又是一部「一僧一道干預下的佛道夢幻寓言」〔註 28〕，則作為曹雪芹筆下虛構之物的「風月寶鑑」，在此一層面上已然具備作為書名的意義根基。

〔註 26〕廖咸浩：《《紅樓夢》的補天之恨：國族寓言與遺民情懷》（臺北：聯經，2017 年 7 月），頁 34～41。

〔註 27〕賈瑞／賈天祥的命名也耐人尋味地與寫下《正氣歌》的文天祥／文宋瑞（初名雲孫，字天祥，後以天祥為名，改字履善。而後在殿試上，由宋理宗賜字「宋瑞」。）彼此呼應。文天祥以身殉國、殺身成仁的忠烈之舉，可視為儒家價值觀的完全貫徹。其具有儒家典範的正面形象，誠是第二回所述「秉天地之正氣」所生的「大仁者」。小說家刻意以這「仁人君子」的名字為「最是個圖便宜，沒行止」（第十一回）的賈瑞命名，強烈的對照中透出諷刺之意，為其祖父命名賈代儒亦屬此意。

〔註 28〕余珍珠：〈懺悔與超脫：《紅樓夢》中的自我書寫〉，《紅樓夢學刊》（1997 年 S1 期），頁 256～259。另外，夏志清的討論也強調「儒、釋、道三流匯合的文化大傳統」，並由此考察小說中「哲學、歷史、宗教、社會、政治的各層現象及其意義」。——夏志清著；何欣，莊信正，林耀福譯：《中國古典小說》（臺北：聯合文學，2016 年 10 月），頁 6、頁 55～69。

（二）作為一則隱喻

第十二回「賈天祥正照風月鑑」一段便是《凡例》所言《風月寶鑑》題名之點睛處，讀者從賈瑞之死當能明確理解「戒妄動風月之情」的意旨。除了脂硯齋在「風月寶鑑」四字登場時批有「明點」〔註29〕二字，清代評點家王希廉也在回末評曰：「跛足道人忽然而來給『風月寶鑑』，回照第一回內所敘書名。賈瑞因此喪生，好色者當發深省。」〔註30〕至此，我們得知《風月寶鑑》作為書名的用意，是為提出一則道德訓誡，警告讀者耽溺風月的危險性與嚴重性，其最終結果是交出生命。然而，「風月寶鑑」的指涉意涵並不僅僅停留在這一層次。小說家在鏡鑑的形式構造以及整段情節書寫中，已將「風月寶鑑」創造為一則隱喻，使其意涵擴及寫作／閱讀層面，並且指向全書的結構與寓意。

隨著跛足道人擎出「風月寶鑑」，脂硯齋即提醒讀者：「凡看書者從此細心體貼，方許你看，否則此書哭矣。」〔註31〕而在道士說明「兩面皆可照人」的特殊形制時，脂批更明確表示此書具有寓言的性質：「此書表裏皆有喻也。」〔註32〕接著在「千萬不可照正面，只照他的背面」二句，則先批曰：「觀者記之，不要看這書正面，方是會看。」後再次強調：「記之。」〔註33〕針對此一鏡鑑的連番評點，實可視為一種寫作方式與閱讀方式的提示。由於「風月寶鑑」自身的「兩面性」特質，從脂硯齋開始一眾讀者皆從不同閱讀視野、詮釋角度切入，穿透「正面」觀其「背面」，各有所得地讀出此書所寓之意。〔註34〕事實上，「反面」的閱讀方式對於當時讀者而言並不陌生，誠如觀鑑

〔註29〕陳慶浩編著：《新編石頭記脂硯齋評語輯校》，頁235。
〔註30〕馮其庸纂校訂定，陳其欣助纂：《八家評批紅樓夢》，頁276。
〔註31〕陳慶浩編著：《新編石頭記脂硯齋評語輯校》，頁235。
〔註32〕陳慶浩編著：《新編石頭記脂硯齋評語輯校》，頁235。
〔註33〕陳慶浩編著：《新編石頭記脂硯齋評語輯校》，頁236。
〔註34〕「書中無一正筆，無一呆筆，無一複筆，無一閑筆，皆在旁面、反面、前面、後面渲染出來。」──〔清〕諸聯：《紅樓評夢》，收入一粟編：《紅樓夢卷》（臺北：里仁書局，1981年12月），頁117。又如戚蓼生之序：「第觀其蘊於心而抒於手也，注彼而寫此，目送而手揮，似譏而正，似則而淫，如春秋之有微詞、史家之多曲筆。……蓋聲止一聲，手只一手，而淫佚貞靜，悲戚歡愉，不啻雙管之齊下也。噫！異矣。其殆稗官野史中之盲左、腐遷乎？然吾謂作者有兩意，讀者當具一心。譬之繪事，石有三面，佳處不過一峰；路看兩蹊，幽處不逾一樹。」──〔清〕戚蓼生：〈石頭記序〉，收入一粟編：《紅樓夢卷》，頁27。

我齋所述：

> 曹雪芹見簪纓鉅族、喬木世臣之不知修德載福、承恩衍慶，託假言
> 以談真事，意在教之以禮與義，本齊家以立言也。……《水滸傳》
> 以橫逆而終於草菅，《金瓶梅》以斲喪而終於潰敗，《紅樓夢》以恣
> 縱而終於困窮：是皆託微詞、伸莊論，假風月、寫雷霆，其有裨世
> 道人心，良非鮮淺……〔註35〕

當時讀者顯然對於傳統小說「表裏皆有喻」的書寫相當熟悉，所謂「託微詞、
伸莊論，假風月、寫雷霆」便指出《水滸傳》、《金瓶梅》等小說皆具有正反兩
面，作者巧設譬喻的「反面書寫」乃至讀者的「反面閱讀」，並非直至曹雪芹
創造「風月寶鑑」方給予此一啟示。然而，為鏡、為書的「風月寶鑑」了不起
之處，正是以一小說情節內的物件，而蘊涵書寫／閱讀層面的隱喻指涉。如
此設計不僅再次豐富這一鏡鑑的意指，更使得《紅樓夢》「反面」或「兩面」
的閱讀方式具有文本內部的支持，而讀者亦往往以鏡鑑之「兩面」特質為詮
釋根據，往內推敲小說的背面意涵。關於這一點，太平閑人張新之自成系統
的評點足堪說明。其對於小說寓意的解讀，立基於《易經》與五行生剋的理
論架構，而視全書為「演性理之書，祖《大學》而宗《中庸》」〔註36〕，更直
言「全書無非《易》道也」〔註37〕。當「風月寶鑑」在小說第十二回登場時，
張氏評曰：

> 自首回至此方點明，四字乃孔梅溪所題書名。鏡有反正面，則書有
> 反正面；「風月寶鑑」鏨在背面，則所以為「寶」為「鑑」者全在背
> 面，故閑人痛發他背面。〔註38〕

作為清代《紅樓夢》三大評點家之一的張新之，深刻認識「風月寶鑑」之「反
正面」同時指涉小說自身的「反正面」，而「痛發他背面」便是其整體詮釋的
方式及用意所在。正如其〈紅樓夢讀法〉所言：「《紅樓》一書，不惟膾炙人
口，亦且鏤刻人心，易移性情，較《金瓶梅》尤造孽，以讀者但知正面，不知
反面也。間有巨眼能見之矣，而又以恍惚迷離，旋得旋失，仍難脫累。」張氏
的評點緣起於對讀者難以把握小說「反面」的焦慮，因此自許能夠經由「閑

〔註35〕〔清〕觀鑑我齋：《兒女英雄傳》序，收入一粟編：《紅樓夢卷》，頁62。
〔註36〕馮其庸纂校訂定，陳其欣助纂：《八家評批紅樓夢》，頁73。
〔註37〕馮其庸纂校訂定，陳其欣助纂：《八家評批紅樓夢》，頁77。
〔註38〕馮其庸纂校訂定，陳其欣助纂：《八家評批紅樓夢》，頁272。

人批評，使作者正意，書中反面，一齊湧現，夫然後聞者足戒，言者無罪」〔註39〕，此中透出張新之評書的使命感，實深具道德教化之意。張評三十萬字的評點，不曾須臾離此揭示「反面正意」的原則，且在小說最後一回有「他說荒唐言，我宣真實義。」〔註40〕之宣言。晚清孫桐生贊同張新之的評點，讚賞其為「真能讀、真能解者」，推許張氏為「天下一奇人」。其根據張評而有：「奇而不究於正，惟能照風月寶鑑反面者，乃能善用其奇也。」〔註41〕之見解，在在說明具有正反兩面的「風月寶鑑」乃是小說「表裏皆有喻」之隱喻。

　　張新之在結束第一百二十回的回後總評前，以「怕人買假藥，勞我送真方。揉碎太虛情，燒破《紅樓夢》。」〔註42〕總結其評閱的用心，稱許其點評的成效。而其所設「假藥」、「真方」的譬喻，亦可從「風月寶鑑」上尋獲線索，此處再次顯示照看鏡鑑與閱讀小說的譬喻關係。回到小說第十二回，當賈瑞抵擋不住幻相的誘惑而終致喪命後，其祖父母哀慟不已，便欲燒毀寶鏡：

　　　　代儒夫婦哭的死去活來，大罵道士，「是何妖鏡！若不早燬此物，遺
　　　　害於世不小。」遂命架火來燒，只聽鏡內哭道：「誰叫你們瞧正面
　　　　了！你們自己以假為真，何苦來燒我？」（第十二回，頁322～323）

賈代儒夫婦並不知道「風月寶鑑」具有神異的療疾作用，只因看見賈瑞「先還拿着鏡子照，落下來，仍睜開眼拾在手內，末後鏡子落下來便不動了」，便認為寶鏡害人而痛罵其為「妖鏡」。脂硯齋於此評曰：「此書不免腐儒一謗」〔註43〕，正說明此段情節實為提醒讀者：閱讀《紅樓夢》切不可似賈瑞、代

〔註39〕馮其庸纂校訂定，陳其欣助纂：《八家評批紅樓夢》，頁73。

〔註40〕馮其庸纂校訂定，陳其欣助纂：《八家評批紅樓夢》，頁2993。

〔註41〕「自得妙復軒評本，然後知是書之所以傳，傳以奇，是書之所以奇，實奇而正也。如含玉而生，實演明德；黛為物慾，實演自新。此外融會四子六經，以俗情道文言，或用借音，或用設影，或以反筆達正意，或以前言擊後語。尤奇者，教養常經也，轉託諸致禍蔑倫之口；仙釋借徑也，實隱闢異端曲學之非。就其涉，可以化愚蒙；而極其深，可以困賢智。本談情之旨，以盡復性之功，徹上徹下，不獨為中人以下說法也。至其立忠孝之綱，存人禽之辨，主以陰陽五行，寓以勸懲襃貶，深心大義，於海涵地負中自有萬變不移、一絲不紊之主宰，信乎其為奇傳也。奇而不究於正，惟能照風月寶鑑反面者，乃能善用其奇也。」——〔清〕孫桐生：〈妙復軒評石頭記敘〉，收入一粟編：《紅樓夢卷》，頁39～40。

〔註42〕馮其庸纂校訂定，陳其欣助纂：《八家評批紅樓夢》，頁2993。

〔註43〕陳慶浩編著：《新編石頭記脂硯齋評語輯校》，頁237。

儒夫婦般，陷溺於寶鏡正面、文字表層而錯失小說寓意，成為顢頇迂腐的閱讀者。而鏡鑑差點遭燬時哭斥諸人「以假為真」，一則具有擬人化的想像，二則使得「風月寶鑑」的正面與背面指涉假與真，因而形成正面美人為假，反面骷髏為真的對應關係。四字已然揭示籠罩全書的虛／實、真／假之二元命題，並涉及《紅樓夢》深層結構，這一點將在下節論及。此處意欲指陳的是，小說透過雙面鏡鑑傳達「勿瞧正面」及「不許以假為真」的訊息，實為提出關於閱讀方式、閱讀取向的提醒。在這一點上，我們可以看出作者的先見之明，透顯其對於自身文學作品與讀者心態的深刻認識。

《紅樓夢》接受史上不乏將其視為「誨淫」之書者，認為此部小說傷於風化，誘引讀者做出敗德辱行之事，因此主張禁絕。清代陳其元《庸閑齋筆記》中記錄：「淫書以《紅樓夢》為最。蓋描摩癡男女情性，其字面絕不露一淫字，令人目想神遊，而意為之移，所謂大盜不操干矛也。」〔註44〕其將曹雪芹創作《紅樓夢》視為使人道德淪喪的罪行，進一步將曹家後代遭禍之事，推論為曹雪芹撰寫此書的報應。這種「但知正面，不知反面」的閱讀者並非孤例，梁恭辰也認為曹雪芹生活之所以困窘蕭條，「未必非編造淫書之顯報」。〔註45〕晚清毛慶臻曾提議：「聚此淫書，移送海外，以答其鴉煙流毒之意，庶合古人屏諸遠方，似亦陰符長策也。」〔註46〕此說更是荒誕不經。如這般膠柱鼓瑟的閱讀者，正符合脂硯齋的「腐儒」之譏，作者苦心經營「風月寶鑑」作為閱讀之提醒，此其一也。再者，「風月寶鑑」乃是「出自太虛玄境空靈殿」，

〔註44〕「淫書以《紅樓夢》為最。蓋描摩癡男女情性，其字面絕不露一淫字，令人目想神遊，而意為之移，所謂大盜不操干矛也。豐潤丁雨生中丞，巡撫江蘇時，嚴行禁止，而卒不能絕，則以文人學士多好之之故。余弱冠時，讀書杭州，聞有某賈人女，明艷工詩，以酷嗜《紅樓夢》，致成瘵疾。當綿惙時，父母以是書貽禍，取投諸火。女在床，乃大哭曰：『奈何燒殺我寶玉？』遂死。杭州人傳以為笑。此書乃康熙年間江寧織造曹楝亭之子雪芹所撰。楝亭在官有賢聲，與江寧知府陳鵬年素不相得，及陳被陷，乃密疏薦之，人尤以為賢。至嘉慶年間，其曾孫曹勛，以貧故，入林清天理教。林為逆，勛被誅，覆其宗，世以為撰是書之果報焉。」──〔清〕陳其元：《庸閑齋筆記》，收入朱一玄編：《明清小說資料選編（下）》，（濟南：齊魯書社，1990年），頁691～692。

〔註45〕〔清〕梁恭辰：《北東園筆錄四編》，收入朱一玄編：《明清小說資料選編（下）》，頁687～688。

〔註46〕〔清〕毛慶臻：《一亭考古雜記》，收入朱一玄編：《明清小說資料選編（下）》，頁686。

其出處所具有的寓意脂批早經說明：「言此書原係空虛幻設」〔註47〕，而另一批語則認為其「與紅樓夢呼應」〔註48〕。兩者合看，實不妨理解為對於小說創作虛構性質的說明。「風月寶鑑」此一情節內的神奇物件，不存在於現實人間；而作為小說的《風月寶鑑》，亦同樣地是為「空虛幻設」的虛構產物。小說設計人物甄士隱、賈雨村，以之說明《紅樓夢》為「真事隱去」，「假語村言」的文學創作，又藉由意涵複雜的「風月寶鑑」提出不可「以假為真」的提醒，正是不願讀者誤將虛構情節與作者生平或其他現實生活中的人事，過度地坐實對應。文學作品的書寫，無論故事情節或人物塑造，其創作素材或擷取自作者的生活經驗，然而經由小說家的想像與虛構，實已將生活真實化為藝術真實。誠如學者所言：「『假』本來源於『真』，非『真』無以成『假』。但『假』非即『真』，『真』亦非『假』」〔註49〕，讀者應當認識此一閱讀原則，而非「以假為真」地「將藝術等同於生活」〔註50〕，誤將小說讀成歷史傳記。至此，由物名而書名的《風月寶鑑》，已深邃而豐富地映現其自身蘊含的指涉，且至少昭示出「假作真時真亦假」的寓意之一種。

二、風月：增刪改易前後

（一）雪芹舊有之書

前文從詳述「風月寶鑑」作為情節物件的文學思想淵源、曹雪芹之編新創造，進一步論及其豐富的寓意指涉，已然可見「風月寶鑑」在為物與為書的兩個層面上，其意涵實是緊密勾連，不可二分。此物因關合鳳姐、賈瑞的一段情節而呈現甲戌本《凡例》所言「戒妄動風月之情」的意旨，亦即指向其作為題名之一的意涵。然而，讀者展讀《紅樓夢》卻能發現其作為一書之名，顯然在綜合、概括性上不無可議之處。若整部小說的主旨確可歸納為青春生命、貴族家庭與塵世人生的一闋輓歌〔註51〕，則以警戒世人不可沈溺情色淫欲為主旨的《風月寶鑑》，誠然不具總括全書內容的作用。本節由此切入，從另一面向思索《風月寶鑑》作為書名的可能所指，進而思考今本《紅樓夢》之中「風月」的雙重意涵。

〔註47〕陳慶浩編著：《新編石頭記脂硯齋評語輯校》，頁235。
〔註48〕陳慶浩編著：《新編石頭記脂硯齋評語輯校》，頁235。
〔註49〕朱淡文：《紅樓夢研究》（臺北：貫雅文化，1991年），頁50。
〔註50〕朱淡文：《紅樓夢研究》（臺北：貫雅文化，1991年），頁49。
〔註51〕梅新林：《紅樓夢哲學精神》（上海：學林出版社，1995年），頁355～365。

　　讀者除了透過甲戌本《凡例》得知《風月寶鑑》為小說題名之一外，小說內文中的一段說明，係讀者獲知「是書題名極多」的另一重要線索。《紅樓夢》第一回：

> （空空道人）因空見色，由色生情，傳情入色，自色悟空，遂易名為情僧，改《石頭記》為《情僧錄》。至吳玉峰題曰《紅樓夢》。東魯孔梅溪則題曰《風月寶鑑》。後因曹雪芹於悼紅軒中披閱十載，增刪五次，纂成目錄，分出章回，則題曰《金陵十二釵》。……至脂硯齋甲戌抄閱再評，仍用《石頭記》。（第一回，頁6）〔註52〕

此段文字除了申明曹雪芹的「著作權」外，更在版本研究、成書考察上極為重要。一眾學者藉由這段書名變遷的說明，借重各個版本異文以及脂硯齋批語，試圖考究小說成書的逐步變化，還原曹雪芹的創作歷程。〔註53〕甲戌本此處有一條關合《風月寶鑑》的眉批：「雪芹舊有風月寶鑑之書，乃其弟棠村序也。今棠村已逝，余覩新懷舊，故仍因之。」〔註54〕由此，《風月寶鑑》除了是小說另一題名外，還可能包含兩項歧義：一為小說寫作過程其中一階段的命名、二則指《風月寶鑑》為一部獨立作品，後為曹雪芹所挪用吸納〔註55〕。眾學者便據此而對小說的創作過程提出不同觀點，首先在書題命名的時間順序上便人言言殊。朱淡文謹守第一回所言「批閱增刪」的順序，認為「作者每增刪一次，就增加一個題名，它們所題的是同一部小說在不同創作階段的稿本」〔註56〕、張愛玲認為是將一部《風月寶鑑》納入小

〔註52〕括號文字為筆者所加。「至吳玉峰題曰《紅樓夢》」以及「至脂硯齋甲戌抄閱再評，仍用《石頭記》。」兩句為甲戌本獨有，本文為論述需要，引用於此。

〔註53〕關於小說成書過程的問題，另可參考——胡適：〈跋乾隆甲戌脂硯齋重評石頭記影印本〉，《乾隆甲戌脂硯齋重評石頭記（上冊）》影印本（臺北：商務印書館，1961年）。陳慶浩：〈八十回本《石頭記》成書再考〉，《紅樓夢學刊》1995年第2輯，頁164～190。周紹良：〈雪芹舊有《風月寶鑑》之書〉，《紅樓夢學刊》1979年第1輯，頁211～221。杜春耕：〈榮寧兩府兩本書〉，《紅樓夢學刊》1998年第3輯，頁193～205。

〔註54〕陳慶浩編著：《新編石頭記脂硯齋評語輯校》，頁12。

〔註55〕清人還曾有如下筆記：「聞舊有《風月寶鑒》一書，又名《石頭記》，不知為何人之筆。曹雪芹得之，以是書所傳述者，與其家之事跡略同，因借題發揮，將此部刪改至五次，愈出愈奇，乃以近時之人情諺語夾寫而潤色之，借以抒其寄託。」——〔清〕愛新覺羅·裕瑞：《棗窗閒筆》，收入一粟編：《紅樓夢卷》，頁113。

〔註56〕朱淡文：《紅樓夢論源》（南京：江蘇古籍出版社，1992年），頁197。

說，書名順序上則有所改易〔註57〕、陳慶浩則有如下論述：「從《風月寶鑑》
（初稿）到《紅樓夢》（某次增刪稿），到《石頭記》（未完成定稿），代表本
書形成的三個階段，至於《情僧錄》和《金陵十二釵》是否代表某一次增刪
稿子的命名，則不可知」〔註58〕。

在小說第一回道出五個書名之處，脂硯齋尚有一批語：

> 若云雪芹披閱增刪，然後開卷至此這一篇楔子又係誰撰？足見作者
> 之筆，狡猾之甚。後文如此處者不少。這正是作者用畫家煙雲模糊
> 處，觀者萬不可被作者瞞弊（蔽）了去，方是巨眼。〔註59〕

脂批在此提醒的是，小說家經常使用「狡猾之筆」或「煙雲模糊」的筆法，混
淆讀者的閱讀認知，讀者應當靈活變通以免遭蒙蔽。前引陳述書名變遷的文字
中，寫出了作者曹雪芹（假稱為編者）與批者脂硯齋之名；然而參與書名更易
者還有吳玉峰、孔梅溪此二虛構色彩濃厚的人物，空空道人／情僧則更是小說
中明確的虛構角色。由此可見，此段文字實一仍曹雪芹慣用的真假互滲之筆法。
因此，眾學者才經由相異的考察與設想，而對成書過程產生不同的推論結果，
其說法雖不能一一坐實、定於一尊，卻皆對認識小說創作時間之漫長、歷程之
艱辛甚至主旨之變化，大有裨益。誠如張愛玲深具文學性的表述：

> 紅樓夢的一個特點是改寫時間之長——何止十年間「增刪五次」？
> 直到去世為止，大概佔作者成年時代的全部。曹雪芹的天才不是像
> 女神雅典娜一樣，從她父王天神修斯的眉宇間跳出來的，一下地就
> 是全副武裝。從改寫的過程上可以看出他的成長，有時候我覺得是
> 天才的橫剖面。〔註60〕

〔註57〕「楔子末尾那一系列書名，按照時序重排，是初名《石頭記》，改名《情僧錄》，
十年五次增刪後又改名《金陵十二釵》；增刪時將《風月寶鑑》收入此書，棠
村就主張叫《風月寶鑑》；最後畸笏建議總名《紅樓夢》，但是到了一七五四
年，脂硯又恢復《石頭記》原名（見〈二詳〉）。十年改寫期間，大概前期仍
舊書名《石頭記》，後期已改《情僧錄》。」——張愛玲：〈五詳紅樓夢——舊
時真本〉，《紅樓夢魘》（臺北：皇冠，2010 年），頁 307。

〔註58〕陳慶浩：〈八十回本《石頭記》成書初考〉，《文學遺產》1992 年第 2 期，頁
80～92。此外，沈治鈞也認為《風月寶鑑》按照時序應排在第一位，係「成
書過程的第一個環節」。——氏著：《紅樓夢成書研究》（北京：中國書店，2004
年），頁 54～61。

〔註59〕陳慶浩編著：《新編石頭記脂硯齋評語輯校》，頁 12。

〔註60〕張愛玲：〈自序〉，《紅樓夢魘》，頁 4。

筆者無意涉入版本研究的迷陣，本節整理、引述諸家對於《紅樓夢》成書過程的考察，實為闡明《風月寶鑑》作為「雪芹舊有之書」的相關指涉，以便更為全面地掌握「風月寶鑑」之多義性與重要性。而在諸般討論中，可見《風月寶鑑》往往被視為「一部具有獨立存在意義的書稿」〔註61〕，經常以之為成書考察中的一大關節，推敲曹雪芹改寫過程中小說主題、思想等方面的成長、變化。《風月寶鑑》作為今日《紅樓夢》之前身，觀察其可能的內容適足以見出「天才」及其作品「的橫剖面」。

> 這《風月寶鑑》的舊稿保存在《紅樓夢》裏究竟有多少，固不得而知。依照《旨義》所謂「戒妄動風月之情」這個意義作為標準，並參看有關的脂批……賈瑞、鳳姐已關合這面作為鏡子解釋的「風月寶鑑」，此外如秦可卿、秦鐘、尤氏三姊妹、香憐、玉愛，以至於賈珍、賈璉和多渾蟲的老婆，大概都是《寶鑑》中人物。〔註62〕

俞平伯參照各脂本內文與批語，緊貼《風月寶鑑》「戒妄動風月之情」的主旨，推論出除了王熙鳳、賈瑞一段情節外，現在可見的秦氏姐弟、尤氏姊妹、「鬧學堂」一節中的香憐及玉愛、賈珍、賈璉、多姑娘／燈姑娘皆可能出於此一舊稿。張愛玲承其說法，從細密的版本校勘得出相似結果，不僅認為秦可卿、秦鐘、二尤來自此部舊作、將「造釁開端實在寧」（第五回，頁143）的寧府視為《風月寶鑑》加入後才添寫的一系〔註63〕，更推論「《風月寶鑑》收入此書後始有太虛幻境」，「是收併《風月寶鑑》後才加了甄士隱賈雨村二人」〔註64〕。從二人論述的交集，可知今本所見較具風月、情色意味的描寫，或即屬於《風月寶鑑》舊有的內容。

綜上所述，足見此書在《風月寶鑑》舊稿／階段時，內容當如黃衛總所言「集中於性的違犯。……是對追求直接『欲』的滿足（皮膚濫淫）的警戒

〔註61〕沈治鈞：《紅樓夢成書研究》，頁54～61。
〔註62〕俞平伯：〈影印《脂硯齋重評石頭記》十六回後記〉，收入《俞平伯論紅樓夢》（上海：上海古籍出版社，1988年），頁939～981。
〔註63〕詳見〈四詳紅樓夢——改寫與遺稿〉，頁282、291；〈五詳紅樓夢——舊時真本〉，頁304、360——張愛玲：《紅樓夢魘》。
〔註64〕詳見〈五詳紅樓夢——舊時真本〉，頁309；〈四詳紅樓夢——改寫與遺稿〉，頁291——張愛玲：《紅樓夢魘》。另參考郭玉雯：〈《紅樓夢魘》與紅學〉，《紅樓夢學——從脂硯齋到張愛玲》（臺北：里仁書局，2004年8月），頁341～367。

小說」〔註65〕。必須強調的是，《風月寶鑑》風月筆墨或較今本為多，卻絕非「淫穢污臭，塗毒筆墨，壞人子弟」（第一回，頁5）的誨淫小說，「寶鑑」之名也標示其反省、引以為鑑之意。第十三回描寫秦可卿大喪，批語指出此書「深得《金瓶》壺奧」〔註66〕。《金瓶梅》聚焦暴發戶的市井生活，以大量赤裸直露的風月筆墨寫出幽微人性、炎涼世態，《風月寶鑑》之內容、呈現方式或與其近似。今本《紅樓夢》則如諸聯所言：「脫胎於《金瓶梅》，而褻嫚之詞，淘汰至盡。中間寫情寫景，無些點牙後慧。非特青出於藍，直是蟬蛻於穢。」〔註67〕其書中已極少風月淫穢之描寫，即便偶有涉及亦已然轉向虛寫暗描，以含蓄筆法輕輕帶過。〔註68〕這可理解為曹雪芹長時間改寫、剪裁、增刪後所有的結果，小說的情節內容因而越趨豐富，思想主題亦逐步深化而產生轉移。要言之，《風月寶鑑》到今本《紅樓夢》的重大改變可用「從寫風月到寫情」加以概括，小說由此從「描寫青年人世界的書」改向重點書寫「少年時期成長中失樂園的悲劇」〔註69〕。《風月寶鑑》作為題名之一，為讀者留下「作者增刪小說的雪鴻之跡」〔註70〕，實為小說自身思想主題變化的重要參照。

（二）風月兼含情淫

「風月寶鑑」四字從鳳姐、賈瑞一段情節，可知「風月」明確指涉肉體情色之「淫」事。此處的「淫」乃是警幻仙姑所解說的「皮膚淫濫」：「如世之

〔註65〕張惠：〈「拒絕成長」與「壓抑欲望」：析美國漢學家黃衛總對《紅樓夢》性心理世界的獨異解讀〉，《紅樓夢學刊》2010年04期，頁288。

〔註66〕陳慶浩編著：《新編石頭記脂硯齋評語輯校》，頁408。

〔註67〕〔清〕諸聯：《紅樓評夢》，收入一粟編：《紅樓夢卷》，頁117～118。

〔註68〕正如脂硯齋對於秦鐘與智能兒之事的批語：「若歷寫完，則不是石頭記文字了」。另外對於小說家不寫出香憐、玉愛的真實名姓，脂批則謂：「一併隱其姓名，所謂具菩提之心，秉刀斧之筆」，認為是作家不輕易誅伐人物的慈悲之筆。——陳慶浩編著：《新編石頭記脂硯齋評語輯校》，頁275、208。桐花鳳閣在第六十五回回末亦評：「此書淫人淫事，每用旁見側出，不肯直言。或託之夢寐荒唐，不肯坐實」。又可參照王希廉〈總評〉所言：「書中多有說話衝口而出，或幾句說話止說一二句，或一句說話止說兩三字，便咽住不說。其中或有忌諱，不忍出口；或有隱情，不便明說，故用縮句法嚙住，最是描神之筆。」——馮其庸纂校訂定，陳其欣助纂：《八家評批紅樓夢》，頁4。

〔註69〕賴芳伶：〈海外學人專訪——陳慶浩博士的紅學研究〉，《東華漢學》第8期（2008年12月），頁264。

〔註70〕朱淡文：《紅樓夢論源》（南京：江蘇古籍出版社，1992年），頁197。

好淫者，不過悅容貌，喜歌舞，調笑無厭，雲雨無時，恨不能盡天下之美女，供我片時之趣興，此皆皮膚淫濫之蠢物耳！」（頁 152）此外，小說中有一「流蕩女子」（警幻之語）多姑娘兒／燈姑娘兒，脂批以「一部書中只有此一段醜極太露之文」〔註71〕評論其與賈璉交歡的不堪情狀。此一「恣情縱欲」的人物後為晴雯祛除汙名，發揮「燈」燭照真相的作用；而其認為丈夫「不知風月」（頁 1867）、誤以為寶玉「風月場中慣作工夫」（頁 1870），也都指向情色淫欲之事。然而，「皮膚濫淫」本不是「風月」一詞的唯一解釋。從「風月清江夜，山水白雲朝。」〔註72〕詩句可見「風月」原初是指秀麗美好的景色，而後延伸指涉安逸閒適之事，如「今夕止可談風月，不宜及公事。」〔註73〕便是此意。而由「一生風月供惆悵，到處煙花恨別離。止竟多情何處好，少年長抱少年悲。」〔註74〕則可見「風月」逐漸被賦予男女情愛甚至肉體歡好的指涉。從「風月」的多義性開展思考，筆者發現《紅樓夢》中的「風月」一詞雖多關合情色歡愛之事，卻也在「淫」的層面之外兼有「情」的內涵，表現出情與淫的相互牽引，無法斷然二分。

最能體現小說中「風月」兼指情／淫者，莫過於太虛幻境中的警幻仙姑。掌管女子命運簿冊的警幻仙子，是曹雪芹所獨創的情愛女神。〔註75〕第五回，警幻仙姑在自我介紹中，稱其職責為「司人間之風情月債，掌塵世之女怨男痴」（第五回，頁 136），而在「太虛幻境」牌坊後宮門上則有「孽海情天」四字，旁書對聯：「厚地高天，堪嘆古今情不盡；痴男怨女，可憐風月債難償」（第五回，頁 137）。其中「古今情」與「風月債」具有平行對應關係，已可見警幻愛神所稱的「風月」指涉的是「情」，而其掌管各司中「貯的是普天之下所有的女子過去未來的簿冊」（第五回，頁 138），更說明「風月債」所指的對象實囊括全書所寫金釵。而林黛玉之「情情」與賈寶玉的「情不情」當然隸

〔註71〕陳慶浩編著：《新編石頭記脂硯齋評語輯校》，頁 423。

〔註72〕〔唐〕盧照鄰：〈還京贈別〉。又如〔唐〕駱賓王：〈在江南贈宋五之問〉：「風月雖殊昔，星河猶是舊」。

〔註73〕〔唐〕姚思廉：《梁書·徐勉傳》。

〔註74〕〔唐〕韋莊：《古離別》。

〔註75〕「在封建社會裡，社會屬於男性，女性只有家庭。故她們的命運無不與愛情婚姻有關。既然禮法不允許青年男女產生愛情，則愛情的結局必然是悲劇。因此愛神警幻仙姑只能是象徵女性不幸的神。」——朱淡文：《紅樓夢研究》（臺北：貫雅文化，1991 年），頁 16～20。

屬其下，脂批曾言「君家著筆描風月，寶玉顰顰解愛人」〔註76〕，這裡的「風月」顯然指稱二玉彼此相知的體貼之「情」，而不能以皮膚淫濫解讀之。另一方面，「與賈珍賈蓉等素有聚麀之誚」（第六十四回，頁1564）的尤三姐，作為小說家少數放手直書其「淫態風情」、「淫情浪態」之人物，更是在恥情改悟之後「奉警幻之命，前往太虛幻境修注案中所有一干情鬼」（第六十六回，頁1609），儼然成為警幻仙子的助手。由此可見，警幻仙姑所統攝管理的男痴女怨、風月情債，並不曾將「淫」排斥剔除在外，「情」與「淫」在此實有兩者兼具之意。而當《紅樓夢》仙曲之〈引子〉從「都只為風月情濃」導向「因此上演出這懷金悼玉的《紅樓夢》」（第五回，頁146），則已將「風月情濃」扣連上小說的旨意，統合全書；而「懷金悼玉」所指的即是對一干痴男怨女的慨嘆憐惜。

小說第六十六回，柳湘蓮見尤三姐剛烈自刎後悔恨悲痛，卻已於事無補。在「昏昏默默」、「似夢非夢」的情境中，尤三姐的一番告別之語耐人尋味：「來自情天，去由情地。前生悞被情惑，今既恥情而覺，與君兩無干涉」（第六十六回，頁1609）。作者描寫其形象為一手捧著鴛鴦劍，一手持著一卷簿冊，正顯示其已回歸太虛幻境，將協助警幻仙子修注一干「風流冤孽」的命運簿冊。而「來自情天，去由情地」不僅對應「孽海情天」一匾，更可視為其與秦可卿的清楚聯繫，此人正是小說中情／淫糾纏難解的象徵人物。〔註77〕小說家筆下的秦可卿生得「形容嬝娜，性格風流」（第八回，頁249）〔註78〕，無論是判詞所言「擅風情，秉月貌」或是附著其上的香豔情色意象〔註79〕，

〔註76〕此外，第一回尚有以「風月波瀾」指稱頑石草木之情緣因果（頁18）。陳慶浩編著：《新編石頭記脂硯齋評語輯校》，頁55。

〔註77〕脂硯齋對於太虛幻境、警幻仙姑曾有批語：「菩薩天尊皆因僧道而有，以點俗人，獨不許幻造太虛幻境以警情者乎。觀者惡其荒唐，余則喜其新鮮。」此語似將「警幻」等同為「警情」，朱淡文據此申論：「（警幻仙子）以情警幻，以幻警情：情與幻正是對立同一的矛盾」，而秦可卿的判詞正是「情天情海幻情身」，乃是「幻情」之化身。可卿作為警幻仙姑的妹妹，因此「應即這位情愛女神之副」。筆者認為，尤三姐的角色似與可卿有所呼應，即使未能便是「情愛女神之副」，稱其協助處理太虛幻境之事，具有協理之意應不為過。——朱淡文：《紅樓夢研究》（臺北：貫雅文化，1991年），頁57。

〔註78〕脂硯齋批曰：「四字便有隱意。春秋字法。」提示讀者其中隱意。——陳慶浩編著：《新編石頭記脂硯齋評語輯校》，頁55。

〔註79〕至為鮮明的例子是其閨房中《海棠春睡圖》、「安祿山擲過傷了太真乳的木瓜、壽昌公主於含章殿下臥的榻」等等擺飾：「這些擺設真正的意義是鋪陳出人物

皆多方面地為秦可卿的角色注入「淫」的特質。而第五回的人物判詞以及一支《紅樓夢曲·好事終》，則明確揭示情與淫的複雜關係：

> 情天情海幻情身，情既相逢必主淫。漫言不肖皆榮出，造釁開端實在寧。……
>
> 畫梁春盡落香塵。擅風情，秉月貌，便是敗家的根本。箕裘頹墮皆從敬，家事消亡首罪寧。宿孽總因情。（第五回，頁 143、150）

秦可卿判詞中「情既相逢必主淫」一句，實實可見小說並不將情與淫視為全不相干的兩個對立面，「情」之遇合可以甚至必然會導致「淫」的生成。此說與警幻仙子「好色即淫，知情更淫」（第五回，頁 152）的洞察與批判同出一徹，既譴責「好色不淫」、「情而不淫」這種掩過飾非的說辭，亦點明了情與淫互相交涉的關係。

　　至於引文中「家事消亡首罪寧」、「造釁開端實在寧」則指向其與公公賈珍道德敗壞至極的亂倫行為〔註80〕。此事直接造成「淫喪天香樓」的死亡結局，這便是秦可卿之所以背負「淫」此一沉重罪名的根本原因。小說家刻意將其父親名為秦業，其弟為秦鐘，是為諧音「情孽」與「情種」〔註81〕。而後者顯然大有諷刺之意，從第九回與金榮之事、第十五回對村莊丫頭的評論以及對待智能兒的醜態，可見秦鐘的「情」相較於體貼疼惜的真情，顯然更多地關合肉體感官之「淫」。由此詮釋秦可卿姓名之諧音「情可輕」，便能理解被淫壓倒、由淫主導或偽裝的「情」〔註82〕，是必須克制留心、萬不可陷入的。脂批曾有感而發：「余嘆世人不識『情』字，常把淫字當作情字」〔註83〕，正正提醒情與淫

性格與生活面向的愛欲細節（erotic details），所有的物品都與歷史上的知名女性有關，而這些女性又具有情色愛欲的面相，至少都以床榻寢具睡姿而間接關涉，形成一個香豔駘蕩的欲望空間。」——歐麗娟：《大觀紅樓（正金釵卷）下》（臺北：臺大出版中心，2017 年 8 月），頁 871。

〔註80〕脂批曾經點出作者「貶賈珍最重」。——陳慶浩編著：《新編石頭記脂硯齋評語輯校》，頁 210。

〔註81〕秦業之命名：「妙名。業者，孽也，蓋云情因孽而生也。」。關於秦鐘：「設云情種。古詩云：『未嫁先名玉，來時本姓秦』，便是此書大綱目，此話大諷刺處。」——陳慶浩編著：《新編石頭記脂硯齋評語輯校》，頁 201、172。

〔註82〕脂批謂「借可卿之死，又寫出情之變態」，此處所述之「情」或即是「情之變態」。——陳慶浩編著：《新編石頭記脂硯齋評語輯校》，頁 253。

〔註83〕第六十六回回前總評：「余嘆世人不識『情』字，常把淫字當作情字；殊不知淫裏有情，情裏無淫，淫必傷情，情必戒淫，情斷處淫生，淫斷處情生。三姐項上一橫是絕情，乃是正情；湘蓮萬根皆削是無情，乃是至情。生為情人，

雖然相互聯繫交涉，卻是兩者有別，需要警惕且明加辨析。

　　屬於秦可卿的曲子有「宿孽總因情」五字，指出與皮膚淫濫勾結的「情」終將導致喪德不倫之孽事，小說對此的譴責不可謂不深，秦可卿、秦鐘之死都可從這一角度理解。一如洪秋蕃所言：「女中秦可卿，男中秦鯨卿，皆濫情而淫，皆首先授命。言情之書，深寓戒淫之意。善哉書乎！」〔註84〕此評十分精當，秦氏姐弟一段故事所傳達的訊息，顯然與《風月寶鑑》「戒妄動風月之情」的主旨若合符節。除了「點睛」的賈瑞照鑑之外，學者早已結合文本中增刪改易的蛛絲馬跡以及諸多批語〔註85〕，推斷秦可卿相關文字出自舊稿《風月寶鑑》〔註86〕。其中，第十三回回前批更可謂一條明證：

　　　　一步行來錯，回頭已百年，古今風月鑑，多少泣黃泉。〔註87〕

護花主人認為「賈瑞死於淫，秦氏亦死於淫。賈瑞是賓，秦氏是主，故下回即寫秦氏病亡」〔註88〕。姑且不論賓主，「秦可卿死封龍禁尉」一回緊跟在「賈天祥正照風月鑑」之後，批者又針對秦可卿之死明確標出「風月鑑」，確實說明秦可卿與賈瑞同屬《風月寶鑑》內的人物情節。而秦可卿之死可謂再次演示了「好知青塚骷髏骨，就是紅樓掩面人」〔註89〕此一關乎風月與死亡的道德訓誡。如果說賈瑞起淫心而終致死亡一段，僅聚焦於「皮膚淫濫」的層面；秦氏姊弟則在人物、情節的設計構思上更形複雜：二人以情為姓卻處處與淫連結，正正表現出作者對於世人混淆情／淫的不以為然，從洞察兩者具有彼

死為情鬼，故結句曰『來自情天，去自情地』，豈非一篇盡情文字。再看他書，則全是淫，不是情了。」——陳慶浩編著：《新編石頭記脂硯齋評語輯校》，頁674。

〔註84〕馮其庸纂校訂定，陳其欣助纂：《八家評批紅樓夢》，頁355。

〔註85〕其中包括「隱去天香樓一節，是不忍下筆也。」以及『『秦可卿淫喪天香樓』，作者用史筆也。老朽因有魂托鳳姐賈家後事二件，豈是安富尊榮坐享人能想得到者，其言其意，令人悲切感服，姑赦之，因命芹溪刪去『遺簪』、『更衣』諸文，是以此回只十頁，刪去天香樓一節，少去四、五頁也」。此外，針對在天香樓設壇打醮，脂批提示：「刪却，是未刪之筆」。針對秦氏丫嬛瑞珠觸柱身亡，脂批曰：「補天香樓未刪之文。」推論瑞珠可能是亂倫事的目擊人。——陳慶浩編著：《新編石頭記脂硯齋評語輯校》，頁239、240、246、248。

〔註86〕關於這一點，另可參考孫遜：《紅樓夢脂評初探》，頁135～141。俞平伯：〈讀《紅樓夢》隨筆〉，收入《俞平伯論紅樓夢》，頁683～685。

〔註87〕陳慶浩編著：《新編石頭記脂硯齋評語輯校》，頁240。

〔註88〕馮其庸纂校訂定，陳其欣助纂：《八家評批紅樓夢》，頁276。

〔註89〕原批：「所謂『好知青塚骷髏骨，就是紅樓掩面人』是也。作者好苦心思。」——陳慶浩編著：《新編石頭記脂硯齋評語輯校》，頁236。

此交涉之特質,進而對其中淫的一面有所批判。〔註90〕本節首先闡明《紅樓夢》中的「風月」兼含情與淫兩個範疇,確如朱淡文所言:「曹雪芹對『風月』的理解與流俗不同,他是將所有的男女情愛都劃歸『風月』以內的。」〔註91〕爾後,則進一步論述小說對於情／淫的認知與態度,乃是互相交涉而又涇渭分明的,昭示此義的代表人物便是舊屬《風月寶鑑》的秦可卿。綜上所述,《風月寶鑑》「戒妄動風月之情」的指涉範圍已不僅僅侷限在涉「淫」的賈瑞等人,而是在「風月兼含情淫」的基礎上,將全書所有痴男怨女、情痴色鬼皆涵括在內,情／淫更可視為「風月寶鑑」重要的兩面性之一。《風月寶鑑》作為小說異名的意義,至此再添一筆。

第二節　天仙寶鏡大觀園

　　西方哲學家早經揭示:「空間與時間是一切實在與之相關聯的構架。我們只有在空間和時間的條件下才能設想任何真實的事物。按照赫拉克利特的說法,在世界上沒有任何東西能超越它的尺度──而這些尺度就是空間和時間的限制。」〔註92〕此話同樣適用於解讀虛構文學《紅樓夢》。為便於論析,本節針對文本空間大觀園的討論便從空間與時間兩個面向切入,有關於此,小說中也曾予以提示。出現於小說第一回、第五回的對聯:「假作真時真亦假,無為有處有還無」標示小說至關緊要的寫作手法、深層結構。誠如學者所言,「上下聯『作』、『為』互文,皆連繫動詞,又稱判斷詞,應釋成『作為』、『做為』、『即是』諸義。『處』則是空間名詞對上聯時間名詞『時』,亦互文。時空的結合即構成宇宙,故此聯明言宇宙間之至理:『真假』、『有無』乃對立而同一的兩對矛盾。」〔註93〕此一對聯意涵之涵蓋面確可擴及作家對於宇宙至理

〔註90〕有關小說家對於情與淫的深刻認識,另可參考余英時的說法:「曹雪芹並非禁欲論者,因此他從不把欲無條件地看作罪惡。他也不是二元論者,所以又不把情和欲截然分開。……大體說來,他認為情可以,甚至必然包括淫;由情而淫則雖淫亦情。故情又可叫做『意淫』。但另一方面,淫決不能包括情;這種狹義的『淫』,他又稱之為『皮膚濫淫』。」──氏著:〈紅樓夢的兩個世界〉,《紅樓夢的兩個世界》(臺北:聯經,2017年11月),頁67。
〔註91〕朱淡文:《紅樓夢論源》(南京:江蘇古籍出版社,1992年),頁200。
〔註92〕〔德〕恩斯特·卡西爾(Ernest Cassirer)著;甘陽譯:《人論》(上海:上海譯文,1985年),頁54。
〔註93〕朱淡文:《紅樓夢研究》(臺北:貫雅文化,1991年),頁47。

的認識，其中亦透顯出二元補襯（complementary bipolarity）的哲學思維模式，可以之認識、理解小說中文字形式上的對偶結構、小說情節冷熱、興衰的交替輪換等等。本節則以「處」與「時」的空間與時間指涉，切入討論大觀園。不可忽略的是，此一真／假時、有／無處的對聯正是出現在作為大觀園鏡像的太虛幻境。

一、無有「處」：鏡像大觀園

作為曹雪芹竭力描繪的「空中樓閣，紙上園林」，大觀園是小說中少年男女的主要活動空間。自從第十七至十八回竣工與省親開始，可以說一切重要的情節事件皆以大觀園為背景，故事發生所在的建築居所更與賈寶玉、眾金釵的性格特質互相發揮。因此，大觀園的設計以及附著其上的種種情事，都與《紅樓夢》的整體故事發展、主題寓意緊密相關。歷來對此「花園子」的研究極多，其作為全書的總體意象，象徵意義可基本歸納為：極致的富貴、天倫團聚之所、處子的純潔喜悅、詩情的優美、宗教化的聖殿與永恆的「春」之聖地，乃一集合諸般人間樂事的眾樂之園。〔註94〕對於此一樂園的認識，可再以宋淇先生的論述概括之：

> 大觀園是一個把女兒們和外面世界隔絕的一所園子，希望女兒們在裏面，過無憂無慮的逍遙日子，以免染上男子的齷齪氣味。最好女兒們永遠保持她們的青春，不要嫁出去。大觀園在這一意義上說來，可以說是保護女兒們的堡壘，只存在於理想中，並沒有現實的依據。〔註95〕

引文說明大觀園為一個青春女兒的理想之境，在這個與外界相隔絕的城堡庇護下，女兒們得以過著無所憂懼的生活，作者的描寫還透顯一種「永保青春」的寄望，希望眾人常駐此逍遙樂園。余英時根據此說進一步發展其典範的「兩個世界論」，作為貫穿全書最主要的一條線索，此說更為顯豁地標出了大觀園的重要地位、特殊性質。作者藉由情／淫、清／濁、真／假等等倆倆對照的象徵組合一再點明兩個世界的差異之處，而這兩個鮮明對比的世界一為烏托

〔註94〕柯慶明：〈論紅樓夢的喜劇意識〉，《境界的再生》（臺北：幼獅文化，1977年），頁386～401。

〔註95〕宋淇：〈論大觀園〉，收錄於余英時・周策縱等著：《曹雪芹與紅樓夢》（臺北：里仁書局，1985年），頁694。

邦的世界，亦即理想世界；另一則是現實世界。落實在小說當中，前後者便分別為大觀園的世界與大觀園外的世界。〔註96〕這一個作者構設出的「天上人間的蜃樓樂園」〔註97〕，實則貫徹了作者「兩面皆可照人」的創作手法，大觀園可說是小說中至為宏闊的鏡像書寫，下文述之。

　　《紅樓夢》第十七至十八回，躲避不及的賈寶玉被賈政帶入甫完竣的大觀園，在遊賞的過程中測試其「功業進益」。賈寶玉便跟隨在父親身邊，一路題出「曲徑通幽處」、「沁芳」、「有鳳來儀」、「杏帘在望」「蘅芷清芬」等等匾額對聯，而經過後名「大觀樓」之正殿，小說如此描述：

> 一面說，一面走，只見正面現出一座玉石牌坊來，上面龍蟠螭護，玲瓏鑿就。賈政道：「此處書以何文？」眾人道：「必是『蓬萊仙境』方妙。」賈政搖頭不語。寶玉見了這個所在，心中忽有所動，尋思起來，倒像那裡曾見過的一般，卻一時想不起那年月日的事了。賈政又命他作題，寶玉只顧細思前景，全無心於此了。（第十七至十八回，頁441）

此處景緻令先前才思敏捷的賈寶玉恍然失神，脂硯齋謂：「仍歸於葫蘆一夢之太虛玄境」〔註98〕。此一批語清楚點明太虛幻境與大觀園互相關聯，這座玉石牌坊正是第五回中橫書「太虛幻境」的石牌，而賈寶玉雖覺熟悉卻始終想不起，其對於夢遊之事記憶模糊，顯示警幻仙子一番規引入正的功夫未能奏效。而清客提議的「蓬萊仙境」，也與具有「仙閨幻境之風光」（第五回，頁152）的太虛幻境相合〔註99〕，當初寶玉觀覽冊簿以後跟隨警幻，曾見如斯美景：

> 但見珠簾繡幕，畫棟雕檐，說不盡那光搖朱戶金鋪地，雪照瓊窗玉作宮。更見仙花馥郁，異草芬芳，真好個所在。（第五回，頁143）

脂批便在此段描寫後提醒讀者：「已為省親別墅畫下圖式矣」〔註100〕，指出為元妃歸省而耗費鉅資、大興土木擘造的大觀園，實與太虛幻境同為富麗而

〔註96〕余英時：〈紅樓夢的兩個世界〉，《紅樓夢的兩個世界》（臺北：聯經，2017年11月），頁41。

〔註97〕俞平伯：〈讀《紅樓夢》隨筆〉，收入《俞平伯論紅樓夢》，頁653。

〔註98〕陳慶浩編著：《新編石頭記脂硯齋評語輯校》，頁320。

〔註99〕賈寶玉在太虛幻境飲仙茗、聆仙曲，脂硯齋曾評「太虛幻境」之描寫為「一篇蓬萊賦」。——陳慶浩編著：《新編石頭記脂硯齋評語輯校》，頁120。

〔註100〕陳慶浩編著：《新編石頭記脂硯齋評語輯校》，頁126。

不俗的美好之所，兩者相互映照，儼然具有一而二、二而一的疊合關係。爾後，眾姐妹為大觀園題詠之詩一再凸顯園子即天上仙境之意，如迎春謂「誰信世間有此境」、李紈有「神仙何幸下瑤臺」、「未許凡人到此來」之句、林黛玉則題匾「世外仙源」並作「名園築何處，仙境別紅塵」詩句。而黛玉詠大觀園之詩，還直接呼應了寶玉遊太虛幻境一回的回前詩。〔註101〕元春為園子賜名所作一詩中，有「天上人間諸景備」之句，此中點出大觀園兼有天上與人間兩面，且包羅世間諸般美好景致。而在籌備建造園子時的一則批語，則顯明說出大觀園與太虛幻境的複疊關係：「大觀園係玉兄與十二釵太虛玄境，豈可革率」〔註102〕。從小說第一回，可知小說中一干男女皆來源太虛幻境，經由警幻仙子處投胎「落塵」來到人世凡間，聚集生活於大觀園，而眾人亡逝以後則仍將回歸所來之地。大觀園保護眾兒女得免外界染污，太虛幻境作為「清淨女兒之境」（第五回）更是眾人在仙境的歸宿。在這一點上，兩者似乎具有生與死的對應關係。

最為有趣的是，大觀園與太虛幻境的鏡像設計，文本中曾如此點破：

> 一時，舟臨內岸，復棄舟上輿，便見琳宮綽約，桂殿巍峨。石牌坊上明顯「天仙寶鏡」四字，賈妃忙命換「省親別墅」四字。（第十七至十八回，頁455）〔註103〕

當賈元春遊幸至當日寶玉思緒恍惚的玉石牌坊前，讀者可見原來空著的牌坊上已經補擬「天仙寶鏡」四字。此一「鏡」字相當醒目地道明大觀園之特質屬性。至此，讀者從牌坊題名的演變「蓬萊仙境（太虛幻境）—天仙寶鏡—省親別墅（大觀園）」，見出大觀園與太虛幻境的鏡像關係，一如余英時所言「大觀園便是太虛幻境的人間投影」〔註104〕。此外，小說第二十三回描述「寶玉

〔註101〕第五回回前詩：「春困葳蕤擁綉衾，恍隨仙子別紅塵；問誰幻入華胥境，千古風流造孽人」。——陳慶浩編著：《新編石頭記脂硯齋評語輯校》，頁112。其中，「華胥」典故出自《列子・黃帝》，記述黃帝白日睡夢中所遊的「華胥氏之國」，其國家景況具有烏托邦色彩，不僅「無師長，自然而已。其民無嗜慾，自然而已」，更是無天殤、無愛憎、無利害。且居住其中「入水不溺，入火不熱。斫撻無傷痛，指摘無痛癢。乘空如履實，寢虛若處床」，顯然描寫非凡人所能臻及的神仙之境。後世便以此典故指稱仙境、樂園。

〔註102〕陳慶浩編著：《新編石頭記脂硯齋評語輯校》，頁294。

〔註103〕除王府本外，庚辰本及其它脂硯齋評本系統皆作「天仙寶鏡」，王府本與程高本則作「天仙寶境」。見陳慶浩編著：《新編石頭記脂硯齋評語輯校》，頁336。

〔註104〕余英時：〈紅樓夢的兩個世界〉，《紅樓夢的兩個世界》，頁44。另，俞平伯對嘉慶年刻本《紅樓夢》的引述與評論，也可見清代讀者已有此認識：「批曰：

自進園來，心滿意足，再無別項可生貪求之心」、「無所不至，倒也十分快樂」
（頁609）還可與第五回入幻境文字對看：

> 但見朱欄白石，綠樹清溪，真是人跡罕逢，飛塵不到。寶玉在夢中
> 歡喜，想道：『這個去處有趣！我就在這裏過一生，縱然失了家也願
> 意，強如天天被父母、師傅打呢！』（第五回，頁135）

此處描寫一則預示了後來大觀園的風光景色，二則從寶玉遷入大觀園與幻入太
虛境的歡喜滿足之情，可見兩處所在的相通之處，對寶玉而言皆具有樂園的意
義。而大觀園在空間距離上可大可小、亦遠亦近的特點，亦可視為其渺渺仙境
特質的顯現。〔註105〕作者為了構築大觀園煞費苦心，特意以迎接皇妃之「大題
目」說明大觀園建造動機，然而其最重要的目的則是為眾金釵打造一與外界隔
絕的樂園居所。因此，第十八回的一則批語值得注意：「至此方完大觀園工程公
案，觀者則為大觀園廢盡精神，余則為若許筆墨，卻只因一個葬花塚。」〔註106〕
這一段批語將擘建大觀園的核心歸於黛玉葬花的花塚，筆者以為可從大觀園／
太虛幻境互為鏡像的角度加以理解。《紅樓夢》以人花一體的構思綰合女兒與
花卉，且園中的女孩子便是花神，寶玉更是總花神〔註107〕。而黛玉的《葬花
吟》哀悼女兒的青春易逝、未來無可尋覓，其葬花之舉可說是「為薄命女兒留
下欲被土固著、不願被水所污染的記憶想望」〔註108〕。與此對照，太虛幻境

『可見太虛幻境牌坊，即大觀園省親別墅。』其實倒過來說更有意義，大觀
園即太虛幻境。果真如此，我們要去考證大觀園的地點，在北京的某某街巷，
豈非太癡了麼。」——詳見氏著：〈讀《紅樓夢》隨筆〉，收入《俞平伯論紅
樓夢》，頁783。

〔註105〕「書中的大觀園有二重空間，一是成年人的實際空間，一是少年人的回憶空
間。前者是賈政遊園、貴妃省親以及賈母、劉姥姥在園中宴賞的空間。賈政
走了大半日還沒有走完全園，貴妃遊園是車船具備，賈母也常要坐船坐轎的。
後者則是寶玉和眾姐妹、丫鬟日常生活的所在。無論是園中各人間的來往，
以及寶玉和眾釵一日三餐在賈母處用飯，都沒有距離的問題。作者寫的是他
兒童少年時期回憶的空間，才可能有這種既有充分的空間可容下「天上人間
諸景備」，卻又沒有距離限制的特性。」——引自賴芳伶：〈《紅樓夢》「大觀
園」的隱喻與實現〉，《東華漢學》第19期（2014年6月），頁258。

〔註106〕陳慶浩編著：《新編石頭記脂硯齋評語輯校》，頁332。

〔註107〕大觀園自身即是一「大花園」（第五十六回，頁1369），有關花神則如王熙鳳
語：「果然不錯，園子裡頭可不是花神！」（第四十二回，頁1028）、晴雯病
亡後任芙蓉花神等，詳參余英時：〈紅樓夢的兩個世界〉，《紅樓夢的兩個世
界》，頁64～65。

〔註108〕汪順平：《女子有行：《紅樓夢》的閨閣、遊歷敘事與「海上」新意涵》（臺
北：元華文創，2018年），頁272。

貯藏眾女子的命運簿冊則具有安置亡逝女兒之意，呼應全書「使閨閣昭傳」之用心。因此大觀園之「葬」花與太虛幻境之貯「藏」冊簿〔註109〕，在「以安諸釵」〔註110〕的象徵意義上實兩者無異。

　　矗立在太虛幻境石牌兩旁的「假作真時真亦假，無為有處有還無」蘊含了空間性與時間性兩面意涵，與之為鏡像的大觀園／天仙寶鏡，則可說是以「鏡」而兼有這兩種面向。由此，我們可以回到「風月寶鑑」作為參照加以思考。小說第十二回，賈瑞在鏡鑑中先看見「骷髏立在裡面」而後則見「鳳姐站在裡面招手叫他」，他則「蕩悠悠的覺得進了鏡子」與鳳姐發生關係，再是「鳳姐仍送他出來」。而在三四次出入鏡子以後，當賈瑞最後一次「剛要出鏡子來」時卻遭兩人以鐵鎖把他套去，賈瑞於是宣告死亡。種種描述凸顯了此一鏡子所具有的空間性。筆者討論「風月寶鑑」時，曾說明其中蘊含佛教白骨觀的修行方式，根據許暉林的論述，其實具有時間層面的意涵：

> 白骨觀是析法空，也就是透過觀想肉體經歷敗毀腐爛的過程，將色相拆解到什麼都不剩。析法空是相對於體法空而言，並非當下體空，而是藉由在一個時間的歷程中觀看到諸法的生滅才得以證空。小說談「空」、談興盛與敗毀，都得以析法空的方式來談。畢竟，小說作為敘事文類，本質上就必須牽涉到時間的歷程。……然而，這個原本需要有一個時間歷程才能證顯的真與假、空與有，在《紅樓夢》中卻是被壓縮在一支雙面鏡上來呈現。原本是在世時看不到的自己的死亡，現在卻將鏡子翻面就是白骨。鏡子等於是讓人得以瞬間穿透過去跟未來的中介物。〔註111〕

學者從時間層面談論「風月寶鑑」白骨觀的救治、啟悟方式，更將其與小說敘事的時間歷程相互勾連。《紅樓夢》便是以風月寶鑑的巧妙設計，借用析法空將時／空壓縮其中，使得觀者跨越時空，得見死亡（白骨）方是終極真相，極具誘惑力的美人實則只是一瞬之幻。大觀園既然以「天仙寶鏡」揭示其「鏡」

〔註109〕 葬與藏之字義有其相通處，「葬，臧也。」——〔漢〕許慎撰；〔清〕段玉裁注：《新添古音說文解字注》，頁48。另，《禮記·檀弓》：「葬也者，藏也。」

〔註110〕 脂批點出：「大觀園原係十二釵栖止之所，然工程浩大，故借元春之名而起，再用元春之命以安諸釵，不見一絲扭捻。己卯冬夜。」另，可參考：「埋香塚葬花乃諸艷歸源。葬花吟又係諸艷一偈也。」——陳慶浩編著：《新編石頭記脂硯齋評語輯校》，頁451、532。

〔註111〕 許暉林：〈鏡與前知：試論中國敘事文類中現代視覺經驗的起源〉，《臺大中文學報》第四十八期（2015年3月），頁137。

的屬性，某程度上也如同一般鏡像具有短暫映照、瞬即消失的特質，大觀園之不能永久可說是經由「天仙寶鏡」的命名預先給出了提示。其由「說不盡這太平氣象，富貴風流」（第十七至十八回）的繁華盛況至後來「軒窗寂寞」、花樹「搖搖落落」（第七十九回）的蕭索情境，實傳達「到頭一夢，萬境歸空」（第一回，頁22）的全書題旨。生命盡頭的死亡是時間日夜流動之下的必然結果，風月寶鑑以正反面壓縮成住壞空的歷程，即顯示了時間似乎沉默卻時時、處處發揮著力量。一如死亡跟隨時間之流必將來臨，大觀園的幻滅亦同樣源於時間的作用。

二、真假「時」：大觀園圖未完

導致大觀園崩潰的關鍵事件是抄檢大觀園，此事凸顯賈府人事矛盾愈發激烈，更重要的則是眾金釵此後因故紛紛離開大觀園，如入畫、司棋遭攆、晴雯更在病中遭逐後亡逝、薛寶釵則在大查抄以後遷出園子。而王夫人之所以在王善保家的攛掇下展開抄檢，則是因為園內發現的一個繡春囊。根據余英時的說法，《紅樓夢》的理想世界與現實世界具有情／淫、清／濁、乾淨／骯髒的強烈對照，而兩者又具有密切的動態關係，「當這種動態關係發展到它的盡頭，紅樓夢的悲劇意識也就昇進到最高點了」〔註112〕。而涉及情色之事的繡春囊，正是作為骯髒的現實世界之象徵，如入侵伊甸園的蛇〔註113〕，衝擊理想世界大觀園使其迎向破滅。

然而，給大觀園引來禍端的繡春囊，並不僅僅是淫穢風月的象徵，其背後隱含的意義實指向更為本質的時間命題，一如賴芳伶所言：「在少不更事的小兒女間，生命本能的情事只是一時尚未彰顯，原本就隱蘊在青春活力當中，惟待時間的催發而已。」〔註114〕小說中，當鳳姐下跪向王夫人自證清白，舉例猜想可能擁有繡春囊之人時，便認為「年紀大些的，知道了人事」（第七十四回，頁 1777）的丫頭有嫌疑。而後建議暗中查訪又謂一眾丫嬛「保不住人大心大，生事作耗」（第七十四回，頁 1777），「不如趁此機會，已後凡年紀大些的，或有些咬牙難纏的，拿個錯兒攆出去配了人」（第七十四回，頁 1777），言語中無不透出年齡漸長與遷離園子的必然聯繫。而早在

〔註112〕余英時：〈紅樓夢的兩個世界〉，《紅樓夢的兩個世界》，頁 51。
〔註113〕夏志清著；何欣，莊信正，林耀福譯：《中國古典小說》，頁 372～373。
〔註114〕賴芳伶：〈《紅樓夢》「大觀園」的隱喻與實現〉，頁 263。

寶玉遭父親責打後，襲人便曾對王夫人說：「我只想着討太太一個示下，怎麼變個法兒，已後竟還教二爺搬出園外來住就好了」（第三十四回，頁847），而其背後緣由正正是因為「如今二爺也大了」，不該如幼時那般言談坐臥不避，理當嚴守男女之間的分際。以上種種皆表明隨著時間過去，大觀園中諸人終究是要「風流雲散」，女子必須出嫁、寶玉也必得挪出園子。要言之，大觀園走向幻滅的主因，係來自其「內部發展的規律和邏輯」〔註115〕，亦即時間的自然作用。相較於外力的侵入破壞，這般幻滅或具有更深沉的悲劇意味。對此，浦安迪也曾述及：

> 從地上這個伊甸園走出的必然性根植於事物的本質，而非任何具體的人類行為之上。更確切地說，在大觀園中起作用的這種變化的構造也同樣參與了創造、生長、衰退和崩潰的過程，這一過程超越其圍牆描述了整個現象學的宇宙。這類似於人類的生命階段——出生前的獨立，不裝腔作勢的童年、壯年、結婚、繁衍、老化和死亡——無須進一步闡述。〔註116〕

清代二知道人有言：「雪芹所記大觀園，恍然一五柳先生所記之桃花源也。其中林壑田池，於榮府中別一天地，自寶玉率群釵來此，怡然自樂，直欲與外人間隔矣。此中人囈語云，除卻怡紅公子，雅不願有人來問津也。」〔註117〕其中點明大觀園的樂園屬性，所謂「別一天地」便是與外界、外人隔絕之意，寶玉、群釵因而得以在其中歡度無憂的青春歲月。二知道人將已成樂園代名詞的「桃花源」與大觀園並置而觀，陶淵明的《桃花源詩》作為中國文學中樂園主題的原始文本，其記、其詩已然道出樂園的時間特質。〈桃花源記〉中「問今是何世，乃不知有漢，無論魏晉」以及〈桃花源詩〉裡「雖無紀歷誌，四時自成歲。怡然有餘樂，于何勞智慧」等句，正正說明「桃花源始終都處於一種脫越歷史之演進、而抽離於時間序列之外的凝靜狀態，因此徒有四時之反覆循環，卻無年歲往逝的滄桑變遷」〔註118〕。小說從第十七至十八回大觀園竣工直至第五十三回，皆集中描寫同一年內發生的事物，另外如人物年齡的矛

〔註115〕宋淇：〈論大觀園〉，收錄於余英時‧周策縱等著：《曹雪芹與紅樓夢》，頁701。

〔註116〕〔美〕浦安迪（Andrew H. Plaks）著；夏薇譯：《〈紅樓夢〉的原型與寓意》（北京：生活讀書新知三聯書店，2018年10月），頁253。

〔註117〕〔清〕二知道人：《紅樓夢說夢》，收入一粟編：《紅樓夢卷》，頁86。

〔註118〕歐麗娟：《唐詩的樂園意識》（臺北：五南圖書，2017年），頁232～234。

盾,實可視為大觀園一度時間凝定的表現。大觀園具有樂園屬性,有著如「武陵源」(第五回)般的好景美事。然而,正如浦安迪「地上伊甸園」的指稱,無疑是點明大觀園根植於現實人間的本質,終究不是天上仙境。耗費巨大人力、物力修建而成的大觀園畢竟是凡人的產物,當然無法如其鏡像太虛幻境一般,無視過去、未來的時間問題而能示現眾金釵的死亡悲劇。相較於太虛幻境確實具備「超時間」特質,大觀園則必得要加入凡塵時間行進的動線,往凋落毀敗走去。

從時間流逝與大觀園幻滅的因果聯繫,我們可進一步發現小說人物亦有感於時間作用,而曾經有過意欲凝固時間的嘗試。其中最有趣的例子,莫過於惜春繪製大觀園圖一事。《紅樓夢》不僅將大觀園建構為與太虛幻境互為鏡像的空間,更從第四十回至第五十二回書寫大觀園圖的策劃與繪製過程,意圖為大觀園再次創造出一個複製品。「大觀園圖」繪製計畫的提出,始於劉姥姥對園內景象的讚嘆:

> 劉姥姥念佛說道:「我們鄉下人到了年下,都上城來買畫兒貼。時常閑了,大家都說,怎麼得也到畫兒上去逛逛。想著那個畫兒也不過是假的,那裡有這個真地方呢?誰知我今兒進這園子裡一瞧,竟比那畫兒還強十倍。怎麼得有人也照着這個園子畫一張,我帶了家去,給他們見見,死了也得好處。」賈母聽說,便指着惜春笑道:「你瞧我這個小孫女兒,他就會畫。等明兒叫他畫一張如何?」(第四十回,頁977)

劉姥姥的一番言談,「念佛」、「死了也得好處」等情態雖不免略有誇張,卻也點出秋日裡大觀園的美景如畫。有趣的是,「到畫兒上去逛逛」與「進這園子裡一瞧」似乎將入畫與入園等同,圖畫與園子遂互通為一。此外,其所言亦呼應小說「假作真時真亦假」的設計。所謂「畫兒不過是假的」本來是要對比出大觀園的「真」,然而後頭又說園子「比那畫兒強十倍」,此中隱隱然產生了真/假互相置換的效果。此外,將大觀園比喻為畫雖是稱賞之語,卻也賦予園子虛假不實的意味。小說第四十五回,寶玉身穿一套細緻輕巧的蓑衣斗笠,也擬送黛玉一套,黛玉快口說出:「我不要他。帶上那個,成個畫兒上畫的和戲上扮的漁婆了。」(頁1105)下有批語:「妙極之文。使黛玉自己直說出夫妻來,卻又云畫的扮的。本是閒談,卻是暗隱不吉之兆,所謂

『畫兒中愛寵』是也，誰曰不然？」〔註119〕此處也點出畫與戲相對於真實生活，具有「假」的性質，劉姥姥以畫喻園，或如作者以鏡名園一般，暗示大觀園的終歸幻滅。

考察賈母對於此幅畫作的要求，則可見出「大觀園圖」的性質及其深層意涵。最初在劉姥姥的讚美下，賈母對於畫作的要求可能僅限於園中建築、景觀，據惜春所言：

> 原說只畫這園子的，昨兒老太太又說，單畫了園子成個房樣子了，
> 叫連人都畫上，就像「行樂」似的纔好。（第四十二回，1037）

所謂「行樂」即指當時流行的《行樂圖卷》，乃是一種以人物為主的繪畫類型（如仇英的《漢宮春曉圖》）；而其內容則如名稱所示，畫的是人物閒逸娛樂之事。〔註120〕在《紅樓夢》中，賈母所指的自然是大觀園內遊宴、行令、聽戲、賞雪等「賞心樂事」。小說第五十回，賈母因深喜「四面粉妝銀砌」，「寶琴披著鳧靨裘，站在山坡上遙等，身後一個丫鬟，抱著一瓶紅梅」（頁1213）所構成的豔麗景緻〔註121〕，進而特意囑咐惜春將其畫入：「第一要緊把昨日琴兒和丫頭、梅花，照模照樣，一筆別錯，快快添上」（頁1215）。從上述種種，可見賈母囑託惜春繪製「大觀園圖」是為將樂園中的美景、美事加以擷取，繪成圖畫。此一舉措實透露出一種凝固時間，意圖使美好時光永恆停駐的意願。根據約翰·柏格（John Berger）的說法：

> 影像（image）是一種再造或複製的景象。……人們之所以製造影
> 像，最初是為了像變魔術一般讓已經消失的某樣事物重新顯現。
> 慢慢的，我們注意到，影像顯然比它所再現的事物更能禁得起時

〔註119〕陳慶浩編著：《新編石頭記脂硯齋評語輯校》，頁624。王實甫《西廂記雜劇》第二本有：「雲斂晴空，冰輪乍湧；風掃殘紅，香階亂擁；離恨千端，閒愁萬種。夫人哪，『靡不有初，鮮克有終。』他做了影兒裡的情郎，我做了畫兒裡的愛寵」。

〔註120〕王懷義：〈論惜春的《大觀園行樂圖》創作〉，《明清小說研究》總第131期（2019年第1期），頁147。

〔註121〕此處情節再次出現大觀園景緻如畫而又勝過於畫的描寫，一則表現出賈母對於薛寶琴的喜愛，二則又關合虛實真假的命題。──「賈母喜得忙笑道：『你們瞧，這雪坡上配上她的這個人品，又是這件衣裳，後頭又是這梅花，像個什麼？』眾人都笑道：『就像老太太屋裏掛的仇十洲畫的《豔雪圖》。』賈母搖頭笑道：『那畫的那裏有這件衣裳？人也不能這樣好！』」、「賈母因又說及寶琴雪下折梅比畫兒上還好。」（第五十回，頁1213、1215）。

間的摧磨；於是，影像可以展現某樣東西或某個人昔日的模

樣……。〔註122〕

賈母命惜春所畫的「大觀園圖」顯然具備引文所述的影像特質。隨著時間自然流動，白雪消融而寶琴亦將離開大觀園嫁予梅翰林，「寶琴立雪」的美景終究只是一瞬之光。而賈母出於對寶琴相貌、人品的喜愛、對園中景緻的留戀愛惜，便產生將其繪入圖畫的想望。透過繪製「大觀園圖」，將生活中所見的美好一幕從時間之流中擷出，進而固著在靜態的畫幅上。透過此舉，即便時光遠去、人事變幻，賈母與其他園中人仍能從觀看「更禁得起時間摧磨」的圖畫，而獲得心靈撫慰，甚或投入其中重溫樂園榮景。要言之，「影像的靜態性象徵著超越時間的永恆。……繪畫透過其自身的靜止性所指涉的東西，是一種超越時間的永恆基礎與根底」〔註123〕。小說中，賈母甚至不止一次催促惜春，趕緊完成此幅畫作。這或體現出賈母對於時間流逝的惋惜之情，既然「大觀園圖」的繪製是為挽留轉瞬即逝的一刻、存取記憶，則此舉應可視為一種令樂園永恆化的努力。

　　此外，小說中安排賈寶玉作為惜春的助手，實也具有另一層面的意涵。根據寶釵所言：「給他半年的假，再派了寶兄弟幫著他。並不是為寶兄弟知道教著他畫，那就更惧了事；為的是有不知道的，或難安插的，寶兄弟好拿出去問問那會畫的相公，就容易了。」（第四十二回，頁1039）安排寶玉協助惜春作畫，原是藉由寶玉作為男性的身分，能夠出入家門向外尋求幫助。然而值得注意的是，寶玉本是小說中敏於時間流逝而感悲戚，並時時表現出不願女兒出嫁、遷離的重要人物。如第五十八回便從「綠葉成陰子滿枝」聯想邢岫烟之即將出嫁，且對「再幾年，岫烟未免烏髮如銀，紅顏似槁」深感悲傷而「對杏流淚嘆息」（頁1414）。第七十八回寶釵搬離大觀園，寶玉發現後深陷物是人非的失落哀傷：「又俯身看那埭下之水，仍是溶溶脈脈的流將過去。心下因想：『天地間竟有這樣無情的事！』」（頁1892）無視人事變遷，如時間

〔註122〕〔英〕約翰‧伯格（John Berger）著；吳莉君譯：《觀看的方式》，頁11、13。

〔註123〕〔英〕約翰‧伯格（John Berger）著；吳莉君譯：〈繪畫與時間〉，《觀看的視界》（臺北：麥田，2010年8月），頁291。又，「無論任何時期或傳統，一切繪畫將可見世界內在化、帶入內部……那是一種護衛記憶和天啟經驗的做法。」──氏著：〈繪畫的居所〉，《觀看的視界》，頁302。

一般無盡流淌的溪水〔註124〕，讓「情不情」的怡紅公子發出至為深沉的嘆息，僅此二端已可見賈寶玉對於時間「逝者如斯夫！不舍晝夜」〔註125〕，始終默默流逝的哀感。

　　而從小丫頭佳蕙轉述的話語：「昨兒寶玉還說，明兒怎麼樣收拾房子，怎麼樣做衣裳，倒像有幾百年的熬煎」（第二十六回，頁677）、其在生活上表現出的情狀：「每日在園中任意縱性的曠蕩，真把光陰虛度，歲月空添」（第三十七回，頁897）以及「只求你們同看着我，守着我」（第十九回，頁515）的話語，則側面說明寶玉的主觀想望，是希求永遠停留在當下與眾人為伴的快樂時光，而不願面對隨著歲月流轉，必定帶來變化的事實。此一心理在以下對話表現得淋漓盡致：

> 尤氏道：「誰都像你，真是一心無罣礙，只知道和姊妹們頑笑，餓了吃，困了睡，再過幾年，不過還是這樣，一點後事也不慮。」寶玉笑道：「我能彀和姊妹們過一日是一日，死了就完了。什麼後事不後事。」
>
> 李紈等都笑道：「這可又是胡說。就算你是個沒出息的，終老在這裡，難道他姊妹們都不出門的？」……寶玉笑道：「人事莫定，知道誰死誰活？倘或我在今日明日，今年明年死了，也算是遂心一輩子了。」（第七十一回，頁1721）

透過對話中「再過幾年，不過還是這樣」、「過一日是一如」等話語，可見寶玉的心態是只願固守當下情景，而李紈的話語則點破現實之殘酷，即姊妹年歲漸長後必然出嫁。誠如學者所言，寶玉「一心一意地企盼得以避免流轉延伸的時間所帶來的侵蝕與變化，而頑強地抱持著依戀童年、抗拒長大的心態，

〔註124〕流水是時光的象徵：「流水意象充溢著人生的悲劇色彩和深沉的歷史感。作為個體的青春、生命、功名及歷史繁華的『有』，是非永恆性的存在，它終究要歸於『無』。而正緣其『無』的不可復返於『有』，才更令人珍重『有』的價值。『有』這一存在，毫不以人的意志為轉移地向『無』單維性奔逝，如同流水的一去不復返。而流水在這種存在向虛無運動的過程中，突出顯示了存在與時間的關係。正是借助於對流水的觀照和對流水意象的體認品味，中國古人的生命意識，人生悲劇感與歷史宇宙觀念互為整合，共同得到了動態性的真實呈露。」——王立：〈如斯雖逝有壯音——中國古典文學中的流水意象〉，收入氏著：《心靈的圖景——文學意象的主題史研究》，（上海：學林出版社，1999年），頁204～205。

〔註125〕《論語集注·子罕第九》，收入〔宋〕朱熹編著：《四書章句集註》，頁113。

企圖在滄海桑田的世界裡固守永恆不變的樂土」〔註126〕。就此而言，小說裡安排寶玉協助「大觀園圖」的繪製，實與此一人物的性格特質、心理態度密切相關。而從小說第四十五回：「一日，外面裱了絹，起了稿子進來。寶玉每日便在惜春這裡幫忙。」（頁1099）以及第四十八回：「只見惜春打發了入畫來請寶玉，寶玉方去了。」（頁1163）等描寫，則可知此幅畫在繪製過程中，寶玉實在是除了繪者惜春之外，用心出力最多之人。「大觀園圖」的繪製是為定格美好時光，固著樂園美景、美事、美人於畫幅之上，而賈寶玉執守安富尊榮的眼下良辰，「一點後事也不慮」莫不透出對於停頓時光、眾人不必長大、女兒無需出嫁，樂園永恆存續的希冀。於是，圖畫與人便在「理想世界的永恆化」〔註127〕此一願望上相通相合。

然而弔詭的是，小說家著意描寫大觀園圖的緣起，耗費大量筆墨書寫眾人出謀劃策、準備畫具及繪圖的過程，又強調園中諸人皆視其為「要緊的事」（第四十二回），此幅畫卻在一番濃墨重彩的渲染之後，靜默無聲地不了了之。筆者以為，從大觀園註定毀滅的角度觀之，作為園子複製品的大觀園圖，同樣地呼應此一設計。小說第四十回，賈母謂惜春「他就會畫」，進而將繪製「大觀園圖」的任務託付於她，對惜春而言實是一個沉重而艱難的負擔。在詩社眾人商議讓惜春請多長假期作畫時，黛玉便曾取笑惜春：

> 「論理一年也不多。這園子蓋纏蓋了一年，如今要畫自然得二年工
> 夫呢。又要研墨，又要蘸筆，又要鋪紙，又要着顏色，又要……」
> 剛說到這裏，眾人知道他是取笑惜春，便都笑問說「還要怎樣？」
> 黛玉自己撐不住笑道：「又要照著這樣兒慢慢的畫，可不得二年的工
> 夫！」（第四十二回，頁1036～1037）

繪製內容多樣、畫幅廣闊的大觀園圖，一如寶釵所述：「非離了肚子裡頭有幾副丘壑的纔能成畫。……你只照樣兒往紙上一畫，是必不能討好的。這要看紙的地步遠近，該多該少，分主分賓，該添的要添，該減的要減，該藏的要藏，該露的要露。這一起了稿子，再端詳斟酌，方成一幅圖樣……依我看來，

〔註126〕 歐麗娟：〈賈寶玉的〈四時即事詩〉：樂園的開幕頌歌〉，《詩論紅樓夢》（臺
北：里仁，2001年），頁423。

〔註127〕 賈寶玉甚至以死亡表達出此種願望，除了前引第七十一回引文，余英時先生
尚提出這一條：「活著，咱們一處活著，不活著，咱們一處化灰化煙，如何？」
（第五十七回）。氏著：〈眼前無路想回頭——再論紅樓夢的兩個世界兼答趙
岡兄〉，《紅樓夢的兩個世界》，頁99。

竟難的很。」（第四十二回，頁 1038～1039）。此話說明繪製大觀園圖確實不是易事，多少、賓主、添減、藏露得要處處平衡，拿捏得宜。而黛玉的一番打趣取笑或不是空口白話，而是奠基於對惜春畫技的了解。誠如小說家透過博學多識的寶釵道出：「藕丫頭雖會畫，不過是幾筆寫意」，再加上惜春自言：「我又不會這工細樓臺，又不會畫人物，又不好駁回，正為這個為難呢」，實已可見「大觀園圖」的繪製已超出惜春的能力範圍，此幅圖畫從緣起便透露出艱難短絀，難以為繼的跡象。

　　究其根底，惜春所擅長的「幾筆寫意」指的是山水皴染之畫，一如惜春的自白，「大觀園圖」無論繪畫技法或內容題材皆不是惜春熟悉的範疇。小說家之所以將繪畫才能賦予此一人物，誠如姜祺所言：「四姑獨善丹青，早為臥佛張本」。其詩曰「暖香別塢小壺天，小妹丹青劇自憐。色即是空空是色，從來畫理可參禪」〔註 128〕，在在指出惜春之繪畫並不如眾人吟詩般，以才華展現、情感抒發或純粹的審美趣味為依歸，其作畫行為實可視為參禪、修佛途徑之一種。這也符合惜春的人物設計，根據判詞所言：「勘破三春景不長，緇衣頓改昔年妝。可憐繡戶侯門女，獨臥青燈古佛旁。」（第五回）、所作「佛前海燈」謎語：「前身色相總無成，不聽菱歌聽佛經。莫道此生沉黑海，性中自有大光明。」（第二十二回）以及第七回「我這裡正和智能兒說，我明兒也剃了頭，同她作姑子去」之言，都顯示惜春出家的念頭，預示其為尼的結局。此外，據〈虛花悟〉一曲所云：「將那三春看破，桃紅柳綠待如何？把這韶華打滅，覓那清淡天和。」（第五回，頁 149），對於桃紅柳綠、繁盛春景的不以為然，似乎說明惜春與作為「春之聖地」的大觀園有所齟齬，「把這韶華打滅」更與「大觀園圖」挽留春光、固著似水年華的本質具有互斥關係。而其「百折不回的廉介孤獨僻性」（第七十四回）甚至導致並無嚴重過錯的入畫遭到攆逐。綜上所述，不僅顯示「大觀園行樂圖這樣的世俗題材跟她的性情、心境和趣味根本不搭調」〔註 129〕，更進一步說明了由惜春負責繪製大觀園圖，自始便是一個不可能的任務。

　　果不其然，惜春勉為其難接受賈母的委託後，總是陷於托懶、乏倦的狀態。諸人屢次前往煖香塢看畫，其中一次「惜春正乏倦，在床上歪著睡午覺」（第四十八回，頁 1166～1167）；另一次賈母前來的情況則如下：

〔註 128〕姜祺：《紅樓夢詩·賈惜春》，收入一粟編：《紅樓夢卷》，頁 478。
〔註 129〕李鵬飛：〈論惜春作畫的意義〉，《中國文化研究》2020 年冬之卷，頁 68。

> 早有幾個人打起猩紅毡簾，已覺溫香拂臉。大家進入房中，賈母並
> 不歸坐，只問畫在那裡。惜春因笑回：「天氣寒冷了，膠性皆凝澀不
> 潤，畫了恐不好看，故此收起來。」賈母笑道：「我年下就要的。你
> 別托懶兒，快拿出來給我快畫。」（第五十回，頁1212）

小說家數次強調惜春居所「暖和」的特點，此回先寫「溫香拂臉」後接惜春的
答覆，似有意襯出惜春懶怠作畫，以「天氣寒冷，膠性凝澀」為推託的理由。
由此可見，此幅畫的繪製過程有所阻滯；且進度亦相當緩慢，歷經數月僅「十
停方有了三停」。無怪乎眾人打趣曰：「那裏能年下就有了？只怕明年端陽有
了」，而賈母更表示：「這還了得！他竟比蓋這園子還費工夫了」。從第四十回
至第五十回，「大觀園圖」的籌劃、繪製從一片喧嘩漸至不了了之，自第五十
回「眾人都來看他如何畫，惜春只是出神」之後，便僅有第五十二回寶玉「往
惜春房中去看畫」一句，可視為「大觀園圖」最後閃現的微弱星火。

可以補充的是，大觀園的擘劃、肇建實也始於一幅紙上的圖樣。第十六
回，丈量好地基後便有「已經傳人畫圖樣去了」（第十六回，頁410）一句，
批語則在此鄭重其事地提示：「後一圖伏線」〔註130〕。根據寶釵的指導，讀者
無緣得見全貌的「大觀園圖」，正是以原始建築圖樣為底稿，再添上人物的一
幅模擬之作。其後，小說家描寫：

> 香菱見畫上有幾個美人，因指着笑道：「這一個是我們姑娘，那一個
> 是林姑娘。」探春笑道：「凡會作詩的都畫在上頭，快學罷。」說著，
> 頑笑了一回。（第四十八回，頁1167）

此回描述薛蟠離家遊藝，香菱終於得以隨寶釵進入大觀園，而書寫重點則在
於香菱著魔般苦志學詩。大觀園作為「詩樂園」〔註131〕，以起詩社、作詩詞
為樂園中的重要活動，一直「滿心羨慕」的香菱直至此時，方正式加入大觀
園諸艷的行列，回應其作為「金陵十二釵副冊」第一人的不凡身分。而引文
中探春所言，則再次將「入園」與「入畫」等同起來，圖畫與園子之相互貫
通，可見一斑。總括而言，「大觀園圖」的無法完成，正正呼應大觀園的歸於
寥落。作者為大觀園賦予「鏡」的屬性，使其具有鏡像般虛幻不實的色彩。相
較於「天仙寶鏡」映照流動的光影，繪製「大觀園圖」本是一種凝固瞬間的努

〔註130〕陳慶浩編著：《新編石頭記脂硯齋評語輯校》，頁294。
〔註131〕廖咸浩：〈說淫：《紅樓夢》「悲劇」的後現代沉思〉，《中外文學》第二十二
　　　　卷·第二期（1993年7月），頁85～99。

力，然而圖畫卻本具有虛構、模擬性質，因此如畫又成畫的大觀園，便也遊走在真實與虛假之間，呼應「假作真時真亦假，無為有處有還無」的核心主題。此圖在濃墨重彩的前期籌備中展開，而以後期的不了了之草草結尾，如此種種不僅再次預示大觀園的隨後幻滅，更宣告一切意圖使「樂園永恆化」的努力，皆純屬徒勞。

第三節　鏡花水月及其他

　　前文曾經提及，「鏡」以其反射光線、照映萬物、虛實共有的特質，在長久文化積澱下累積豐富象徵意涵，不僅文學作品中處處可見其蹤跡，亦是儒、釋、道三家慣用的說理意象、譬喻物件。而在佛教自成體系的鏡喻系統當中，則經常「以鏡喻空」闡發佛理〔註132〕，「鏡花水月」正是其中至為人熟知的一組意象。從「一切法生滅不住，如幻如電，諸法不相待，乃至一念不住。諸法皆妄見，如夢、如燄、如水中月、如鏡中像，以妄想生。」〔註133〕等，皆是以鏡像的虛無非實，設譬說明世間萬物的本質虛幻，應當無所執著。此外，鏡花水月由於形象鮮明且具審美趣味，進一步成為文學作品的常見意象，取其終將成空、美好卻短暫虛幻之意。由此，也沿用為歷代詩論中的一則術語，大抵用以提示「得魚忘筌」的閱讀方式，強調情意美感的經驗，不應拘泥形跡、過分徵實。〔註134〕

　　《紅樓夢》第四十六回，針對鴛鴦說出關係親密的一眾丫頭之名，脂硯齋有長批：「余按此一算，亦是十二釵，真鏡中花，水中月，雲中豹，林中之鳥，穴中之鼠，無數可考，無人可指，有跡可追，有形可據，九曲八折，遠響近影，迷離煙灼，縱橫隱現，千奇百怪，眩目移神，現千手千眼大遊戲法也。脂硯齋。」〔註135〕此中「鏡中花，水中月」關合批語中其他用詞，可知是用於讚美曹雪芹寫作手法之不拘一格，其人物、事件的藏／露、顯／隱總是出

〔註132〕詳參劉藝：《鏡與中國傳統文化》（成都：四川出版集團巴蜀書社，2004年），頁220～260。

〔註133〕《維摩詰所說經・卷上・弟子品第三》。其他例子有：「眾緣所引自心、心所虛妄變現，猶如幻事、陽焰、夢境、光影、谷響、水月變化所成，非有似有。」——詳見孫昌武：〈讀藏雜識〉，《文學遺產》1984年04期，頁138～142。

〔註134〕陳國球：〈論鏡花水月——一個詩論象喻的考析〉，《鏡花水月——文學理論批評論文集》（臺北：東大圖書，1987年）。

〔註135〕陳慶浩編著：《新編石頭記脂硯齋評語輯校》，頁627。

人意表,似令讀者難以把握,細思卻是前後呼應,「可據可追」。這也是「鏡花水月」作為批評術語之一例。

《紅樓夢》中不乏此一意象典故的運用,其中「水月」更是景色與寓意兼而有之。本節以鏡花水月為題,則是照應《紅樓夢曲·枉凝眉》:

> 一個是閬苑仙葩,一個是美玉無瑕。若說沒奇緣,今生偏又遇着他;若說有奇緣,如何心事終虛化?一個枉自嗟呀,一個空勞牽掛。一個是水中月,一個是鏡中花。想眼中能有多少淚珠兒,怎禁得秋流到冬盡,春流到夏!」(第五回,頁147)

此一曲子詠嘆寶玉與黛玉的感情故事,點明二人雖然自小「一桌吃,一床睡」(第二十回)、「耳鬢廝磨,心情相對」(第二十九回),培養出親厚感情且互為知己,寶玉甚至有過「睡裡夢裡也忘不了你」的深心剖白,然而結局卻如「水中月,鏡中花」,終歸空無與虛枉。〔註136〕曲子裡唱出「一個是水中月,一個是鏡中花」,本節將「鏡花」歸於賈寶玉,「水月」配予林黛玉,分頭論述與寶、黛相關的照鏡敘述,並及於其他鏡子書寫。如此一則便於論述,二則凸出了寶玉為鏡的特質以及水月意象與林黛玉之牽合。

一、鏡花:玻璃鏡與風月鑑

前文述及《紅樓夢》中關乎鏡鑑的書寫,既有以鏡為象徵意象,完成二元補襯的書寫命意者;亦有如第十二回「風月寶鑑」般的實體物件之描寫。「風月寶鑑」具備神異性質,作者以之溝通虛/實,傳達特殊寓旨;而小說中另一引人注目的鏡子,則是設置於怡紅院、作為日常生活用物的玻璃鏡。分別現身於小說第十七至十八回、第二十六回、第四十一回以及第五十六回的「玻璃大鏡」、「大穿衣鏡」,已非傳統銅鏡而是如今日所用之水銀玻璃鏡。根據方豪的考察,書中所述的此種鏡子在當時為西洋貢品,僅有皇宮內或若干最為顯赫的府邸方能享用。〔註137〕《紅樓夢》將此鏡鑑寫入賈寶玉居所怡

〔註136〕「這首曲子從寶、黛的愛情理想因變故而破滅,寫林黛玉的淚盡而逝。」、「水中月、鏡中花——都是虛幻的景象。說寶、黛的愛情理想雖則美好,終於如鏡花水月一樣,不能成為現實。」——蔡義江:《紅樓夢詩詞曲賦鑒賞》(北京,中華書局,2004年),頁73。

〔註137〕《紅樓夢》中西洋物件比比皆是,其類別包括西洋呢布如雀金裘、鐘錶如寧府上房時辰鐘、工藝品如洋漆器、藥品如汪恰洋烟等等,詳見方豪:〈從紅樓夢所記西洋物品考故事的背景〉,《紅樓夢西洋名物考》(杭州:浙江人民美術出版社,2017年10月),頁1~148。

紅院，透露此書處於中西交流的時代背景，也再次說明賈府之榮耀顯貴。更重要者，則是呼應大觀園作為皇妃的省親別墅，與宮廷皇室有所關聯；並凸顯賈寶玉如「寶天王、寶皇帝」（第四十六回，鴛鴦之語）般的家族寵兒之身分。從寶玉以及諸人照鏡的描寫中，可見這面西洋玻璃鏡既是居所擺設、日用物件，亦具有豐富的象徵意蘊。其中劉姥姥對於鏡中影像的錯誤指認，頗具詼諧趣味：

> 劉姥姥掀簾進去，抬頭一看，只見四面牆壁玲瓏剔透，琴劍瓶鑪皆貼在牆上，錦籠紗罩，金彩珠光，連地下踏的磚，皆是碧綠鑿花，竟越發把眼花了，找門出去，那有門？左一架書，右一架屏。剛從屏後得了一門轉去，只見他親家母也從外面迎了進來。劉姥姥咤異，忙問道：「你想是見我這幾日沒家去，虧你找我來。那一位姑娘帶你進來的？」他親家只是笑，不還言。劉姥姥笑道：「你好沒見世面，見這園裡的花好，你就沒死活帶了一頭。」他親家也不答。便心下忽然想起：「常聽大富貴人家有一種穿衣鏡，這別是我在鏡子裡頭呢罷？」說畢伸手一摸，再細一看，可不是，四面雕空紫檀板壁將鏡子嵌在中間。因說：「這已經攔住，如何走出去呢？」一面說，一面只管用手摸。（第四十一回，頁 1016）

劉姥姥二進榮國府，在賈母的引領下遊覽大觀園各處，參與行令聽曲、品茶飲酒等活動。此回描寫劉姥姥因腹痛大解而離開鴛鴦，「通瀉」一場後獨自一人便迷了路，不意摸索至怡紅院。在此，劉姥姥初會聽聞中富貴人家所擁有的穿衣鏡，其不僅沒有認出自我的鏡像，還將鏡中反映之人誤認為親家母，其「沒死活帶了一頭花」的話語則傳達出自我嘲弄的意味。而後，劉姥姥方有所醒覺並透過觸覺確認「自己在鏡子裡頭」。有趣的是，劉姥姥雖知曉鏡子平面反照事物，其內心獨白卻饒具趣味地指出鏡子的空間面向，似乎鏡中另有一獨立空間，劉姥姥則闖入了鏡中世界。筆者以為，劉姥姥的始而錯認繼而倏忽醒覺，對照的是賈寶玉因照影而夢迷的書寫。

小說第五十六回，江南甄府家眷遣人到賈府送禮請安，透過賈母與四名僕婦的對談，發現兩家的公子小名皆係寶玉，而「老太太狠疼」的情狀、「淘氣異常」的性情，甚至獨鍾「女孩子」而嫌棄有年紀僕婦之「刁鑽古怪毛病兒」，也都全然相同。《紅樓夢》以甄／賈寓真／假的表現手法，自開篇首回便籠罩全書，第二回賈雨村即曾提及甄家寶玉獨尊女兒的特殊性格。脂批

曾針對甄家批曰:「一個真正之家,持(特)與假家遙對,故寫假則知真」〔註138〕,關照全書真假交流互滲的命意,末一句亦可理解為「故寫真則知假」,具有世交關係的江南甄府與都中賈府,確為一組鮮明的鏡像對照。小說以甄家之事影射賈家,如抄檢大觀園時探春所云:「你們今日早起不曾議論甄家,自己家裡好好的抄家,果然今日真抄了。偺們也漸漸的來了」(第七十四回,頁1785~1786),正是以甄家獲罪抄家之事,呼應大觀園的抄檢,並預言賈府的同一遭遇。而此回賈母口中「偺們的寶玉」與「他們的寶玉」,據僕婦所言,在長相上竟也一模一樣,遂確立甄寶玉與賈寶玉一而二,二而一的鏡像關係。

此回寶玉聽得江南甄府「也有一個寶玉,也卻一般行景」,本認為是僕婦取悅賈母的謊言,然而聽得湘雲「如今有了個對子,鬧急了,再打狠了,你逃走到南京找那一個去。」(第五十六回,頁1373)等語後,卻不自覺陷入有/無糾纏的思考:「若說必無,然亦似必有;若說必有,又並無目觀」(第五十六回,頁1374),進而恍惚入夢。此回的夢境再次以鏡像方式呈現,賈寶玉來到與大觀園同樣的園子、同樣的院落,遇見同樣的丫嬛,得見了另一個寶玉,且夢中甄寶玉亦正從相同的夢醒來。從二人同夢、互夢的書寫,巧妙地混淆了甄、賈寶玉,兩人「原來你就是寶玉」的對話,也具有同樣的效果。有趣的是,甄、賈寶玉之夢正是透過照看鏡子而來:

> 襲人在傍聽他夢中自喚,忙推醒他,笑問道:「寶玉在那裡?」此時寶玉雖醒,神意尚恍惚,因向門外指說:「纔出去了。」襲人笑道:「那是你夢迷了。你揉眼細瞧,是鏡子裡照的你影兒。」寶玉向前瞧了一瞧,原是那嵌的大鏡對面相照,自己也笑了。(第五十六回,頁1376)

麝月將「寶玉夢見寶玉」的胡夢顛倒歸因為「小人魂不全,有鏡子照多了,睡覺驚恐作胡夢」的民間說法。然而若由鏡子與認同的關聯思之〔註139〕,從劉姥姥的無法辨認鏡中影像、賈寶玉因照鏡而入夢並且「遇見」另一寶玉,此一書寫或具有自我認知的意涵。照鏡或所謂反觀自照,本即有自我認識、自

〔註138〕陳慶浩編著:《新編石頭記脂硯齋評語輯校》,頁50。
〔註139〕「鏡子——『象徵的母體』(matrice de symbolique),隨著人類對於認同的需求而產生。」——〔法〕Sabina Melchior-Bonnet著;余淑娟譯:《鏡子》(臺北:藍鯨,2002年),頁22。

我反省之意。而研究認為，人類成長過程中，孩童經由鏡中影像感知自我、認識自我，從而進一步理解「我是誰」。此一「鏡像階段」可說是成長歷程中不可或缺的一環〔註140〕。而作為思維主體的人，則往往需要透過客觀的外在視點，將自身視作客體，方能從更完整、準確的審視反觀中，去描述、把握自我。而最基本的外視點參照物則非鏡子莫屬〔註141〕，質言之：

> 在鏡中看見自己，發現自己，需要一種主體將自己客體化、能夠分辨什麼是外、什麼是內的心理操作。如果主體能認出映像與自己相似，還能說：「我是對方的對方。」這個操作過程就算成功。自我和自我的關係，以及熟悉自我，是無法直接建立的，它仍舊受限於看與被看的相互作用。〔註142〕

以鏡為媒介，作為主體的鏡前人能從外視點觀看作為客體的鏡中人，經由「看與被看的相互作用」，了解「自我和自我的關係」。由此角度觀之，賈寶玉此回的照鏡入夢，實則形象化地呈現出自我認知的困惑。為表達此一意涵，小說家設計一個真假交錯、流動的夢境，並以甄府女人到訪作一鋪陳，使得寶玉照鏡之夢具有合理基礎，不致突兀。照看鏡子本來是藉由觀看自身的行為，得以從外在視點把握、認識自我。然而，從賈寶玉對「甄寶玉」的反應，卻可見賈寶玉並未在鏡中「發現自己」，反而迅速直接地將鏡像等同於另一獨立存在的他人——甄寶玉。賈寶玉既無法指認出「我是對方的對方」，便說明寶玉之照鏡無法獲致「認識自己」的效用，反而呈現其「主體將自己客觀化」、「分辨內外」這種心理操作能力的匱乏。

　　直至襲人推醒，寶玉仍舊恍惚執著於所謂「甄寶玉」，有待襲人的提醒，方才知覺是夢「迷」一場。而「是鏡子裡照的你影兒」一語，則說明此段情節的重點，正是關乎照鏡與認識自我的命題。此段情節可視為賈寶玉成長歷程的一環，表現出青春兒女摸索自我、找尋自我認知的困惑。〔註143〕而金芝鮮

〔註140〕 「對拉岡而言，身體意象是象徵活動發展中不可或缺的一環：鏡子前的小孩從逐漸感知自己身體的過程中，去認識自己的整體。……在拉岡的鏡像階段中，個體透過他者的目光，發現『內在』的自己和『外在』的自己，人類數世紀來即是如此。」——詳見〔法〕Sabina Melchior-Bonnet 著；余淑娟譯：《鏡子》（臺北：藍鯨，2002 年），頁 22、24。

〔註141〕 俞曉紅：〈紅樓說鏡〉，《紅樓夢學刊》2004 年第三輯，頁 91。

〔註142〕 〔法〕Sabina Melchior-Bonnet 著；余淑娟譯：《鏡子》（臺北：藍鯨，2002 年），頁 23。

〔註143〕 「寶玉的心理，還有青春期難免要追求的自我，放眼這一景，不難讓人捉摸。

從鏡子情節的分析，認為「與封建正統勢力徹底決裂的賈寶玉像患上永不長大的孩子——彼得‧潘症（Peter Pan syndrome）一樣，拒絕成長，逃避現實，追求理想世界，沉浸於細密的情感世界，永遠留在自我陶醉的、充滿幻想的想像界（the imaginary order）。」〔註144〕其論述與小說人物「拒絕成長」或《紅樓夢》「反成長」的主題，產生對話。〔註145〕寶玉照影夢迷的情節描寫，或可由此一角度加以理解。寶玉此一經驗可說是劉姥姥初會鏡鑑的重複與強化。然而值得注意的是，劉姥姥以為反映內容為實際存在的他者，乃是因為西洋玻璃鏡的鏡像之清晰明亮程度，遠勝一般人家使用的銅鏡。而偶至賈府一遊的「村姥姥」正因未曾親眼目睹，才會被鏡像的強烈真實感誤導、迷惑，進而獲致小說所述「以假為真」的視覺體驗。在寶玉處，此面鏡鑑卻是極為熟悉的日常用物，因此小說家書寫寶玉之「迷」，當如前文所述，表現寶玉並不成熟的自我認知。另一方面，根據余英時所言：「怡紅院中特設大鏡子，別處所無……，即所謂『風月寶鑑』也。」〔註146〕則又使得此面玻璃鏡與「風月寶鑑」有所連繫，似亦具備警幻、啟悟的功能。

有關於此，則應當與怡紅院的設計並置而觀。小說第十七至十八回，描寫賈政、寶玉諸人遊覽大觀園，來到怡紅院時卻在室內迷了路徑：「原來賈政等走了進來，未進兩層，便都迷了舊路，左瞧也有門可通，右瞧又有窗暫隔，及到了跟前，又被一架書擋住。回頭再走，又有窗紗明透，門徑可行；及至門前，忽見迎面也進來了一群人，都與自己形相一樣，——卻是玻璃大鏡相照。」（頁445）此處的照鏡描寫平淡簡略，或表現出賈府中人對於玻璃鏡的熟悉。而引文中強調了怡紅院設計的曲折迂迴，竟至於在居室內「迷了舊路」，脂硯

景中對話讀之糊塗，顛三倒四不斷在雙關兩個寶玉之名，其實再度照亮了真假的問題。這一刻，眾人認為是「真」寶玉的「賈」寶玉，還有待尋找真正的自我，認清自己究為何人。而「甄」府的寶玉隨著夢境朦朧而去，看來竟像「假」寶玉。」——〔美〕余國藩（Anthony C. Yu）著；李奭學譯：《重讀石頭記：《紅樓夢》裏的情欲與虛構》，頁213。

〔註144〕〔韓〕金芝鮮：〈論《紅樓夢》中的鏡子意象及其象徵內涵〉，《紅樓夢學刊》2008年第六輯，頁307。

〔註145〕《紅樓夢》為中國傳統成長小說之源頭，詳細論述見余佩芳：《新文類的誕生——《紅樓夢》的成長編述》（臺北：大安，2012年）。另參考廖咸浩：〈在有情與無情之間——中西成長小說的流變〉，《美麗新世紀》（臺北：INK印刻，2003年），頁65～80。

〔註146〕余英時：〈紅樓夢的兩個世界〉，《紅樓夢的兩個世界》，頁56。

齋便批曰：「石兄迷否」〔註147〕。而在賈珍引領下走出室外後，眾人轉過花障、渡過清溪，竟遭眼前大山阻擋去向，眾人又「迷了路了」。上述種種，包括「分不出間隔」、「四面皆是雕空玲瓏木板」等等設計，皆為堆疊出怡紅院的迷宮屬性。而玻璃大鏡不僅呈現一種錯誤、困惑的自我認知，也與迷宮意象相合，共同象徵著寶玉成長啟悟歷程的縈紆漫長。〔註148〕對於怡紅院此一象徵，脂批曾針對賈政諸人找到門徑以及轉出大路之處，分別批曰：「此方便門也」〔註149〕以及「眾善歸緣，自然有平坦大道」〔註150〕，可見脂批亦讀出怡紅院精細曲折的設計，與迷／悟、修行之事有所聯繫，因而以佛家用語加以批示。

　　警幻仙子以「風月寶鑑」試圖警醒、救治受「皮膚淫濫」之罪的賈瑞，而設置於怡紅院的玻璃大鏡或便是另一面「風月寶鑑」，用以對治賈寶玉的「意淫」，呼應太虛幻境警幻仙子所給予的一番訓示。前文曾述及劉姥姥「以假為真」的照鏡體驗，賈寶玉照鏡夢迷「得遇」甄寶玉實也是「以假為真」的重演，這般迷惑顛倒或即揭示其仍處於「痴兒，竟尚未悟」（第五回，警幻語）的痴迷之境。試思「情不情」的賈寶玉在大觀園由迷而悟的階段變化與最終出家，實可與空空道人「因空見色，由色生情，傳情入色，自色悟空」的歷程相對應。由此，具有悟道醒覺之意的《情僧錄》或與具有戒淫、警情之意的《風月寶鑑》相互連結，兩個題名遂具有了內在的聯繫。綜上所述，獨獨設於怡紅院內的玻璃大鏡，參與了賈寶玉的日常生活、成長歷程，從與之相關的情節透出真／假、虛／實的滲透流轉，除了體現賈寶玉的自我認知狀態，更在啟悟的意義上與「風月寶鑑」相互勾連。可以補充的是，甲辰本第二十二回錄有賈寶玉的一則燈謎：「南面而坐，北面而朝，象憂亦憂，象喜亦喜。打一物。」〔註151〕其謎底便是鏡子。由此，賈寶玉自身亦成了鏡子。作為「諸艷之冠」的「鏡中花」，自身又具反照特質，此中寓意當指其「閨閣良友」的性情特質，以女兒之悲喜為自身的悲喜，以女兒的價值為自身的價值，誠如鏡子之反射映照，而從不以作為貴族子弟的地位身分，強加一己之所欲在女

〔註147〕陳慶浩編著：《新編石頭記脂硯齋評語輯校》，頁325。

〔註148〕詳見歐麗娟：《紅樓一夢：賈寶玉與次金釵》（臺北：聯經，2017年），頁154～162。

〔註149〕陳慶浩編著：《新編石頭記脂硯齋評語輯校》，頁325。

〔註150〕陳慶浩編著：《新編石頭記脂硯齋評語輯校》，頁325。

〔註151〕〔清〕曹雪芹：《甲辰本紅樓夢》（北京：書目文獻出版社，1989年），頁685。

兒身上。〔註152〕所謂「于怡紅總一園之看」〔註153〕，應即是此意。針對「鏡子」燈謎，更有一則有趣的批語：「此寶玉之鏡花水月」〔註154〕，這既是對謎底的說明，亦可指涉寶、黛的終局，甚或寶玉的最終出家，遁入空門。

二、水月：黛玉照鏡鑑喜悲

鏡子作為「人物生活場景的一件小道具，伴隨人物的言行笑靥而出現」〔註155〕。除了賈寶玉房內的西洋貢品穿衣鏡，描寫「金閨細事」〔註156〕的《紅樓夢》當然也不乏鏡鑑作為日常用物的書寫。小說第二十八回，賈寶玉的酒令當中便有：

> 女兒悲，青春已大守空閨。女兒愁，悔教夫婿覓封侯。女兒喜，對
> 鏡晨粧顏色美。女兒樂，鞦韆架上春衫薄。（第二十八回，頁733）

此中以悲、愁、喜、樂說出女兒生命的四樣情態與活動，「對鏡晨粧顏色美」便道出女兒照容、梳妝的日常活動。而在第二十一回，則從鏡子寫及湘雲、寶玉在閨閣中的有趣情景，寶玉見「鏡臺兩邊俱是粧奩等物，順手拿起來賞玩，不覺又順手拈了胭脂，意欲要往口邊送，又怕史湘雲說。正猶豫間，湘雲果在身後看見，一手掠著辮子，便伸手來『拍』的一下，從手中將胭脂打落……」（頁553）不難想見，湘雲在身後看見寶玉再犯「愛紅」的毛病，乃從鏡臺的反射中瞧見，接下來「掠著辮子」、伸手打下寶玉手上胭脂，則是湘雲直率爽朗的形象寫照。除了設置於桌面的鏡臺，小說也寫及便於攜帶的隨身小鏡。如晴雯使用西洋藥一節，便有「晴雯自拿著一面靶鏡，貼在兩太陽上。」（第五十二回，頁1265）的描寫。另，探春在遭到趙姨娘的無理折辱後，「便有三四個小丫嬛捧了沐盆、巾帕、靶鏡等物來。此時探春因盤膝坐在矮板榻上，那捧盆的丫環走至跟前，便雙膝跪下，高捧沐盆；那兩個小丫嬛，也都在傍

〔註152〕「在園中的每一個女子，都是供寶玉發現『自我』的『小物件』（objet petit à），寶玉以女性世界整體作為寶玉自我『形象』（imago）的『鏡子』（mirror），便等於是把自己『認同於』女性。如此，寶玉不當『就是』園中的女子，故稱他為『諸艷之冠』自也理所當然。」——廖咸浩：〈說淫：《紅樓夢》「悲劇」的後現代沉思〉，《中外文學》第二十二卷・第二期（1993年7月），頁91。

〔註153〕陳慶浩編著：《新編石頭記脂硯齋評語輯校》，頁325。

〔註154〕陳慶浩編著：《新編石頭記脂硯齋評語輯校》，頁449。

〔註155〕俞曉紅：《《紅樓夢》意象的文化闡釋》（安徽：安徽人民出版社，2006年12月），頁141～160。

〔註156〕陳慶浩編著：《新編石頭記脂硯齋評語輯校》，頁395。

屈膝捧着巾帕並靶鏡、脂粉之飾」（第五十五回，頁1346）。此處情境呈現賈府的大家禮數，隱約伏線其後探春理家的威嚴氣度，亦可知靶鏡與巾帕、脂粉這類閨閣用物，皆是姑娘日常生活中不可或缺之物。

此外，小說第二十回尚有一段與照鏡相關的書寫。此回描寫寶玉的眾丫嬛皆外出耍嬉，襲人因病休養，獨餘麝月一人在房內看管燈火。體恤麝月盡心，不願外出戲耍，寶玉便提議替她篦頭。梳篦過程中晴雯正巧回房取錢，瞧見二人梳頭情景便冷笑打趣了一番：「哦，交杯盞還沒吃，倒上頭了！」話中將寶玉替麝月梳髮篦頭的動作，嘲笑為女子結婚時的儀式，而在拒絕寶玉替她篦頭的提議後，便「摔簾子出去了」。而後一段描寫，則如脂批所言也是「怡紅細事」〔註157〕的趣味一景：

> 寶玉在麝月身後，麝月對鏡，二人在鏡內相視。寶玉便向鏡內笑道：「滿屋裡就只是她磨牙。」麝月聽說，忙向鏡中擺手，寶玉會意。忽聽「唿」一聲簾子響，晴雯又跑進來問道：「我怎麼磨牙了？偺們倒得說說。」麝月道：「你去你的罷，又來問人了。」晴雯笑道：「你又護着。你們那瞞神弄鬼的，我都知道。等我撈回本兒來再說話。」說著，一徑出去了。（第二十回，頁536）

此段情節體現出寶玉「慣能作小服低，賠身下氣，情性體貼，話語綿纏」（第九回，頁261）的獨特個性，其與眾丫嬛的親暱友好，曾經讓賈母也懷疑其「人大心大，知道男女的事了」，然而仔細觀察卻非如此，賈母便嘆曰：「想必原是個丫頭，錯投了胎不成？」（第七十八回，頁1885）要言之，此皆為寶玉「意淫」體貼的反映，而透過一段閨中篦頭、對鏡的書寫，更可感寶玉與丫嬛之無邪感情。第二十三回，小說諸人甫入住大觀園，寶玉便在歡洽滿足的心境中寫下四首即事詩，記錄描繪樂園生活的「真情真景」。其中〈夏夜即事〉一首便回顧照鏡篦頭之事，而有「窗明麝月開宮鏡」之句，可見此段細瑣的閨閣情事，誠是寶玉眷念寶愛的一段回憶。然而，此段美好的相處情境，卻在晴雯亡逝後轉向成為一段追憶。《芙蓉女兒誄》中「鏡分鸞別，愁開麝月之奩」（第七十八回，頁1905）一句，正是呼應此一溫馨情事，而「鏡分鸞別」〔註158〕之句則更凸顯二人情感之深、哀傷之切。此一鏡鑑透

〔註157〕陳慶浩編著：《新編石頭記脂硯齋評語輯校》，頁395。

〔註158〕此處化用一則與鏡子及離別相關的典故：「罽賓國王買得一鸞，欲其鳴不可致。飾金繁，饗珍羞，對之愈戚。三年不鳴。夫人曰：『嘗聞鸞見類則鳴，

過前後對照的書寫，呈現一樂一悲的情感，讀者閱讀至誄文時亦能獲致睹物思人之感。

誠如脂硯齋所言：「天地間無一物不是妙物，無一物不可成文」〔註159〕，小說家筆下的鏡鑑散落文本各處，亦不僅僅是參與人物起居的死物而已。小說描寫林黛玉照鏡的情節，多於其他女性人物，此中自有其寓意。小說第九回描寫寶玉上學，雖學堂距離不遠「僅一里之遙」，寶玉仍在跟賈母、王夫人及賈政請安告辭後，不忘到林黛玉處作辭。

> 彼時黛玉纔在窗下對鏡理粧，聽寶玉說上學去，因笑道：「好。這一去，可定是要『蟾宮折桂』去了。我不能送你了。」（第九回，頁260）

此處描寫似乎信筆所至，卻也描繪出林黛玉的閨閣日常。相對於「無事悶坐，不是愁眉，便是長嘆，且好端端的不知為了什麼，常常的便自淚道不乾」（第二十七回，頁699）的「淚人兒」形象，看似閒筆的一對鏡、一句話，卻帶出林黛玉言詞便給、慧黠靈動的一面。同樣涉及寶、黛的照鏡情節，還有第四十二回：「寶玉和黛玉使個眼色兒。黛玉會意，便走至裡間將鏡袱揭起，照了一照，只見兩鬢略鬆了些，忙開了李紈的粧盒，拿出抿子來，對鏡抿了兩抿」（第四十二回，頁1038）。此處黛玉頭髮之所以鬆亂，起因於黛玉所言「母蝗蟲」及《攜蝗大嚼圖》的笑話，眾人「闃然大笑」、黛玉「笑的兩手捧着胸口」的歡樂情景，皆為此次照鏡注入「女兒喜」、「女兒樂」的愉悅情境。然而，曹雪芹「兩面皆可照人」的寫作筆法並不鬆懈，喜與樂的另一面，便是「女兒悲」、「女兒愁」的照鏡書寫。

在馮紫英的家宴上，賈寶玉唱出的「新鮮時樣曲子」顯然以林黛玉為詠嘆對象，所謂「相思血淚」、「睡不穩」等描寫關聯黛玉的垂淚與失眠，而後接續的則是：「忘不了新愁與舊愁，咽不下玉粒金蓴噎滿喉，照不見菱花鏡裡形容瘦。展不開的眉頭，捱不明的更漏。呀！恰便似遮不住的青山隱隱，流不斷的綠水悠悠」（第二十八回，頁734）。前頭的酒令仍將喜樂悲愁一一唱出，往下的曲子卻已轉入悲愁的情緒，再無半點喜樂之意。曲中「捱不明的更漏」寫出無眠的長夜所帶來的煎熬，而「流不斷的綠水悠悠」或呼應寶玉對於似

何不懸鏡照之？』王從其言，鸞睹影悲鳴，衝霄一奮而絕。」——〔南朝宋〕劉敬叔撰：《異苑·卷三·鸞鳴》。

〔註159〕陳慶浩編著：《新編石頭記脂硯齋評語輯校》，頁355～356。

水流年、青春隨著時光一逝不返的哀惋〔註160〕。其中「照不見菱花鏡裡形容瘦」點出林黛玉逐日加重的嗽疾，而「忘不了新愁與舊愁」、「展不開的眉頭」等句實已將「黛玉對鏡」與悲愁意緒深深綰繫。此一描寫可與第三十四回並置而觀：「林黛玉還要往下寫時，覺得渾身火熱，面上作燒，走至鏡臺揭起錦袱一照，只見腮上通紅，自羨壓倒桃花，卻不知病由此萌。一時方上床睡去，猶拿着那帕子思索，不在話下。」（頁851）此回描寫寶玉送來舊手帕，蘊含私下傳遞情意之意，黛玉領略其中深意後感到可喜、可悲、可笑、可懼、可愧，便在「五內沸然」的狀態寫下三首題帕詩。而後的一段照鏡描寫，實為前文「照不見菱花鏡裡形容瘦」的深化與加強；而「卻不知病由此萌」一句，可說是指向其病日益嚴重而終至於死亡一事，而林黛玉自身的無知無覺，則更令讀者為其扼腕，徒感悲戚唏噓。而「自羨壓倒桃花」無非一再呈現黛玉自憐、自戀的傾向〔註161〕，小說家多次描寫其照鏡情態，或也為凸顯黛玉此一心靈狀態。綜觀上引小說情節，可見黛玉照鏡皆與寶玉有關，無怪乎《紅樓夢曲·枉凝眉》以「一個是水中月，一個是鏡中花」說明寶、黛不得善終的一場情緣。

　　值得注意的是，人類最早從水中倒影照見自身，若從古人以水為鑑的角度思之〔註162〕，「照鏡」與「照水」具有相同的鑑照功能，實可互聯互通。參照第八十九回的書寫，便呈現出兩者的結合：「那黛玉對著鏡子，只管呆呆的自看。看了一回，那淚珠兒斷斷連連，早已濕透了羅帕。正是：瘦影正臨春水照，卿須憐我我憐卿。」（頁2144）由此，小說對於黛玉的形貌描寫則相當值得留心：「閒靜時如嬌花照水，行動時似弱柳扶風。心較比干多一竅，病如西子勝三分。」（第三回，頁86）此中「嬌花照水」正正是黛玉照鏡的另一種表

〔註160〕　前文曾經提及，寶玉對於時間流逝，青春不再的敏感愁緒：「又俯身看那堤下之水，仍是溶溶脈脈的流將過去。心下因想：『天地間竟有這樣無情的事！』」（第七十八回，頁1892）。

〔註161〕　最明顯的例子包括：小說第二十三回，黛玉深受《牡丹亭》「你在幽閨自憐」等戲文觸動，如醉如癡。第三十八回奪魁的一首〈詠菊〉詩，則有「滿紙自憐題素怨」之句。

〔註162〕　「古人以水為鑒，即以盆盛水而照容，此種水盆即稱為『監』，以銅為之則作『鑑』。『鑑』字即象一人立於水盆旁俯視之形。普通人用陶器盛水，貴族用銅器盛水，銅器如打磨得很潔淨，即無水也可以整容。故進一步，即由銅水盆扁平化而成鏡。」——郭沫若：〈三門峽出土銅器二、三事〉，《文物》（1959年第1期），頁14。

達。花與水是《紅樓夢》中清淨女兒的另一個名字,而關合黛玉,則令人聯想其所具有的「瀟湘妃子」之神話淵源〔註163〕。娥皇、女英殉情於瀟、湘之間,水在此沾染了生離死別的哀悽意味。然而較少人提及的是,林黛玉豐富的意象網絡中,尚有「水仙花」一種,可與第四十三回所提及的洛神/水仙相互對照。水仙花在小說中僅有一次描寫,且獨獨派予黛玉:「因見煖閣之中有一玉石條盆,裏面攢三聚五栽着一盆單瓣水仙,點着宣石,便極口讚:『好花!這屋子越發煖,這花香的越清香。昨日未見』。」(第五十二回,頁1266)此花是由總管賴大嬸子送予薛寶琴,其後由寶琴轉贈黛玉,並在寶玉來到瀟湘館時一問,方才由黛玉道出。根據王孝廉所述:

> 遠古的楚地,傳說帝舜南巡,死於蒼梧九嶷之山,他的妻子娥皇和女英聽到了消息以後,淚流滿面,眼淚滴在竹子上,成為淚跡斑斑的斑竹,楚地的人就叫這種竹子為湘妃竹,娥皇女英投身湘江以身殉情,她們的魂魄化為江邊的水仙花。「九嶷不見蒼梧遠,憐取湘江一片愁」,江邊的那片水仙花也就是湘娥的一片哀愁。〔註164〕

由此,可見曹雪芹將林黛玉與「水仙花」連結,瀟湘館、湘妃竹共同構成女兒的悲劇形象。而「江邊的水仙花」可視為林黛玉「嬌花照水」的說解,考慮其為魂魄化成的花卉,再次使得「照水」一語兼有離愁別緒與死亡的指涉。據此,當林黛玉在「池中一輪水月」的鏡像之前吟出「冷月葬花魂」(第七十六回,頁1840)〔註165〕之句,其中由水中冷月所提供的淒清寂寞、畢竟成空之意,以及「葬花魂」所提供的死亡意涵,便再次因臨水的情境,而疊加出更為強烈的死別愁緒。而妙玉的突然現身截住,不得不令人聯想其最喜愛的「縱有千年鐵門檻,終須一個土饅頭」(第六十三回,頁1532)之句。此詩分別指

〔註163〕康來新:〈寂寞紅——從芙蓉看黛玉〉,《石頭渡海——紅樓夢散論》,頁180。

〔註164〕王孝廉:〈中國的花與花神〉,《花與花神》(臺北:洪範,1986年),頁166。

〔註165〕根據考察:「庚辰本引文中最讓一般程本讀者所感到不習慣的:一是十二女伶之一的『葯』官,二是四晶館聯句中的『冷月葬『花』魂』。……至於『花』魂,則又是有花→死的形誤訛抄在先,有死→詩的音誤訛傳在後,於是終而為程本的『冷月葬『詩』魂』。從詩學來看,『花』對『鶴(寒塘渡『鶴』影)』,自然較『詩』對『鶴』為妥;再以黛玉寫詩用語的習慣看,『花魂』亦是她所偏愛的用語之一;三就文學象徵意義來探究,『花』則是一貫了全書最重要的喻意——三春去後,眾芳蕪穢→冷冷的月光埋葬了花朵的魂魄→無情的歲月扼殺了少女的肉體與靈魂。」——康來新:〈說「不可說」——序「石頭渡海」〉,《石頭渡海——紅樓夢散論》(臺北:漢光,1985年),頁16。

向小說中的鐵檻寺與水月菴，而小說刻意以「饅頭庵」之名取代「水月庵」〔註166〕，既是與詩句所言相應，亦似乎使得「水月」具備了「土饅頭」（墳墓）的死亡意象，「冷月葬花魂」的死亡意涵由此而臻於完全。綜上所述，透過各處情節的綰合，林黛玉的「照鏡」與「照水」共同透顯出強烈的悲情愁緒與死亡意味，組構出林黛玉的零落身世、夭亡結局。

〔註166〕「原來這饅頭菴就是水月菴，因他廟裡做的饅頭好，就起了這個渾號，離鐵檻寺不遠。」（第十五回，頁383）。

第四章　《石頭記》與「眼」的閱讀

　　根據《凡例》所示，《石頭記》之命名，乃說明整部小說係「石頭所記之事」：「石頭記，是自譬石頭所記之事也。……道人親見石上大書一篇故事，則係石頭所記之往來，此則《石頭記》之點睛處。」〔註1〕本論文從《紅樓夢》三題名切入討論其視覺意涵，相較於《紅樓夢》之「紅」、《風月寶鑑》之「鑑」，《石頭記》之視覺元素誠不若前二者一目瞭然。有趣的是，在歷來讀者的思索考掘下，已從書名所敘的「青埂頑石」及其一體兩面的「通靈寶玉」，閱讀出隱埋其中的眼目意涵——而其關鍵字詞，正正便是作為視覺器官之「眼」。關於這一點，此書最早的讀者（群）實已至為醒目地點明：

　　　　寶玉通靈可愛，天生有眼堪穿。〔註2〕

「眼」即是「目」〔註3〕。今日俗謂「靈魂之窗」的眼睛，自古便極受重視。孟子有「觀眸之道」，認為「存乎人者，莫良於眸子。眸子不能掩其惡」〔註4〕，觀察他人雙目能夠辨識正邪善惡，見其人格底裡。老子謂「五色令人目盲」、莊子言「失性有五：一曰五色亂目，使目不明」，傾向關注感官受欲望戕害的一

〔註1〕〔清〕曹雪芹：《脂硯齋甲戌抄閱再評石頭記》（上海：上海古籍出版社，1985年），頁2。另參考陳慶浩編著：《新編石頭記脂硯齋評語輯校》增訂本（臺北：聯經，2018年），頁4。

〔註2〕陳慶浩編著：《新編石頭記脂硯齋評語輯校》，頁55。

〔註3〕吳寶安：〈小議「眼、目」上古即同義〉，《語文考古》2010年9月，頁145～146。另，「眼，目也。」——〔漢〕許慎撰；〔清〕段玉裁注：《新添古音說文解字注》，頁131。

〔註4〕「存乎人者，莫良於眸子。眸子不能掩其惡。胸中正，則眸子瞭焉；胸中不正，則眸子眊焉。聽其言也，觀其眸子，人焉廋哉？」——《孟子‧離婁上》。

面；佛家學說「五識」中則以「眼識」為首〔註5〕。作為「心之樞機」〔註6〕的眼目，隨著各家義理學說之不同而各有側重〔註7〕，而《孟子》中亦有「不知子都之姣者，無目者也」〔註8〕之句，強調的是眼目本然具有的觀看，乃至於辨識、審美、鑑賞的功能。本章就脂批所言「天生有眼」展開《石頭記》之眼目意涵，而往下論述之「眼」，所指毋寧更接近後者。根據筆者整理，脂批當中經常出現「眼」與「目」，如以「觸目」、「駭目」形容閱讀感受、以常見術語「大手眼」讚嘆小說家寫作筆法，更屢屢提及「着眼」二字，提醒讀者留意敘述要點。〔註9〕而通靈寶玉之「天生有眼」，亦與其他批語所標示的「目中」、「眼中」相關，一方面提點視線出發處；一方面由目中所見及於心中所思，涉及人物特質及其觀看的方式。本章考察《紅樓夢》的眼目書寫，整理並掘發通靈玉「眼」之觀看意涵，並時時歸返脂批中的「眼目」，與小說文本對看參照。

第一節　天生有眼玉石記

一、棄石‧寶玉‧象徵同異

　　本節聚焦由青埂棄石而通靈寶玉的變化歷程，關注其之於小說及主角賈寶玉的象徵意涵，先說明石／玉形而上的寓意與重要性，見出此部以《石頭記》為題名的小說，如何書寫這一組作為總體象徵的頑石與寶玉。

（一）蠢物棄石‧落墮情根

　　《紅樓夢》首回，一段作者自述以後，曹雪芹便化用了女媧補天的救世神話〔註10〕，為整部小說立定神話框架。而此則神話將與神瑛侍者與絳珠仙

〔註5〕林國良：〈唯識學的認知理論〉，《社會科學》（2000年第5期），頁65～69。

〔註6〕《國語‧周語下》。

〔註7〕詳見高燕：〈自然之眼、社會之眼和內視之眼——論先秦儒家、道家的眼睛及五官思想〉，《貴州社會科學》總240期（第12期，2009年12月），頁20～25。

〔註8〕《孟子集注卷十一‧告子章句上》，收入〔宋〕朱熹編著：《四書章句集註》，頁330。

〔註9〕詳見附錄——表格二：脂批的「眼」與「目」。

〔註10〕女媧煉石補天的神話記載，參見〔西漢〕劉安等：《淮南子‧覽冥訓》：「往古之時，四極廢，九州裂，天不兼覆，地不周載，火爁炎而不滅，水浩洋而不息，猛獸食顓民，鷙鳥攫老弱，於是女媧煉五色石以補蒼天，斷鼇足以立四極。殺黑龍以濟冀州，積蘆灰以止淫水。」、〔西晉〕《列子‧湯問篇》：「然則

子的「還淚神話」匯合，以雙重神話開展小說敘述。從補天神話「四極廢，九州裂，天不兼覆，地不周載」等文字，可見神話故事的挪用背後首先隱喻了「天殘地缺」以及「有所不足」的情境、狀態，女媧「煉五色石以補蒼天」的需要因此而生。而經由小說家的衍伸、變造，遂誕生出一塊畸零剩棄的頑石，此石便係《石頭記》之名的根由所在：

> 原來女媧氏煉石補天之時，於大荒山無稽崖煉成高經十二丈，方經二十四丈頑石三萬六千五百零一塊。媧皇氏只用了三萬六千五百塊，只單單剩了一塊未用，便棄在此山青埂峰下。誰知此石自經煅煉之後，靈性已通，因見眾石俱得補天，獨自己無材不堪入選，遂自怨自嘆，日夜悲號慚愧。（第一回，頁2）

脂批在石頭出處的大荒山、無稽崖特別標出「荒唐也」、「無稽也」〔註11〕，指出故事虛構特質；而一句「補天濟世，勿認真用常言」〔註12〕的評點，則說明補天神話在此的深沉寓意。傳統儒家知識份子，以經世濟民、匡扶社稷為理想志業，女媧煉石修補殘破天空、力挽狂瀾的救世形象，遂成為文人理想之投射對象。而遭棄的補天石更與「士不遇」題材合流，成為懷才不遇、悲憤苦悶的象徵。〔註13〕矗立在小說開卷處的頑石，正是在女媧所煉三萬六千五百零一塊石頭中，唯一一塊見棄而未用之石，「無材不堪入選」的強烈失落感，令這塊陷入孤絕畸零處境的棄石，日夜慚愧怨嘆。由此，已然為小說貫注一種失落愧悔的意識，因無用而生的自慚自愧，呼應作者自言「愧則有餘，

天地亦物也。物有不足，故昔者女媧氏練五色石以補其闕；斷鼇之足以立四極。其後共工氏與顓頊爭為帝，怒而觸不周之山，折天柱，絕地維，故天傾西北，日月星辰就焉；地不滿東南，故百川水潦歸焉。」〔東漢〕王充：《論衡·談天》：「共工與顓頊爭為天子，不勝，怒而觸不周之山，使天柱折，地維絕。女媧銷煉五色石以補蒼天，斷鼇足以立四極。天不足西北，故日月移焉；地不足東南，故百川注焉」。此外，根據學者研究，女媧神話的內容包括了補天、治水、造人、化萬物、主婚姻、化石、生子、乞雨等等，其由原始而逐漸演變，最後成為一個具有母神性格的完整神話。詳見王孝廉：〈石頭的古代信仰與神話傳說〉，收入《中國的神話與傳說》（臺北：聯經，1977年），頁63～70。

〔註11〕陳慶浩編著：《新編石頭記脂硯齋評語輯校》，頁4。

〔註12〕陳慶浩編著：《新編石頭記脂硯齋評語輯校》，頁4。

〔註13〕「文人匡時濟世，借用這個神話故事，表達自己的願望和理想，所以『補天』成為表達『濟世』和『用世』拯救家國危難的意象符號。」——趙樹婷：〈《紅樓夢》「石頭意象」考察〉，《明清小說研究》總第96期（2010年第2期），頁82。

悔又無益」（第一回）的著書心境，脂批更在小說「無材補天，幻形入世」側邊點明：「八字便是作者一生慚恨」〔註14〕。朱淡文認為曹雪芹對此棄石的想像刻畫，靈感源於祖父曹寅的〈巫峽石歌〉。詩中「媧皇采煉古所遺，廉角磨礲用不得」〔註15〕與青埂棄石來歷相符；「頑而礦，礛刃不發硎，系春不舉踵」的癡愚無用不成器亦是棄石之特質。〔註16〕而曹寅對於巫峽石「胡乃不生口竅納靈氣」的質問，則在曹雪芹筆下大加翻轉：棄石顯然有耳能聽、有口能言，「化玉」後則明確可知其有眼能視。

　　小說交代青埂峰下棄石的來歷與境遇後，便描寫一僧一道偶至此地，且剛好「坐於石邊，高談快論」〔註17〕。棄石最初對於二人談話中「雲山霧海、神僊玄幻之事」絲毫不感興趣，然而在聽得「紅塵中榮華富貴」之後卻大為羨慕，「不覺打動凡心」，因此「口吐人言」苦苦央求僧、道將其攜入紅塵，以求在富貴場、溫柔鄉中受享一番。作者於此再次強調了棄石「凡心已熾」，即便一僧一道告知世間總是「美中不足，好事多魔」，「瞬息間則又樂極悲生，人非物換，究竟是到頭一夢，萬境歸空」，仍舊無法勸阻「靜極思動」的棄石。此中所言人間物事之本質，作為「一部之總綱」〔註18〕，已為全書悲劇立下基調。僧人其後說道：

> 「若說你性靈，卻又如此質蠢，並更無奇貴之處；如此也只好踮腳
> 而已。也罷！我如今大施佛法助你助，待劫終之日，復還本質，以
> 了此案。你道好否？」石頭聽了，感謝不盡。那僧便念咒書符，大

〔註14〕陳慶浩編著：《新編石頭記脂硯齋評語輯校》，頁 9。有者更將曹雪芹與張岱對讀，認為二人作品皆體現出悔恨悵惘與自尊自傲交纏的「頑石情結」，詳見孫福軒，孫敏強：〈《紅樓夢》石頭意象論——從石頭意象的內涵看作者的創作心態〉，《紅樓夢學刊》2005 年第三輯，頁 178～189。

〔註15〕「巫峽石，黝且斕。周老囊中攜一片，狀如猛士剖余肝。坐客傳看怕殘手，扣之不言沃以酒。將毋流星精，神蟲庹食，雷斧鑿空催霹靂，媧皇采煉古所遺，廉角磨礲用不得。……胡乃不生口竅納靈氣，嶒峻骨相搖光晶。嗟哉石，頑而礦，礛刃不發硎，系春不舉踵。研光何堪日一番，抱山泣亦徒溳溳。……嗟哉石，宜勒箴，愛君金剪刀，鐫作一寸深。石上驪珠只三顆，勿平嶮巇平人心。」——〔清〕曹寅：〈巫峽石歌〉，收入《楝亭集·詩鈔》卷八。

〔註16〕朱淡文：〈《紅樓夢》神話論源〉，《紅樓夢研究》（臺北：貫雅文化，1991 年），頁 5～9。

〔註17〕本段所引第一回文字為甲戌本獨有，本論文用書則將此段文字納入回末校記，特此說明。——〔清〕曹雪芹等著，徐少知新注：《紅樓夢新注》，頁 22。另參見〔清〕曹雪芹：《脂硯齋甲戌抄閱再評石頭記》，頁 6～7。

〔註18〕陳慶浩編著：《新編石頭記脂硯齋評語輯校》，頁 6。

展幻術,將一塊大石登時變成一塊鮮明瑩潔的美玉,且又縮成扇墜
大小的可佩可拿。那僧托於掌上,笑道:「形體倒也是個寶物了!還
只沒有實在的好處,須得再鐫上數字,使人一見便知是奇物方
妙。……說着,便袖了這石,同那道人飄然而去,竟不知投奔何方
何舍。〔註19〕

其後,讀者則經由甄士隱的夢中聽聞,見到蠢物已然鐫上「通靈寶玉」四字,
且知曉一僧一道正欲將蠢物帶到警幻仙子宮中「交割清楚」,令其能夠「夾帶」
在一段風流公案中,「投胎入世」經歷凡塵俗世種種。此處,女媧補天的棄石
神話與神瑛絳珠的還淚神話接合,神瑛侍者轉世的賈寶玉口內「銜玉而生」,
具體說明蠢物夾帶入世的方式,賈寶玉更因此而取名寶玉。有趣的是,神瑛
侍者之所以「在警幻仙子案前掛了號」,意欲「下凡造歷幻緣」,同樣源自於
「凡心偶熾」(第一回,頁8),神瑛與頑石的下凡根由全然一致,說明物(石
/玉)與人(神瑛侍者/賈寶玉)具有相同特質。由上所述,可知棄石神話除
了造就小說的敘述架構之外,更與還淚神話相通匯流至賈寶玉此一特殊人物
身上。作為主角的賈寶玉,既是神瑛侍者託生,更因銜玉誕生而與青埂棄石
/通靈寶玉產生緊密連結。為物的棄石/寶玉,遂參與了為人的賈寶玉之人
物塑造,前者成為後者的象徵,賈寶玉身上遂兼有石與玉的特質。

前段引文中僧人對於棄石的評論:「若說你性靈,卻又如此質蠢,並更無
奇貴之處」,與棄石「自恨粗蠢」的慚愧態度、「質雖粗蠢,性卻稍通」(第一
回)的自我陳述並置而觀,呈現出棄石作為「蠢物」的真實質地。雖經由煅煉
後「靈性已通」,卻僅是一塊粗大且無用的石頭。而無法領悟仙師對於塵世空
幻的教導,頑固執拗地只願下凡去享樂安身,更顯示堅硬「頑」石的鈍拙、癡
愚品性。〔註20〕而銜玉誕生的賈寶玉便沾染此一性格,有著「自天性所稟來
的一片愚拙偏僻」(第五回,頁132)。且小說亦多次以「蠢物」稱呼賈寶玉,
第一次更是出自林黛玉內心所思。未見寶玉之前,林黛玉已從母親處聽聞此
一表兄「啣玉而誕,頑劣異常」(第三回,頁81),其後王夫人更以「孽根禍
胎」稱之。因此,當黛玉聞聽「寶玉來了」時,內心便疑惑:「這個寶玉,不
知是怎生個憊懶人物,懵懂頑劣之童?——倒不見那蠢物也罷了」(第三回,

〔註19〕文字引自〔清〕曹雪芹:《脂硯齋甲戌抄閱再評石頭記》,頁6〜7。另參考〔
　　　清〕曹雪芹等著,徐少知新注:《紅樓夢新注》,頁3、22。
〔註20〕關於「頑」字釋義——《玉篇》:「鈍也」、《廣韻》:「愚也」、《韻會》:「癡也」。

頁84）〔註21〕。後在第十七至十八回，賈政則責備寶玉：「無知的蠢物！你只知朱樓畫棟，惡賴富麗為佳，那裡知道這清幽氣象。終是不讀書之過！」（頁435）；而寶玉自身在受《葬花吟》觸動，深感歲月無情流逝而心碎時，曾自嘆：「真不知此時此際欲為何等蠢物」（第二十八回，頁721～722）。賈政對寶玉的罵語，可與青埂頑石對於紅塵富貴的熱望對看，「蠢物」二字雖是針對寶玉之不讀書、見識淺陋，卻也可視為對頑石的斥責。而此處寶玉在父親責備後竟敢提出反問，其「獃痴不改」的「牛心」（第十七至十八回，頁435）實便是棄石頑固品性的表現。〔註22〕對於寶玉愛吃人嘴上胭脂的習慣，襲人曾有「左勸也不改，右勸也不改，你到底是怎麼樣？」（第二十四回，頁626）之語，同樣呈現寶玉固執的一面。

此外，學者還認為小說第三回有關賈寶玉「潦倒不通世務」、「於國於家無望」、「天下無能第一，古今不肖無雙」等論評，是作者對其作為家族繼承人的失敗無能，所表達出的痛切自責，呼應前文所述頑石無材補天的自慚自愧。〔註23〕頑石有所缺、有所憾之特質，實也與赤瑕宮神瑛侍者相通，如「瑕」字便是「玉小赤也，又玉有病也」〔註24〕之意，與剩棄之石同樣具有瑕疵。青埂棄石因「落墮情根，故無補天之用」〔註25〕，其中「落墮情根」四字，與神瑛侍者灌溉絳珠草之情合而觀之，可說是賈寶玉特殊性格「意淫」與「情不情」〔註26〕之前身。作為情痴情種的賈寶玉，兼有在萬萬人之上的「聰俊靈秀之氣」以及萬萬人之下的「乖僻邪謬、不近人情之態」（第二回，頁49），

〔註21〕 有趣的是脂批的說明：「這蠢物不是那蠢物，卻有個極蠢之物相待，妙極。」此處不僅是「這鴨頭不是那丫頭」（第六十二回）句式的再現，更側面說明物（棄石／寶玉）與人（賈寶玉）不可全然等同於一：形而上的象徵意涵相通，形而下的物質層面則是截然二分。——陳慶浩編著：《新編石頭記脂硯齋評語輯校》，頁81。

〔註22〕 此回描寫賈政、寶玉與眾清客遊大觀園，寶玉對於稻香村的不以為然，引發賈政責罵。而寶玉則反問：「老爺教訓得固是，但古人常云『天然』二字，不知何意？」眾清客亦為其頑愚之態感到著急。（第十七至十八回，頁435）。

〔註23〕 詳見歐麗娟：《大觀紅樓（綜論卷）》（臺北：臺大出版中心，2014年），頁241～243。

〔註24〕 陳慶浩編著：《新編石頭記脂硯齋評語輯校》，頁18。

〔註25〕 陳慶浩編著：《新編石頭記脂硯齋評語輯校》，頁5。

〔註26〕 「意淫」可如此理解：「按寶玉一生心性，只不過是體貼二字，故曰意淫。」；「情不情」則是：「按警幻情榜，寶玉係『情不情』。凡世間之無知無識，彼具有一癡情去體貼。」——陳慶浩編著：《新編石頭記脂硯齋評語輯校》，頁135、199。

前者可從其作為閨閣良友、為閨閣增光的一面看出；後者則使其鄙棄仕途功名，進而招致「百口嘲謗，萬目睚眥」（第五回，152），這一似有矛盾的人格性情，實也來自棄石／寶玉、神瑛侍者的神話前緣。有趣的是，從「西方有石名黛，可代畫眉之墨」（第三回，頁87）觀之，顰兒林黛玉之名亦隱含石頭意象。筆者以為，此一書寫既指涉其喪親客寄的「孤女」處境，亦通向其「情情」〔註27〕的特殊性格。頑石於此串接寶、黛二人的「痴子」〔註28〕情狀。而賈寶玉不被世人理解的「情不情」，還曾由傅家婆子口中帶出〔註29〕，而其人所述：「怪道有人說他們家寶玉是外像好裡頭糊塗，中看不中吃的，果然有些獃氣。」（頁871）則涉及通靈寶玉之於賈寶玉的象徵意涵。

（二）失靈寶玉·反諷物用

青埂棄石經由僧人施法幻化為通靈寶玉，而根據僧人「待劫終之日，復還本質」的宣告，實已提醒讀者不可忽略此玉的「本質」終究為無用之棄石。石頭之所以幻化為「大如雀卵，燦若明霞，瑩潤如酥，五色花紋纏護」（第八回，頁235）的美玉，實只為便於「夾帶」入凡塵人間，使其具有存在於富貴場、溫柔鄉之現實基礎。至於玉上鐫字則為「使人一見便知是奇物」〔註30〕，事實上卻並無實在的好處。由僧人施展幻術，變石為玉的過程，已然暗示讀者這塊名為「通靈寶玉」的美玉，實僅是「金玉其外敗絮其中」〔註31〕。據

〔註27〕關於警幻情榜考語，第十九回批語：「……（寶玉）恰恰只有一顰兒可對，令他人徒加評論，總未摸著他二人是何等脫胎，何等心臆，何等骨肉。余閱此書亦愛其文字耳，實亦不能評出此二人終是何等人物。後觀『情榜』評曰：『寶玉情不情，黛玉情情。』此二評自在評癡之上，亦屬囫圇不解，妙甚。」出現「情情」的脂批，另可見第二十八、三十一等回。陳慶浩編著：《新編石頭記脂硯齋評語輯校》，頁367、535、551。

〔註28〕黛玉感花傷己，一曲《葬花吟》令寶玉慟倒在山坡之上。「那林黛玉正自傷感，忽聽山坡上也有悲聲，心下想道：『人人都笑我有些痴病，難道還有一個痴子不成？』」（第二十八回，頁722）

〔註29〕據傅秋芳家的婆子所言，賈寶玉：「時常沒人在跟前，就自哭自笑；看見燕子，就和燕子說話；河裡看見了魚，就和魚說話；見了星星、月亮，不是長吁短嘆，就是咕咕噥噥的。且是連一點剛性也沒有，連那些毛丫頭的氣都受的。愛惜東西，連個線頭兒都是好的；遭塌起來，那怕值千值萬的都不管了。」（第三十五回，頁871～872）

〔註30〕脂批亦讀出此處的諷刺之意：「世上人原據看得見處為憑。」——陳慶浩編著：《新編石頭記脂硯齋評語輯校》，頁7。

〔註31〕對於美玉「還只沒有實在的好處」，脂批曰：「好極。今之金玉其外敗絮其中者，見此大不歡喜。」——陳慶浩編著：《新編石頭記脂硯齋評語輯校》，頁7。

此，傅家婆子說賈寶玉「外像好裡頭糊塗，中看不中吃」，乃是洞見了附著賈寶玉身上「通靈寶玉」之本質，呼應文本中對於賈寶玉「總然生得好皮囊，腹內原來草莽」（第三回，頁85）所批評的情狀〔註32〕。另一方面，通靈寶玉經由「賈」寶玉之口銜入塵世，眾人視其為「一件罕物」、賈母稱之為「命根子」（第三回，頁88），卻無人能夠覺察其不過是一塊「假」寶玉，本質則是「真頑石」，此中寓有諷刺之意。

根據王孝廉有關石頭信仰與神話的論述，認為石象徵人類文明的起點：「石頭，是打破人類的原始動物性的茫昧而進入文明的第一個符號」〔註33〕。由此，《紅樓夢》選擇以石頭神話開啟全書敘述，甚至以《石頭記》為題，背後似亦具有此宏闊開闊之意。有趣的是，小說中矗立於仙境的補天棄石，很快地便被攜入紅塵人間，以其「通靈寶玉」幻相貫穿全書，最終復歸本質，而此歷程也概括、映照小說主角賈寶玉的一生〔註34〕。誠如王氏所述，傳統中國具有緣於聖石崇拜的玉信仰，「玉與古代中國文化有極密切的關係，玉在人們的觀念中是不死的仙藥，鎮邪避禍的護符，君子的象徵，是能夠感天地動鬼神的靈物」〔註35〕。此中所言種種玉的功能與象徵，小說既繼承又有所翻新。傳統文化中的「玉」，是道德修養的象徵：「君子無故，玉不去身，君子於玉比德焉」〔註36〕。儒家便有將君子的倫理德行與玉相附比配之說，「君子貴玉」正是將玉視為道德之具象，甚而使玉具有了人格化的意義，重視的是內在道德意蘊，而非外在形質。〔註37〕貴族佩玉的習俗，實具有行為約束的意

〔註32〕關於賈寶玉所具有的「玉」之特質，還包括相貌上的「如寶似玉」（第十五回，北靜王水溶語）、第五回《紅樓夢曲·枉凝眉》則有「一個是美玉無瑕」之句。

〔註33〕王孝廉：〈石頭的古代信仰與神話傳說〉，收入《中國的神話與傳說》，頁41。

〔註34〕賈寶玉降生富貴溫柔鄉，而後出離、最終出家為僧的結局，脂硯齋曾有批示：「寶玉看此世人莫忍為之毒，故後文方能『懸崖撒手』一回。若他人得寶釵之妻，麝月之婢，豈能棄而為僧哉。」——陳慶浩編著：《新編石頭記脂硯齋評語輯校》，頁416。

〔註35〕王孝廉：〈石頭的古代信仰與神話傳說〉，收入《中國的神話與傳說》，頁93。

〔註36〕〔東漢〕鄭玄注，〔唐〕孔穎達疏：《禮記·玉藻》。

〔註37〕「子貢問於孔子曰：『敢問君子貴玉而賤玟者何也？為玉之寡而玟之多與？』孔子曰：『非為玟之多故賤之也、玉之寡故貴之也。夫昔者君子比德於玉焉：溫潤而澤，仁也；縝密以栗，知也；廉而不劌，義也；垂之如隊，禮也；叩之其聲清越以長，其終詘然，樂也；瑕不掩瑜、瑜不掩瑕，忠也；孚尹旁達，信也；氣如白虹，天也；精神見於山川，地也；圭璋特達，德也。天下莫不貴者，道也。《詩》云：『言念君子，溫其如玉。』故君子貴之也。』」——〔東漢〕鄭玄注，〔唐〕孔穎達疏：《禮記·聘義》。

味，體現出對於循規蹈矩、合乎道德規範的要求。〔註38〕而誠如典籍所載：

> 以玉作六瑞，以等邦國：王執鎮圭，公執桓圭，侯執信圭，伯執躬
> 圭，子執穀璧，男執蒲璧。……以玉作六器，以禮天地四方。以蒼
> 璧禮天，以黃琮禮地，以青圭禮東方，以赤璋禮南方，以白琥禮西
> 方，以玄璜禮北方。〔註39〕

從「以玉作六瑞，以等邦國」等文字可見玉器被用作劃分等級地位之物，所執玉器不同，便標示出王、公、侯、伯、子、男的位階高下。由此，便可知玉乃是「貴族身分的象徵符號」〔註40〕。通靈寶玉作為賈寶玉名稱之由來、佩戴之物件，一則象徵著賈家作為「鐘鳴鼎食之家，翰墨詩書之族」（第二回），且係皇親國戚的貴族地位，二則彰顯出嫡孫賈寶玉如「活龍」（第二十五回）、「鳳凰一般」（第四十三回）的尊貴身分。而「以玉作六器，以禮天地四方」數句則說明王侯以玉製成各式禮器，用於國家重要祭典。因此，玉便成為國之珍寶、國之重器，集道德、富貴、尊榮、權勢等象徵於一身。〔註41〕通靈寶玉上所刻「莫失莫忘，仙壽恒昌」（第八回）八字，更令人聯想至關涉帝王政權的傳國璽，一再凸顯賈寶玉之不凡地位。〔註42〕

誠如前文所述，由棄石幻化而成的通靈寶玉，已然藉由「沒有實在的好處」以及「假寶玉」的夾帶設計等等，一再提點讀者其「蠢物」的本質，隱然

〔註38〕「古之君子必佩玉，右徵角，左宮羽。趨以〈采齊〉，行以〈肆夏〉，周還中規，折還中矩，進則揖之，退則揚之，然後玉鏘鳴也。故君子在車，則聞鸞和之聲，行則鳴佩玉，是以非辟之心，無自入也。」——〔東漢〕鄭玄注，〔唐〕孔穎達疏：《禮記‧玉藻》。另參考歐麗娟：《大觀紅樓（綜論卷）》，頁236。

〔註39〕《周禮‧春官‧宗伯》。另可參考「天子佩白玉而玄組綬，公侯佩山玄玉而朱組綬，大夫佩水蒼玉而純組綬，世子佩瑜玉而綦組綬，士佩瓀玟而縕組綬。」——〔東漢〕鄭玄注，〔唐〕孔穎達疏：《禮記‧玉藻》。

〔註40〕霍省瑞：〈《紅樓夢》中的「通靈寶玉」〉，《重慶文理學院學報（社會科學版）》第30卷第1期（2011年1月），頁74。

〔註41〕有關玉文化以及《紅樓夢》中「用玉」的其他討論，詳見俞曉紅：《《紅樓夢》的文化闡釋》（安徽：安徽人民出版社，2006年12月），頁36～66。

〔註42〕「正義崔浩云：「李斯磨和璧作之，漢諸帝世傳服之，謂『傳國璽』。」韋曜吳書云璽方四寸，上句交五龍，文曰「受命於天，既壽永昌」。漢書云文曰「昊天之命，皇帝壽昌」。」——〔漢〕司馬遷撰，〔唐〕司馬貞等注：《史記‧秦始皇本紀》（臺北：鼎文書局，1993年）。索隱派學者則將寶玉視為傳國璽，影射帝王正統，詳見蔡元培：〈石頭記索隱〉，收入《石頭記索隱》（臺北：金楓出版，1987年），頁60～115；潘重規：《紅樓夢新解》（臺北：文史哲出版社，1973年），頁9。

諷刺著僅著眼美玉外在形相的世人。而若再考察曹雪芹對於「玉」的處理，則能進一步發現小說中「玉文化」的挪用與翻轉，遍佈全書的人物命名便是顯豁的例子。賈家係「翰墨詩書之族」，族人命名從水字輩到代字輩，文字輩以後便是從玉旁的玉字輩。在秦可卿大喪以及除夕祭宗祠一回，便曾羅列出諸人：

> 彼時賈代儒、代修、賈敕、賈效、賈敦、賈赦、賈政、賈琮、賈㻞、賈珩、賈珖、賈琛、賈瓊、賈璘、賈薔、賈菖、賈菱、賈芸、賈芹、賈蓁、賈萍、賈藻、賈蘅、賈芬、賈芳、賈蘭、賈菌、賈芝等都來了。（第十三回，頁 333）〔註43〕

以玉為子孫行輩命名，可說是望其人品貴重，寓有對子孫懷有君子之德的期許。再者，或也冀望其能成為國家重器，貢獻於民生社稷。然而，小說對於玉字輩諸人的描寫，卻全從反面著筆。其中如賈瑞、賈珍、賈璉諸人，不僅有皮膚淫濫之事，更涉及亂倫喪德之行，與玉所象徵的種種美德全然相悖，構成對「君子比德於玉」的強烈反諷。有趣的是，小說早在第三回便將一熱衷功名利祿之人命名「張如圭」，脂評銳眼批示：「蓋言如鬼如蜮也，亦非正人正言」〔註44〕，便揭出曹雪芹施予玉的反諷修辭。不僅如此，《紅樓夢》對玉之功能與象徵的反諷，亦在作為全書「大關節處」〔註45〕的玉器——通靈寶玉之上有所展現。

　　「通靈寶玉」四字，讀者最早從甄士隱目中窺知，而後直至第八回方從寶釵眼中看見此一「蠢物」的全貌：正面「通靈寶玉」四個鐫字下尚有「莫失莫忘，仙壽恒昌」八字；反面則有註云：「一除邪祟。二療冤疾。三知禍福」（頁 236）。一如余佩芳所述，玉本是古代的護身法物，小兒佩玉更是古時習俗，從通靈寶玉反面所刻文字，可見其乃是寶玉「最重要的護身符」〔註46〕，具有消災驅邪、祈福護生的意涵。〔註47〕小說第十五回，北靜王水溶便在細

〔註43〕 寧國府除夕祭宗祠一回則有：「只見賈府人分昭穆排班立定：賈敬主祭，賈赦陪祭，賈珍獻爵，賈璉、賈琮獻帛，寶玉捧香，賈菖、賈菱展拜毯，守焚池。」（第五十三回，1295）

〔註44〕 陳慶浩編著：《新編石頭記脂硯齋評語輯校》，頁 56。

〔註45〕 「余亦想見其物矣。前回中總用草蛇灰線寫法，至此方細細寫出，正是大關節處。」——陳慶浩編著：《新編石頭記脂硯齋評語輯校》，頁 184。

〔註46〕 余佩芳：《新文類的誕生——《紅樓夢》的成長編述》（臺北：大安，2012 年），頁 47～52。

〔註47〕 「（護身符）與宗教有直接的關係。佛語中有『護身符』即謂神佛加持護念，

看上頭文字後，問：「果靈驗否？」當時賈政答曰：「雖如此說，只是未曾試過」（頁378）。而當賈寶玉遭乾娘馬道婆作法加害，百般醫治無效，連棺槨都已備好時，賈政「小兒落草時雖帶了一塊寶玉下來，上面說能除邪祟，誰知竟不靈驗」（第二十五回，頁667）之語，便明確告知讀者，原應具有護身作用的通靈寶玉，竟是一塊無效失靈之物。曹雪芹對傳統上玉所涵納的人文意涵、正面特質一一反其道而寫，由此再次見其反諷筆法。此外，神瑛侍者投胎轉生為賈寶玉，而通靈寶玉則銜於其口中降世，此一描寫令人聯想古人用玉斂葬的習俗，通靈寶玉可視為喪葬用「琀」〔註48〕。如典籍所載：「大喪，共飯玉、含玉、贈玉。」〔註49〕古時人死以後，或將碎玉摻和米粒置於口中、或將「玉琀」置入殁者口腔，希望由此使亡者不空口受飢。常見的蟬形玉琀，更寓有再生、復生的期盼。〔註50〕因此，賈寶玉之「啣玉而生」實意味著神瑛侍者的「啣玉而死」，此一「啣以死生」的書寫可說是曹雪芹對於喪葬習俗的延伸想像，再顯其別致的文學筆法。〔註51〕

作為「石之美者」〔註52〕的玉，如黛玉所言具有「至堅」的特質〔註53〕；

消災驅邪，增福增智。據《傳燈錄》記載，『護身符』初為僧徒的度牒。宋陸游有詩云：『求僧疏搭袈裟展，鉢盂卻要護身符』，說明『護身符』是古已有之。」──胡文彬：《魂牽夢縈紅樓情》（北京：中國書局，2000年1月），頁88。

〔註48〕「琀，送死口中玉也。」──〔漢〕許慎撰；〔清〕段玉裁注：《新添古音說文解字注》，頁19。

〔註49〕《周禮·春官·宗伯》。

〔註50〕黃建淳：〈略論漢代葬玉的概念〉，《淡江史學》卷9（2008年9月），頁1～17。另可參考蕭兵：〈通靈寶玉和絳珠仙草──《紅樓夢》小品（二則）〉，《紅樓夢學刊》輯3（1980年），頁155。

〔註51〕「賈寶玉出世是『啣玉而生』，因此我認為神瑛侍者也是『啣玉』離開仙宮，這實際上就是喪葬語境中『啣玉而死』。因此，『啣以死生』便具有喪葬文化的儀式性意義。這死生一瞬的時間，不只是『創世紀』神學式的時間，同時也是說家技藝（craft）的文學筆法」。──康來新主講：〈「天生有眼」：試論通靈寶玉的科／技想像及其真／假辨證〉，臺北政治大學主辦：「百年論學：中國古典文藝思潮研讀會」，第六十三次研讀會，政治大學百年樓中文系會議室（O309），2011年6月11日。

〔註52〕「石之美有五德者。潤澤以溫，仁之方也。䚡理自外，可以知中，義之方也。其聲舒揚，專以遠聞，智之方也。不撓而折，勇之方也。銳廉而不忮，絜之方也。」──〔漢〕許慎撰；〔清〕段玉裁注：《新添古音說文解字注》，頁10。

〔註53〕「一進來，黛玉便笑道：『寶玉，我問你：至貴者是『寶』，至堅者是『玉』。爾有何貴？爾有何堅？』」（第二十二回，頁585）

而如「石生而堅」〔註54〕、「石可破也，而不可奪堅」〔註55〕等敘述，皆可見石與玉有其相通之處。且據前文所述，「靈性已通」的棄石與「通靈」寶玉也確實有著蠢物的共同特質。然而必須注意的是，經過幻化的通靈寶玉畢竟已非棄石。前者「鮮明瑩潔」的外在形質，與後者的蠢大粗拙判然有別。且兩者處境大不相同：棄石剩落在飄渺的大荒山無稽崖青埂峰下，通靈寶玉則入世存於「昌明隆盛之邦，詩禮簪纓之族」，現出「玉」所蘊含的種種文化象徵意義，兩者可謂同中有異、異中有同。著眼文本中石／玉相悖相異的對立處，孫遜便認為「玉」係富貴、地位的象徵，「石」則是自然、情感的源泉，賈寶玉「一身而兼玉與石的兩種特性」〔註56〕。玉賦予賈寶玉豐裕的物質與文化基礎，是其賈府「命根子」般榮寵地位的象徵；石則從對立面帶來固守自然、復歸始源的渴望，兩種對立的面向，或隱喻了賈寶玉生命中的深層矛盾。

再延伸，則可發現小說以石／玉演繹了兩種價值觀的競爭頡頏，如梅新林所論：

> 「石」源於神界，「玉」跌落在俗界；「石」是本真，「玉」是幻像；「石」代表自然無為，「玉」代表世俗欲求。整部《紅樓夢》就是以「石」在神界中誕生，然後由「石」蛻變為「玉」跌落至俗界，最後又由「玉」還原為神界之「石」為主線建構故事框架的。〔註57〕

考察小說文本，確實以石為本質而以玉為幻相，引文中所述「自然無為」與「世俗欲求」兩種價值取向，則在小說中以「金玉良姻」與「木石前盟」加以落實與表現。「金玉良姻」的設計，是將通靈寶玉上「莫失莫忘，仙壽恒昌」與薛寶釵金鎖上「不離不棄，芳齡永繼」配合成對，促成諭示兩者聯姻的象徵物。〔註58〕然而，金鎖及其諭示卻是「和尚給的」，相對於「木石前盟」中

〔註54〕〔東漢〕王充：《論衡・本性》。

〔註55〕「石可破也，而不可奪堅；丹可磨也，而不可奪赤。堅與赤，性之有也。性也者，所受於天也，非擇取而為之也。」——《呂氏春秋・季冬紀・誠廉》。

〔註56〕孫遜：〈曹雪芹審度人生的三個視點〉，《紅樓夢探究》（臺北：大安出版社，1991年），頁41。另可參考詹丹：《重讀紅樓夢》（臺北：秀威資訊科技，2008年），頁6～11。

〔註57〕梅新林：〈「石」、「玉」精神的內在衝突——《紅樓夢》悲劇的哲學意蘊〉，《學術研究》（1992年05期），頁118。

〔註58〕通靈寶玉曾被賈寶玉貶稱「勞什子」，作為不受主人認可的婚姻定情物，經常引發寶、黛口角，也可視為曹雪芹對於愛情信物的反諷書寫。——詳見孫貴珠：〈《紅樓夢》定情信物析論〉，《中國海事商業專科學校學報》（1998年6月），頁164。

的林黛玉先天本具「草胎木質」，前者顯然含有後天人為造作、並非自然的屬性。由此回看「金玉」與「木石」的配對，便也映襯出「玉」後天人為的性質（由僧人施法而成），關合金鎖主人薛寶釵之特質，則「玉」確實象徵了對經濟學問、功名仕途的世俗追求。而「石」作為本質的象徵，便以復歸自然為終極價值。由此，當賈寶玉初見黛玉便有摔玉之舉、後又說出「什麼是金玉姻緣，我偏說是木石姻緣」（第三十六回，頁886）時〔註59〕，便不僅僅表達出對知心對象的認定，更是在世俗富貴與無為出世之間作出了價值抉擇。綜上所述，可知此部以《石頭記》為名的小說，奠基於傳統的石頭神話與源遠流長的玉文化之上，進而以典故變造、反諷筆法等等想像創造，賦予棄石／寶玉有別以往的革新書寫，而其象徵意涵更與小說主角緊密綰合，貫穿全書。

二、玉眼・石刻・觀察記錄

前一節聚焦《石頭記》中石／玉的去脈來龍，從小說家對於二者的種種書寫，看出石／玉之於「一部書中第一人」〔註60〕的賈寶玉、乃至於整部小說的象徵意涵。而從通靈寶玉作為護身符與喪葬珨的一段討論，則已從形而上的象徵寓意，轉而觸及石／玉形下物用的層面。本節便延續後者，從通靈寶玉以及青埂頑石為物的面向，闡發通靈寶玉「天生有眼」的設計及其意義，由此見出《石頭記》眼目意涵之所在。

（一）頑石敘述・玉眼觀看

關於通靈寶玉之「眼」，文本曾有明白揭示。第三回寶、黛初晤，發生摔玉風波，黛玉晚間愧疚傷感，對入內安慰的襲人詢問玉之由來。襲人答曰：「連一家子也不知來歷，上頭還有現成的眼兒，聽得說，落草時是從他口裡掏出來的。」（第三回，頁91）對於上有「現成的眼兒」，此處兩則批語：「癩僧幻術亦太奇矣」以及「天生帶來美玉有現成可穿之眼，豈不可愛，豈不可惜」〔註61〕，分別從幻術之奇、可愛可惜之嘆，對曹雪芹「玉眼」設計之別致新奇有所表述。同一回，脂批更是不厭其煩，再三提點通靈寶玉之「天生

〔註59〕賈寶玉對「玉」、「金玉」的鄙棄，尚可見第二十八回一段文字：「寶玉聽他（黛玉）提出『金玉』二字來，不覺心動疑猜，便說道：『除了別人說什麼金什麼玉，我心裡要有這個想頭，天誅地滅，萬世不得人身！』」（頁741）
〔註60〕陳慶浩編著：《新編石頭記脂硯齋評語輯校》，頁48。
〔註61〕陳慶浩編著：《新編石頭記脂硯齋評語輯校》，頁90。

有眼」：

> 寶玉含來是補天之餘，落地已久，得地氣收藏，因人而現。其性質
> 內陽外陰，其形體光白溫潤，天生有眼可穿，故名曰保玉，將欲得
> 者盡皆保愛此玉之意也。〔註62〕

> 寶玉通靈可愛，天生有眼堪穿。〔註63〕

襲人及批語所稱「現成可穿之眼」，首先是指涉「扇墜大小，可佩可拿」的通
靈玉上所鑿的孔洞。然而，除卻「穿孔」此一工藝表現上的含義之外，關合頑
石作為小說敘述者的安排，則可從此一文本與脂批幾番提及的「玉眼」設計，
閱讀出特殊的觀看意涵。從「天生有眼」的視覺、觀看功能，再次可見曹雪芹
筆下之玉「創新多於繼往的多重意涵」，此中甚至透出小說家「活在時代之前」
〔註64〕的前衛想像。

  欲說明通靈寶玉「天生有眼」之意義，得從青埂頑石作為故事敘述者的
設計說起。小說第一回描寫僧人將小巧通靈玉置於袖內，飄然而去後，便將
時間迅速跳轉至頑石下凡受享歸來後：

> 後來，又不知過了幾世幾劫，因有個空空道人訪道求仙，忽從這大
> 荒山無稽崖青埂峰下經過，忽見一大塊石上字跡分明，編述歷歷。
> 空空道人乃從頭一看，原來就是無材補天，幻形入世，蒙茫茫大士、
> 渺渺真人攜入紅塵，歷盡離合悲歡、炎涼世態的一段故事。……詩
> 後便是此石墜落之鄉，投胎之處，親自經歷的一段陳跡故事。（第一
> 回，頁3～4）

爾後，空空道人與石頭有一段具「後設」意味的對話〔註65〕，石頭自述石上
大書的內容性質，且宣示了自身「令世人換新眼目」之不同處。道人將《石
頭記》重新檢閱一遍後，方決定將此書「從頭至尾抄錄回來，問世傳奇。」

〔註62〕陳慶浩編著：《新編石頭記脂硯齋評語輯校》，頁55。

〔註63〕陳慶浩編著：《新編石頭記脂硯齋評語輯校》，頁55。

〔註64〕康來新主講：〈「天生有眼」：試論通靈寶玉的科／技想像及其真／假辨證〉，
臺北政治大學主辦：「百年論學：中國古典文藝思潮研讀會」，第六十三次研
讀會，政治大學百年樓中文系會議室（O309），2011年6月11日。

〔註65〕「書中這段對話『自我指涉』了《紅樓夢》一書，成為一種『反躬自指』的
文式。這種『自指』現象意味着作者對自己文類特性的反省，對其所應用的
媒介內在潛能的檢討。」──〔美〕高辛勇：〈從「文際關係」看《紅樓夢》〉，
《中外學者論紅樓：哈爾濱國際《紅樓夢》研討會論文選》（哈爾濱：北方文
藝出版社，1989年），頁320～337。

（第一回，頁6）〔註66〕小說又交代了一番書名更易的過程，其後方是「出則既明，且看石上是何故事。按那石上書云……」（第一回，頁6）。脂批在此曰：「以下係石上所記之文」〔註67〕，《石頭記》故事至此才真正開展，而此一部大書的敘述者（narrator）〔註68〕正是這塊經歷「石—玉—石」變化歷程的頑石。此即《凡例》所言點睛處，為小說題名《石頭記》之根源所在。而在石頭開始說故事前，小說更刻意交代真實作者曹雪芹僅是披閱增刪、纂目錄、分章回的編輯者。此處顯示曹雪芹一個巧妙的設計，即明確地「將作者（寫書的人）和敘述者（講故事的人）分開」，與歷來作家的兩者混同迥異。如此寫來則作者退位，強調石頭陳述故事，觀點皆出自石頭，由此避免了作者對於情節、人物等的評價、干預。讀者與作者之間有著石頭作為間隔，閱讀時便產生別樣趣味，馬力認為這是「中國小說寫作前所未有的一種處理手法」〔註69〕。

誠如《凡例》所示，題名《石頭記》即是「自譬石頭所記之事」〔註70〕。而據石頭所言，一部大書乃是石頭「親自經歷的一段陳跡故事」，此後更強調所記眾女子皆是其「半世親觀親聞的」，且當中所有「離合悲歡，興衰際遇，則又追踪躡跡，不敢稍加穿鑿，徒為供人之目而反失其真傳」（第一回，頁5）。上列數語不僅說明故事性質，更是陳述了頑石「記事」之方式，而其之所以能夠「親觀親聞」、「追踪躡跡」甚且具備「實錄其事」的能耐，正正來自於通靈寶玉「天生有眼」的奇巧設計，確如張愛玲的新穎表述：

> 寶玉那塊玉本是青埂峰下那大石縮小的。第十八回省親，正從元妃眼中描寫大觀園元宵夜景，插入石頭的一段獨白，用作者的口吻。石頭掛在寶玉頭項上觀察記錄一切，像現代遊客的袖珍照相

〔註66〕脂批在《石頭記》旁特別說明此為「本名」。——陳慶浩編著：《新編石頭記脂硯齋評語輯校》，頁11。

〔註67〕陳慶浩編著：《新編石頭記脂硯齋評語輯校》，頁14。

〔註68〕據當代敘事學的研究，敘述者指的是敘事作品中的「陳述行為主體」，或說是「聲音或講話者」，其與視角一起構成敘述。「敘述視角」則是指敘述者或人物從什麼角度觀察故事，觀察的角度不同，同樣的事件便會呈現不同的結構、情趣。——參考胡亞敏：《敘事學》（臺北：若水堂，2014年），頁46、31。

〔註69〕其認為作者採用這種寫法的原因之一，在於以曲折手法逃避文字獄的深文周納。——馬力：〈從敘述手法看「石頭」在《紅樓夢》中的作用〉，收入梅節、馬力著：《紅學耦耕集》（香港：三聯書店，1988年），頁67。

〔註70〕〔清〕曹雪芹：《脂硯齋甲戌抄閱再評石頭記》，頁2。另參考陳慶浩編著：《新編石頭記脂硯齋評語輯校》，頁4。

機，使人想起依修吳德的名著《我是個照相機》——拍成金像獎歌舞片「Cabaret」。〔註71〕

《石頭記》以石頭敘述全書故事，而石頭之所以能述、能記，實有賴於曹雪芹賦予其「袖珍照相機」般的眼睛。頑石幻形入世，成為通靈寶玉掛在賈寶玉頸上，存於富貴溫柔鄉中，以「現成的眼兒」執行其觀看、記錄之任務。趙岡曾以「一位記錄人、一位電影攝影師」描述這「整個故事的目擊者」〔註72〕，文中雖未提及玉眼設計，然而其論述實已為「通靈玉眼」的觀看功能作出說明。由此回看癩僧施展幻術後所言「實在的好處」、「奇物」之價值，或可由通靈玉「有眼能看」的不凡功能，加以回應。考察文本，可見小說家多次提點了石頭敘述、玉眼觀看的獨特設計。小說第四回，描寫門子取出「護官符」示予賈雨村，便有「石頭亦曾抄寫了一張，今據石上所抄云」（頁110）一句；而在第六回開頭處，則有石頭自語：「諸公若嫌瑣碎粗鄙呢，則快擲下此書，另覓好書去醒目；若謂聊可破悶時，待蠢物逐細言來。」（頁200）〔註73〕此處脂批更點出：「妙謙，是石頭口角」〔註74〕。而在元妃省親一回，更有兩處顯豁的例子。其一在說明採用寶玉題額之原因時：「諸公不知，待蠢物將原委說明，大家方知」〔註75〕（第十七至十八回，頁454）；其二則是一段通靈寶玉的自白：

> 只見園中香烟繚繞，花彩繽紛，處處燈光相映，時時細樂聲喧，說不盡這太平景象，富貴風流。——此時自己回想當初在大荒山中，青埂峰下，那等淒涼寂寞；若不虧癩僧、跛道二人攜來到此，又安能得見這般世面。本欲作一篇《燈月賦》、《省親頌》，以誌今日之事，但又恐入了別書的俗套。按此時之景，即作一賦一贊，也不能形容得盡其妙；即不作賦贊，其豪華富麗，觀者諸公亦可想而知矣。所以

〔註71〕張愛玲：〈四詳紅樓夢——改寫與遺稿〉，《紅樓夢魘》（臺北：皇冠出版社，2010年8月），頁271～272。

〔註72〕趙岡：〈紅樓夢的兩種寫法〉，《紅樓夢論集》（臺北：志文出版社，1975年），頁122。

〔註73〕此文字為甲戌、蒙府、戚序、舒序本所有，本論文用書底本為庚辰本，作「且聽細講」，而將引文納入回末校記，特此說明。——〔清〕曹雪芹等著，徐少知新注：《紅樓夢新注》，頁200。

〔註74〕陳慶浩編著：《新編石頭記脂硯齋評語輯校》，頁140。

〔註75〕此處亦有批語明點：「石兄自謙，妙。可代答云，豈敢。」——陳慶浩編著：《新編石頭記脂硯齋評語輯校》，頁335。

倒是省了這工夫紙墨，且說正緊的為是。（第十七至十八回，頁 453）
此段剖白由身臨其境的通靈寶玉發出，以「玉眼」所見的太平富貴景象，對
照未降世時頑石處境的荒涼寂寞，當下景況可說是「遂其所願」。〔註76〕以上
數例，可見「天生有眼」的通靈玉確實處處、時時發揮其觀察、記錄的作用。
而經由學者的掘發，則可見「通靈玉眼」的別致設計，促成曹雪芹在敘述方
式上的創新轉型。

根據蔡義江的說法，一般傳統小說若非第一人稱便是第三人稱，難以同
時兼得兩者長處。採用第一人稱「我」的口吻、角度展開敘述，能夠比第三人
稱「他」更易獲得實有其事的表達效果。而其侷限則在於凡是「我」所未目見
耳聞之事，便無法敘述，在這一點上反不若第三人稱的描寫來得自由方便。
〔註77〕前述數則引文，石／玉多番現身說法，便是以第一人稱的使用彰顯小
說所寫皆為「親睹親聞」的切身經歷，回應第一回的頑石自道。而曹雪芹的
匠心獨運處，更是在於兩種人稱的結合：

> 曹雪芹創造性地在敘述方式上把第一人稱與第三人稱巧妙結合起
> 來，一方面向讀者顯示小說所寫內容是「我」「親自經歷的陳跡故
> 事」（第一回），另一方面又不至於處處受到這個「我」的耳目聞見
> 的可能性的限制。這是別出心裁的。〔註78〕

引文所述第一人稱與第三人稱，更準確地說，應是分別指涉敘事學中的「限
知敘事」與「全知敘事」〔註79〕。學者曾有此論：「小說中的敘事者通常按照

〔註76〕 上述獨白後，脂批：「自此時以下皆石頭之語，真是千奇百怪之文。」然而或
　　　 不妨說，全書皆是「石頭之語」。——陳慶浩編著：《新編石頭記脂硯齋評語
　　　 輯校》，頁 335。有趣的是，胡文彬認為這段文字相當怪異，無法銜接上下文
　　　 且「與故事本身顯得極不和諧」，甚至推斷為曹雪芹未及刪除的早本文字。—
　　　 —胡文彬：《魂牽夢縈紅樓情》（北京：中國書局，2000 年 1 月），頁 171。
〔註77〕 蔡義江：〈「石頭」的職能與甄、賈寶玉——有關結構藝術的一章〉，《蔡義江
　　　 論《紅樓夢》》（浙江：寧波出版社，1997 年 8 月），頁 7。
〔註78〕 蔡義江：〈「石頭」的職能與甄、賈寶玉——有關結構藝術的一章〉，頁 8。
〔註79〕 敘述視角中的「全知敘事」與「限知敘事」，參考陳平原的整理：全知敘事—
　　　 —敘述者無所不在，無所不知，有權利知道並說出書中任何一個人物都不可
　　　 能知道的秘密。全知敘事便於展現廣闊的生活場景，能自由剖析眾多人物心
　　　 理，有其長處。限制敘事（或限知敘事）——敘述者知道的和人物一樣多，
　　　 人物不知道的事，敘述者無權敘說。換言之，敘述者只能說他一己的所見所
　　　 聞。敘述者可以是一個人，也可以是幾個人輪流充當。限制敘事可採用第一
　　　 人稱，也可採用第三人稱。——參考陳平原：《中國小說敘事模式的轉變》（臺
　　　 北：久大文化，1990 年），頁 66、68。

其知曉度（全知的，限知的，外部的，等等）和可信度來界定。但從這一角度看，或多或少，前現代的中國小說注定顯得有些墨守成規。」〔註80〕顯然，《紅樓夢》並不是那墨守成規的一員。作為敘述者的石頭，講述「親自經歷的一段陳跡故事」，因此其視角似乎是限知的，理應無法如傳統的全知敘事，隨時「展現廣闊的生活場景、自由剖析眾多人物心理」，而只能講述一己見聞。若敘述者是小說中有生命的人物，確實僅能從有限的自身視角進行觀看記錄。然而，曹雪芹的新奇別致處，正正是將敘述者設定為無生命的物件，雖偶有擬人化的表現，卻從不參與情節發展、不與小說中其他人物對話交流，因此「故事仍不妨以第三人稱的角度（即全知的敘事視角）自由展開」〔註81〕，而不致於產生突兀的閱讀感受。值得一提的是，趙岡曾經質疑，小說既然以這顆「通靈玉眼」觀察記錄，便應該遵守「記錄人一旦離開現場，記錄就應中斷」〔註82〕的敘述原則。此話顯示其未能讀出小說家特設「玉眼」以靈活轉換觀看、敘事視角的用心。更不可忽略的是，小說第一回「作者自云」處，已有「借『通靈』之說，撰此《石頭記》一書」（第一回，頁1）的說明。此語至關緊要，可視為曹雪芹對其「通靈玉眼」設計的自覺，一則反駁了前述質疑；二則對於「通靈寶玉掛在賈寶玉頸上，僅能觀看寶玉所見物事」的說法，進行解套。石／玉既已通靈，便已具備「超人的功能」〔註83〕，當然能夠靈活變換視角。曹雪芹「刁鑽古怪鬼靈精」（第二十八回）的小說筆法、虛構想像，可見一斑。

此外，文本中「通靈玉眼」進行觀察記錄的例子，尚可見於第十五回。此回秦可卿大殯，寶玉、秦鐘、鳳姐宿於水月菴。晚間，寶玉撞破秦鐘與智能兒的風月之事，秦鐘哀求寶玉保守秘密。小說有如下描寫：

> 秦鐘笑道：「好人，你只別嚷的眾人知道，你要怎樣我都依你。」寶
> 玉笑道：「這會子也不用說，等一會睡下，再細細的算賬。」一時寬

〔註80〕〔美〕韓南（Patrick Hanan）著；徐俠譯：《中國近代小說的興起》（上海：上海教育出版社，2010年），頁2。
〔註81〕括弧文字為筆者所加。蔡義江：〈「石頭」的職能與甄、賈寶玉——有關結構藝術的一章〉，頁8。
〔註82〕趙岡：〈紅樓夢的兩種寫法〉，《紅樓夢論集》（臺北：志文出版社，1975年），頁123。
〔註83〕蔡義江：〈「石頭」的職能與甄、賈寶玉——有關結構藝術的一章〉，頁13。另，「這種借性能通靈的觀察者具有某種全知能力，因而可以把第一人稱和第三人稱兩種敘述方式結合起來的描寫法，是曹雪芹所獨創的。」，頁31。

衣安歇的時節，鳳姐在裡間，秦鐘、寶玉在外間，滿地下皆是家下
婆子，打鋪坐更。鳳姐因怕通靈玉失落，便等寶玉睡下，命人拿來
塞在自己枕邊。寶玉不知與秦鐘算何賬目，未見真切，未曾記得，
此係疑案，不敢纂創。（第十五回，頁388）

此處，通靈寶玉因由鳳姐代為保管，塞於枕邊而無法看見寶玉與秦鐘「算何
賬目」。這一描寫再次凸顯石頭所記皆為「親覷親聞」，強調了「不敢稍加穿
鑿」的真實性，顯然也是「通靈玉眼」限知視角的一次清楚呈現。根據前文所
論，已然說明作為敘述者的石／玉兼有全知與限知敘述，是曹雪芹敘述方式
上的超越與進步，而陳平原曾有此論：

在二十世紀初西方小說大量湧入中國以前，中國小說家、小說理論
家並沒有形成突破全知敘事的自覺意識……真正意識到限制敘事
並非只是束縛，而可能是一種更大的自由，更有利於作家「趨避」
「鋪敘」的，大概只有俞明震一人。〔註84〕。

陳氏認為二十世紀初西方小說湧入以後，中國小說家才逐漸發展出突破全知
敘事的「自覺意識」，且直至俞明震（1860～1918）方才意識到限知敘事的長
處，可為小說提供「趨避」與「鋪敘」的作用。由此回看《紅樓夢》第十五回
的描寫，小說家刻意操作「通靈玉眼」的限知視角，甚至強調「未見真切，未
曾記得，此係疑案，不敢纂創」，實足以說明曹雪芹已然意識到限知敘事能帶
來「趨避」之效。通靈玉眼本來兼有全知與限知的觀看能力，此處曹雪芹則
以其限知敘事的功能，趨避寶玉、秦鐘之情事，進而完成小說美學上的考量
〔註85〕。由此，曹雪芹在敘述方式上的突破再添一項，而通靈玉「天生有眼」
的設計可謂居功厥偉。

（二）玉眼實錄・石刻記憶

至此，可見曹雪芹馳騁文學想像，令通靈寶玉「天生有眼」進而造就「石
頭之記」。小說據其觀看功能，既使「親見親聞」成為可能，更因而獲致敘述
視角上的超越、突破。然而，「玉眼」所煥發的創新意義不止於此。除了上文

〔註84〕陳平原：《中國小說敘事模式的轉變》（臺北：久大文化，1990年），頁64、
69。

〔註85〕「忽又作如此評斷，似自相矛盾，卻是最妙之文。若不如此隱去，則又有何
妙文可寫哉。這方是使人意料不到之大奇筆。……借石之未見真切，淡淡隱
去，越覺得雲烟渺茫之中，無限丘壑在焉。」——陳慶浩編著：《新編石頭記
脂硯齋評語輯校》，頁275。

所引張愛玲的「袖珍照相機」〔註86〕說，蔡義江也認為通靈寶玉的觀看、記錄職能就如「現代人利用科學成就，為獲取情報而特製的、能夠用偽裝形式安置在人或動物身上的一架微型的自動攝影機」〔註87〕。此說與馬力所言「自動錄影機」〔註88〕不謀而合；而趙岡更早以「電影攝影師」〔註89〕稱之，周汝昌則後有「高性能的攝影機」〔註90〕之說。一眾學者皆以現代科技產物表述通靈寶玉「追蹤躡跡」的觀看功能，此一現象值得注意。康來新便綜合諸家之說，尤其側重張愛玲之論，從「天生有眼」的獨特設計讀出曹雪芹的超前意識：一如現代科技物——照相機般的「通靈玉眼」，實體現小說家「科技實錄的未來想像」〔註91〕。

由此，我們不妨從照相、攝影的角度，尋繹通靈寶玉作為現代視覺裝置為《石頭記》帶來的特殊意義。若將「通靈玉眼」閱讀為照相機，曹雪芹筆下的《石頭記》便是一部由玉眼入世攝影，最終顯影石上的影像記錄。關於攝影，西方學者曾有此論：

> ……攝影的指稱對象不同於其他任何複現系統的指稱對象。我所謂的攝影的「指稱對象」，並不意指形象或符號所指示的可能為真之客體，而是指曾經置於鏡頭前，必然真實的物體，少了它便沒有照片。繪畫可假仿一真實景物，而從未真正見過該景物。文章由符號構成，這些符號雖必然具有指稱對象，但這對象很可能是「不實在的空想」，且經常如此。與這兩種模仿體系相反的，我絕不能否認相片中有個東西曾在那兒，且已包含兩個相結的立場：真實與過去。而既然這個約束僅存在於攝影，經由歸納得知，可將其視為攝影的本質，攝影的所思（noème）。〔註92〕

〔註86〕張愛玲：〈四詳紅樓夢——改寫與遺稿〉，《紅樓夢魘》，頁272。
〔註87〕蔡義江：〈「石頭」的職能與甄、賈寶玉——有關結構藝術的一章〉，頁12。
〔註88〕馬力：〈從敘述手法看「石頭」在《紅樓夢》中的作用〉，頁74。
〔註89〕趙岡：〈紅樓夢的兩種寫法〉，《紅樓夢論集》，頁122。
〔註90〕周汝昌：〈一架高性能的攝像機〉，《紅樓藝術》（北京：人民文學出版社，1995年），頁23～28。
〔註91〕康來新主講：〈「天生有眼」：試論通靈寶玉的科／技想像及其真／假辨證〉。
〔註92〕羅蘭‧巴特（Roland Barthes）進一步將這「攝影的所思」命名為「此曾在」或「固執者」，並引拉丁文 interfuit 釋其義：「此刻我所看見的曾在那兒，伸展在那介於無限與主體（操作者或觀看者）之間的地方；它曾在那兒，旋即又分離；它曾經在場，絕對不容置疑，卻又已延遲異化」。詳見氏著；許綺玲譯：《明室》（新北：台灣攝影工作室，1997年），頁93～94。

引文中，羅蘭‧巴特（Roland Barthes）將攝影與繪畫、文字相互比較，從而歸納出攝影的本質：「真實」與「過去」。耐人尋味的是，此二者確可與曹雪芹筆下「通靈玉眼」及「石頭之記」產生跨時空的對話。小說第一回，作者透過空空道人之口說明石頭所記皆為「實錄其事」而非「假擬妄稱」，便是刻意強調如實記錄的性質，「通靈玉眼」的所看所記一如攝影複現真實〔註93〕。

玉眼之「實錄」，原是來自史學的概念，最早可見於《漢書》：「善序事理，辨而不華，質而不俚，其文直，其事核，不虛美，不隱惡，故謂之實錄」〔註94〕。班固在此以「實錄」一詞，盛讚司馬遷追求客觀公正的求真精神。此種「實錄」精神其後成為帝王、撰史者的寫作目標，且以之為史書評判、史家批評的重要標準。順治帝囑咐：「爾等纂修《明史》，其間是非得失，務宜據事直書，不必意為增減，以致文過其實」〔註95〕，即顯示實錄精神之傳衍。而早自漢代，君主、皇帝身邊即設有記事記言的史官，承繼「動則左史書之，言則右史書之」〔註96〕的實錄傳統，日日在側將帝王的起居言行一一記錄在案，將觀察編撰成「起居注」。曹雪芹「實錄其事」的宣言，首先從此一史學傳統中獲得操作實踐的根據〔註97〕。有趣的是，小說中安排的卻不是隨行左右的起居舍人、起居郎，而是特製了一顆掛於人物頸項、貼身不離的通靈玉眼。曹雪芹以作為「物」的通靈玉眼／照相機，取代為「人」的史官，更為「實錄」增添一層客觀實證的科學性質。要而言之，相較於主觀的人，現代科學更相信能克服人類有限性的科技「物」，而照相機即是一種能

〔註93〕 可以補充的是，照相機的操作原理本即模擬人類眼球，「眼睛的作用與相機很像，或者可說，我們之所以發明相機，就是為了讓它像我們的眼睛一樣工作。」──黛安‧艾克曼（Diane Ackerman）著；莊安祺譯：《感官之旅》（臺北：時報文化，2018年），頁278。另，「由於相機的鏡頭和眼睛一樣，都能快速地在事情發生時將影像記錄下來──那是因為二者對光皆有敏感度。然而，相機所做的──而這也是眼睛本身所永遠做不到的──就是將事件的外觀給固定（fix）下來。」──約翰‧伯格（John Berger）著；劉惠媛譯：〈攝影術的使用〉，《影像的閱讀》（臺北：麥田，2017年），頁70。

〔註94〕 〔東漢〕班固：《漢書‧司馬遷傳》。

〔註95〕 《清世祖實錄》影印本（北京：中華書局，1986年）。

〔註96〕 〔東漢〕鄭玄注，〔唐〕孔穎達疏：《禮記‧玉藻》。另可見「夫經籍也者，先聖據龍圖，握鳳紀，南面以君天下者，咸有史官，以紀言行。言則左史書之，動則右史書之。故曰『君舉必書』，懲勸斯在。」──〔唐〕魏徵等：《隋書‧經籍志》。

〔註97〕 康來新主講：〈「天生有眼」：試論通靈寶玉的科／技想像及其真／假辨證〉。

準確登錄事實的科學工具。〔註98〕且誠如蘇珊‧桑塔格（Susan Sontag）所言，照相機有著與生俱來（inbuilt）的客觀性，而照片作為「真實事物的紀錄，這點顯然是任何再怎樣持平的文字描述都無法冀及的，因為負責記錄的是一部機器」〔註99〕。由此回看曹雪芹以通靈玉（機器／物）取代起居郎（人），貼身追蹤觀察以「實錄其事」，竟呈現出小說家對於照相機的客觀性、照片之真實性的超前想像與體認。且小說還透過「親覩親聞」、「不敢稍加穿鑿」、不欲「失其真傳」等語一再強調其記錄之「真」，種種特質在在顯出通靈寶玉與現代相機的緊密連結。通靈玉眼的觀看、記錄特質與現代攝影科技絲絲入扣，無怪乎周汝昌亦驚訝於曹雪芹超出時代的科技想像〔註100〕。

　　在羅蘭‧巴特（Roland Barthes）所歸納的攝影本質中，與「真實」共存相結的另一種特質為「過去」，指的是照片中呈現的物事，必然曾經存在於鏡頭之前，「少了它便沒有照片」。而約翰‧伯格（John Berger）的說法更是精要地揭示這層涵義：「相片是往事的遺物，是已發生過的事情所留下的痕跡」〔註101〕。前文將攝影之「真實」與「實錄其事」並置互讀，說明通靈玉眼的記錄特質，及其觀察方式的核心所在；而「過去」毋寧指向其實錄之「事」，

〔註98〕「攝影似乎和實證主義的思考方式相當合拍，因為它是透過機械性的記錄工具（照相機）而非科學家的主觀眼睛和雙手（例如用鉛筆在紙上速寫）來生產再現。在實證主義的脈絡中，照相機是一種科學工具，可以更準確地登錄事實。」──〔英〕瑪莉塔‧史特肯（Marita Sturken）、莉莎‧卡萊特（Lisa Cartwright）著；陳品秀、吳莉君譯：《觀看的實踐：給所有影像時代的視覺文化導論（全新彩色版）》（臺北：臉譜，2013年），頁27～28。

〔註99〕攝影或照片所呈現的真實、其中的真假辯證，是學者爭辯不休的論題。然而，即使其真實不無含混曖昧之處，照片作為事物形貌的引用（quote）、作為其再現物體所留下的毫無建構色彩（unconstructed）的痕跡（trace），確實有著無可否認的「真實性」。約翰‧伯格（John Berger）更直言「照片本身不能說謊」，而拼貼竄改等造假的手段、去脈絡化的引用所造成的誤導，都已是「脫離攝影」的行徑。──詳見蘇珊‧桑塔格（Susan Sontag）著；陳耀成譯：《旁觀他人之痛苦》（臺北：麥田，2010年），頁37。另參考約翰‧伯格（John Berger）、尚‧摩爾（Jean Mohr）著；張世倫譯：《另一種影像敘事：一個可能的攝影理論》（臺北：麥田，2016年），頁89～104。

〔註100〕「照像──攝影術的發達與流行，大約是十九世紀後期的事，雪芹是十八世紀早期的人，哪裡談得上攝影錄像之類的手段？然而說也奇怪，在他手中，真好像有一架高性能的攝影機……他似乎早就懂得『拍』的、『攝』的、『錄』的事情和本領。」──周汝昌：〈一架高性能的攝像機〉，頁23～28。

〔註101〕約翰‧伯格（John Berger）著；劉惠媛譯：〈攝影術的使用〉，《影像的閱讀》（臺北：麥田，2017年），頁76。

亦即石頭所記之事的內容與性質。小說開卷首回，作者便說明《石頭記》是借「通靈」之說（即通靈之看）撰成，且開宗明義道：

> 書中所記何事何人？自又云：「今風塵碌碌，一事無成，忽念及當日
> 所有之女子，一一細考較去，覺其行止見識，皆出於我之上，何我
> 堂堂鬚眉，誠不若此裙釵哉？實愧則有餘，悔又無益之大無可如何
> 之日也！……編述一集，以告天下人：我之罪固不免，然閨閣中本
> 自歷歷有人，萬不可因我之不肖，自護己短，一併使其泯滅也。」
> （第一回，頁1）

據此，可知小說特設通靈玉眼下凡「實錄」的對象，乃是作者所眷念不忘的「當日所有之女子」。此段自述已然可見石頭所記與照片同樣具備「過去」的本質，「已往所賴天恩祖德，錦衣紈絝之時，飫甘饜肥之日」都已成為過往雲煙，而「今日之茅椽蓬牖、瓦竈繩床」（第一回）無疑凸顯出昔日繁華與今日困窘的強烈對照，作者正是在此境況下回憶起往日所見的美好女子。而出於愧悔之心、疼惜欣賞之情，不忍心閨閣中諸女子隨時光流逝悄然泯滅，曹雪芹便特別藉由玉眼觀察實錄，最終顯影大石之上，為眾女性留下記錄。《石頭記》「使閨閣昭傳」的主旨，由此而出。

尤需注意的是，石頭於首回即已完成「石－玉－石」的紅塵行旅，因此當石頭講述其「墜落之鄉，投胎之處，親自經歷的一段陳跡故事」時，當中發生的一切「離合悲歡，炎涼世態」，都是以一種「過去式」的時間型態向讀者／觀者展開。附於其後的一首石上偈，也呈現同一命意：「無材可去補蒼天〔註102〕，枉入紅塵若許年。此係身前身後事，倩誰記去作奇傳？」（第一回，頁4）。其中尤以「身前身後事」一句，凸顯出石上故事「過去」的性質。不僅如此，當空空道人偶經大荒山無稽崖青埂峰，得見石上故事之時，則已經「又不知過了幾世幾劫」。而所謂「朝代年紀、地輿邦國」都已失落無考（第一回），可謂再次凸顯故事發生時間之渺遠難稽，小說家在此一再強調石頭之記如照片一般的「過去」性質。與此同時，朝代年紀以及地輿邦國的失落不可稽考，實也各別彰顯石頭在時間以及空間上的超越性。石頭從女媧補天棄用，至僧人將其幻化為寶玉入世，歷盡人世悲歡後回歸山下，再經過「不知幾世幾劫」仍舊矗立原地，且石上容納了所有人間俗事、紅塵時

〔註102〕脂批認為這便是「書之本旨」。——陳慶浩編著：《新編石頭記脂硯齋評語輯校》，頁9。

間,種種描寫使得石頭具備「永恆性」的特質。在書中所有人物悉皆「化灰化煙」以後,此石仍能超脫於時空限制,永駐神話仙境。誠如王懷義所言:

> 頑石以其永恆存在的物理屬性和超越一切的神聖屬性成為全書的
> 起源和最後根源,於是「永恆存在」和「超越一切」即成為作者以
> 女媧補天神話開始的隱喻,頑石也成為這樣一種象徵符號:頑石是
> 一切事件的見證者或親歷者,當所有過往生活如煙霧般消散時,頑
> 石卻可成為這些事件的抹不掉的痕跡而存在。〔註103〕

此說為小說挪用女媧補天神話,賦予另一重象徵意涵。而頑石確實以永恆的姿態,成為曾經發生之事件的「抹不掉的痕跡」,至此可見此塊石頭的特質,與前述約翰・伯格(John Berger)所言「相片是往事的遺物,是已發生過的事情所留下的痕跡」,實在並無二致。不僅如此,王懷義直言石頭提點了書中「所記的人和事既真實存在又已成為過去」〔註104〕,更是全然對應學者所論攝影之本質,「石頭記」與照片之相似相通,歷歷可證。而這由玉眼攝影而成的石頭之記,所講述的既是真實之事,卻又屬於不可把握之過去,確實應和王氏所論:「《紅樓夢》是關於往事的著作,因而也是關於記憶的著作」,而開啟也收結故事的頑石,便是永恆記憶的象徵符號〔註105〕。

　　事實上,從曹雪芹不願使眾女子泯滅於歲月長河,及其自述「使閨閣昭傳」的撰書主旨,已然透出此書的記憶性質。而小說特以石頭作「記」,則更進一步強化其為閨閣女兒留下記錄,以保存記憶的方式使之流傳久遠的意旨。有趣的是,攝影由於具備「錄存過去真實物事」之本質,向來便與記憶深有聯繫:「照相機拯救了不保存起來就會被磨滅的外貌,將它們不變地保留下來。事實上在相機發明之前,除了人類的心靈所具有的記憶能力之外沒有任何東西有這種能耐。」〔註106〕由此,透過通靈玉眼/照相機保存真實與過去的「實錄」,「石頭之記」便具有如同照片一般的記憶性質或功能。即便現實已物是人非,大觀園轉眼「荒塚一堆草沒了」,石頭/照片仍能將其「花招繡帶、豪華富麗」的過去盛景框取、截下、保存,成為永恆記憶。王懷義認為青埂頑石具備永恆性,是記憶的象徵符號,考察文本,可以發現這一點早從石頭的物

〔註103〕王懷義:《紅樓夢詩學精神》(臺北:里仁書局,2015年),頁194。
〔註104〕王懷義:《紅樓夢詩學精神》,頁192。
〔註105〕王懷義:《紅樓夢詩學精神》,頁192〜195。
〔註106〕約翰・伯格(John Berger)著;劉惠媛譯:〈攝影術的使用〉,《影像的閱讀》(臺北:麥田,2017年),頁70。

質形貌上有所示意。這顆女媧補天剩棄之石「高經十二丈，方經二十四丈」，周汝昌認為「此石正方形，高徑為方徑之半──恰為一塊巨型方磚，而非石之自然形體」〔註107〕，指出其不尋常的形制。這固然意味著頑石係女媧煅煉後的成品，然而關合空空道人所見「字跡分明，編述歷歷」的「石上書」之貌，則石頭顯然是一座銘刻有字的石碑。根據余國藩之論：

> 勒石為銘，志在傳諸久遠，不使金匱煙滅。史籍佛典藉此保存，亦
> 非一朝一夕的事。但碑銘早經使用，漢世益見頻繁，內容自有範格，
> 原在「記載歷史上的大事，或者紀念逝去的人物」，有時則是為了
> 「確定聖典，垂範百代」。〔註108〕

引文闡明石刻碑銘的意義，正是作為保存記憶之用。借助於金石以永久流傳的觀念，自先秦時代便已有之，所謂「功績銘乎金石，著於盤盂。」〔註109〕便是此意。《墨子》中記載：「以其所書於竹帛，鏤於金石，琢於槃盂，傳遺後世子孫者知之」〔註110〕，亦明確指出以金石鏤刻傳流後世的觀念。由此可見，小說中字跡分明的頑石，可謂承繼了石刻、碑銘的文化傳統，已然具有保留記憶以作紀念、傳世之意。而與玉眼／相機之實錄相結合，更使文字銘刻在石頭上，就如影像銘刻在底片上，造就全書至為關鍵的記憶載體。

值得注意的是，早期的刻石制度具有皇家色彩。秦始皇統一中國後便曾下達命令，在巡行所至七處樹石，刻文紀功。石刻因此被賦予歌頌帝王功德、宣揚國家聲威的官方用途。而在東漢順帝以後，石刻逐漸有民間化、大眾化的發展傾向，其用途大抵可分為山川祭祀、古聖祖先祭祀、讚頌某君功德事業三種類別。雖然石刻已從最早的封禪祭祀，發展到頌祖述先，再從表彰某官生前功業，擴大至記載某君功勳事蹟，確實漸由官方轉向私家，用途也越加廣闊。〔註111〕然而，其所記錄以傳世不朽的主要對象，仍然是主導社會與

〔註107〕周汝昌：《紅樓奪目紅》（北京：作家出版社，2003年），頁14～15。
〔註108〕〔美〕余國藩（Anthony C. Yu）著；李奭學譯：《重讀石頭記：《紅樓夢》裏的情欲與虛構》（臺北：麥田出版，2004年），頁230。
〔註109〕高誘注曰：「金，鐘鼎也；石，豐碑也。」──《呂氏春秋‧求人》。
〔註110〕《墨子‧兼愛下》。
〔註111〕本節有關石刻的研究，參考程章燦的說法。用以山川祭祀者包括《華山廟碑》、《封龍山碑》；祭祀古聖祖先者則有《倉頡廟碑》、《禮器碑》（孔廟造禮器）等；讚頌某君功德事業者有《楊孟文石門頌摩崖》、《北海相景君碑》等。──詳見程章燦：〈讀石隨筆〉，《石學論叢》（臺北：大安出版社，1999年），頁240～247。

文化、掌握權力的男性。不僅如此，前文曾提及史學中的「實錄」傳統，其所記錄的對象若非朝堂官宦，便是作為國家最高統治者的君王。而記錄帝王言行，則是為了以資鑒戒。〔註112〕由此回看曹雪芹的「石頭記」，一則可見其顛覆改造之處，二則也呈顯出小說家不凡的關懷視野。

　　首先，石頭予以述記之事為「家庭閨閣瑣事」、「家庭閨閣中一飲一食」，不僅「無朝代年紀可考」，更「並無大賢大忠、理朝廷治風俗的善政」，石刻所錄不過是一篇「適趣閑文」（第一回，頁5）。如此一來，由玉眼攝影所成的「石頭記」已經與實錄傳統、國家史傳的大敘事互別苗頭。而早在頑石「高經十二丈，方經二十四丈」的尺寸說明之側，脂批即各別批曰：「總應十二釵」、「照應副十二釵」〔註113〕，點明石刻上所記皆係一眾女兒，呼應作者自云的「當日所有之女子」以及石頭所稱「半世親覩親聞的這幾個女子」。由此可見曹雪芹對於以往石頭刻錄對象的改造，其意圖透過石刻記憶使其永存不朽者，乃是處於整體社會邊緣的女性。作者曾藉由空空道人之口，說明石上所記「只不過幾個異樣女子，或情或痴，或小才微善，亦無班姑、蔡女之德能」（第一回，頁4），則進一步強調石刻記載的，乃是在以男性為主流的社會中不被看見、未獲關注的弱勢女性，與傳統上多獲表彰的貞烈賢德女子有所不同。而在小說第五回，作者將太虛幻境簿冊中「普天之下所有的女子」，皆劃歸薄命、結怨、朝啼、夜哭、秋悲等各司〔註114〕，實體現曹雪芹對於廣大女性懷苦命運、悲劇遭遇的深沈關懷。從這個角度而言，石頭之記憶對象似乎從個人記憶擴延至了集體的記憶，具有普遍性的意義。小說首回夾批：「因為傳他，併可傳我」〔註115〕，或可以此解讀。

　　曹雪芹從傳統石刻文化中汲取靈感，以石頭作為眾女兒的記憶載體，意圖藉由通靈玉眼確切詳實的觀察拍攝，為不被關注、不被記憶的弱勢女性留

〔註112〕有關史學中的實錄傳統，參考李明奎：〈略論中國古代的實錄傳統與實錄體史書〉，《玉溪師範學院學報》（第36卷）2020年第5期，頁24～35。

〔註113〕陳慶浩編著：《新編石頭記脂硯齋評語輯校》，頁3。

〔註114〕太虛幻境一如檔案庫貯存女性簿冊，同樣藉由記憶功能進行救贖：「警幻在太虛幻境所擔任的『管理員』工作便是將這些全天下擁有不幸命運的女子給予製作譜錄得以流傳後世的機會，讓她們能夠在經由文字書寫的媒介中得到被記憶的救贖。……（太虛幻境）實已容納了跨越時間與空間地域的女性眾生。」——汪順平：《女子有行：《紅樓夢》的閨閣、遊歷敘事與「海上」新意涵》（臺北：元華文創，2018年），頁230。

〔註115〕陳慶浩編著：《新編石頭記脂硯齋評語輯校》，頁55。

下不朽的記錄。而流傳後世使其不致泯滅、甚至獲得被後人記憶的機會，實便是曹雪芹對於「她們」的一種救贖。這便是《石頭記》「使閨閣昭傳」的核心要旨。而在保存記憶的作用上，攝影、照片與石刻全然一致，確如約翰・伯格（John Berger）所論：

> 相機一直是被用來當作活化記憶的工具，照片則被當成是生命所遺留下來的紀念品。……選擇去記憶或遺忘牽涉到某種救贖的心理行為。被記住的事物是從虛無中救回來的。那些被遺忘的事物則已經被拋棄了。〔註116〕

綜上所述，小說家筆下通靈寶玉「天生有眼」的別致設計，使其具備如同現代視覺裝置——照相機一般的觀看、記錄功能。而從通靈玉／照相機的視角重讀文本，更不得不嘆服曹雪芹「活在時代之前」的科技想像。關合攝影「真實」的本質，玉眼的「實錄其事」因而添上一層相機／照片的真實性以及科技物的客觀性。而攝影涵納「過去」的特質，則與「石頭記」的「過去」性質有所對話，並進而在記憶的層面上互涉互通。且通靈玉／照相機上鐫有「莫失莫忘」四字，實也標誌玉眼／石刻的記憶乃至於救贖之功能。至此，回到小說中黛玉之問：「至貴者是『寶』，至堅者是『玉』。爾有何貴？爾有何堅？」（第二十二回，頁585）讀者應可從通靈玉眼／照相機的「奇物」設計，予以正面而肯定的回答。

第二節　眼目與觀看之道

　　本章以「眼」為閱讀關鍵字，前文已然詳述《石頭記》與「眼」的聯繫，見出此一題名眼目意涵之所在。若說上一節的論述聚焦於通靈玉／照相機的物件機械之眼，試探其觀看功能的別致意義；本節則是轉向書中人物之「肉眼」，討論其觀看的方式、敘事的作用並及於人物的塑造。沿續前文，「通靈玉眼」之設計實現敘述視角的靈活轉換，其中最富啟發者莫過於小說家對限知敘事的敏銳意識及自覺運用。當玉眼的限知視角落實到個別人物身上，具體的呈現即包括旁觀或窺視的描寫，以及人與人之間的看視。談及觀看，約翰・伯格（John Berger）如是說：

〔註116〕約翰・伯格（John Berger）著；劉惠媛譯：〈攝影術的使用〉，《影像的閱讀》，頁71～72。

> 我們的知識和信仰會影響我們觀看事物的方式。……我們只看見我
> 們注視的東西。注視是一種選擇行為。……我們注視的從來不只是
> 事物本身；我們注視的永遠是事物與我們之間的關係。我們的視線
> 不斷搜尋、不斷移動，不斷在它的周圍抓住些什麼，不斷建構出當
> 下呈現在我們眼前的景象。〔註117〕

此一經典論述道破觀看的要義。雖然「觀看先於語言」，然而「看」卻非視覺
官能的啟動而已，因其背後必然涉及觀看者的先備認識、身份背景、思維意
圖，因此注視總已是一種選擇行為。往下三節據此展開。筆者拈出文本所示
特殊之「眼」，從小說人物「看什麼」與「如何看」的討論，我們將能認識其
觀看對象、瞭解發出視線的觀看主體，並可觸及流動於小說中的「觀看的方
式」。

一、旁觀冷眼·總括世情

（一）以俗眼反襯冷眼

本節所論「冷眼」，指涉小說人物「旁觀」之觀看方式。第二回回首詩
云：

> 一局輸贏料不真，香銷茶盡尚逡巡。
>
> 欲知目下興衰兆，須問傍觀冷眼人。（第二回，頁38）

劉夢溪認為此詩關乎小說主題，其中「興衰」二字發人深省，「因為《紅樓夢》
是通過對以賈家為代表的賈王史薛四大家族興衰過程的描寫，抒發作者的興
衰之感的」〔註118〕，此說當為確論。然而值得注意的是，此詩的意義不僅僅
在此。誠如詩上「故用冷子興演說」〔註119〕的批語，此詩置於第二回回首，
是為「冷子興演說榮國府」作一提綱挈領的說明。劉氏所言「離合悲歡，興衰
際遇」（第一回）的全書主題，正正是由冷子興此一人物向讀者演述。而其之
所以擁有明悉洞察「目下興衰」的能力，則全賴一雙保持相當距離、冷靜理
智進行觀察的「旁觀冷眼」〔註120〕。因此，這首詩不妨讀作小說家「旁觀筆

〔註117〕〔英〕約翰·伯格（John Berger）著；吳莉君譯：《觀看的方式》，頁11。
〔註118〕劉夢溪：《陳寅恪與紅樓夢》（北京：中央編譯出版社，2006年），頁152。
〔註119〕陳慶浩編著：《新編石頭記脂硯齋評語輯校》，頁37。
〔註120〕小說另有多處出現「冷眼」一詞，皆指涉冷靜理智的從旁觀察。例子包括：
第九回年紀小、志氣大的賈菌「冷眼看見金榮的朋友暗助」、第十一回尤氏
詢問王熙鳳「你冷眼瞧媳婦是怎麼樣？」、第四十六回邢夫人講述賈赦欲納

法」〔註121〕的自我揭示，此其重要性所在。

冷子興的出場，緣於巧遇賈雨村。此時的賈雨村仕途落拓，現任林黛玉
塾師，這日飯後閑步至村野，因而發生酒肆偶遇，舊相識相會相談一節。值
得一提的是，賈雨村與冷子興相遇前，還曾造訪一座朽敗傾頹的智通寺。門
旁「身後有餘忘縮手，眼前無路想回頭」的對聯，令困頓無聊中的雨村揣想
「其中想必有個翻過筋斗來的」，於是入內一探究竟。豈料裡頭僅有一煮粥的
龍鍾老僧，「雨村見了，便不在意」，後見僧人「既聾且昏，齒落舌鈍，所答非
所問」（第二回，頁43），更覺不耐煩，遂失望而出。此段插曲並非無謂過場，
而是「展開全書大結構的大關津，點出全書主題的巧手筆」〔註122〕。小說家
於此暗寓了唐人沈既濟的〈枕中記〉，以此典故鑲嵌在小說開頭處，映照《紅
樓夢》「人生如夢」的主題寓意。

廟裡老僧一如〈枕中記〉中的呂翁，扮演啟蒙師、智慧老人的角色，而
雨村則是迷而未悟的盧生。在老僧「既聾且昏，齒落舌鈍」的形容之旁，脂批
兩次點出「是翻過來的」〔註123〕，已說明老僧便是雨村所期待的智者。然而，
雨村雖曾略意識到廟裡或有方外高人，卻終究因「俗障太深」而無法有所體
認，更遑論受教開悟。〔註124〕此處二則關鍵批語，道出這段敘寫的另一用意：

　　欲寫冷子興，偏閑閑有許多着力語。

　　妾，滿府裡「冷眼選了半年」挑中鴛鴦、第五十六回平兒「冷眼」看出每月
　　頭油脂粉的支出有所重疊，隨後探春決定取消原有的買辦份例。同一回，探
　　春諸人經由「素昔冷眼」觀察，揀選出收拾料理大觀園的婆子。脂批中的「冷
　　眼」一詞，意義與文本相同。第二十一回寶玉用湘雲用過的水洗面，翠縷指
　　出其不改老毛病，批語即曰：「冷眼人自然了了」；第二十八回探春、惜春打
　　趣賈寶玉「無事忙」的家常情狀，脂批：「冷眼人傍點，一絲不漏」。——陳
　　慶浩編著：《新編石頭記脂硯齋評語輯校》，頁409、543。
〔註121〕「透過人物自己的眼睛，來看事物、來思想、來行動，是西方小說的一大轉
　　進。這樣一來，作者本人就在書中人物與讀者之間退隱了，讀者與人物馬上
　　親近起來，到了『無隔』的地步。我們發現曹雪芹亦善於利用『單一觀點』
　　（a point of view）的現代技巧。……有時還用上『旁觀』筆法。」——胡菊
　　人：《紅樓水滸與小說藝術》（香港：百葉書舍，1977年），頁62。
〔註122〕胡萬川：〈由智通寺一段裡的用典看《紅樓夢》〉，收入氏著：《真假虛實——
　　小說的藝術與現實》（臺北：大安出版社，2005年），頁303。
〔註123〕陳慶浩編著：《新編石頭記脂硯齋評語輯校》，頁43。
〔註124〕暗用〈枕中記〉典故，是作為整部大書的導引、提示。正因賈雨村未如盧生
　　領受呂翁啟示，方能繼續翻滾於紅塵，並見證「此一部偉大的紅樓興衰史」。
　　詳見胡萬川：〈由智通寺一段裡的用典看《紅樓夢》〉，頁301～310。

> 畢竟雨村還是俗眼，只能識得阿鳳寶玉黛玉等未覺之先，卻不識得
> 既證之後。〔註125〕

賈雨村熱衷於利祿功名，未能慧眼看穿龍鍾老僧「畸於人而侔於天」〔註126〕
的本真面目。後者的行動遲緩、口齒不清、耳目不靈，對照前者的耳聰目明，
便反襯出賈雨村大受侷限的一雙「俗眼」。〔註127〕而小說家將智通寺一段安
排在冷子興出場之先，實在鋪敘之外產生了烘托的效果。賈雨村對於仕途功
名之「熱」及其無能看穿表相的「俗眼」，正正與冷子興形成鮮明對照。隨後
對話中，雨村仍從宅院面積之寬大、樓閣之高峻、樹木之茂盛等外在形貌，
推論賈府仍舊繁榮興盛，於是惹來冷子興：「虧你是進士出身，原來不通」之
譏。相對地，目光清明的冷子興則能洞穿「百足之蟲，死而不僵」、「外面的架
子雖未甚倒，內囊卻也盡上來了」（第二回，頁45）的真相。凡此種種，可說
是藉由書寫賈雨村的「俗眼」，凸顯出了旁觀「冷眼」之優異處。

（二）以旁觀作為總帽

冷子興的「旁觀」之眼，在曹雪芹的書寫操作下具有重要的敘事功能。
如張新之所言，「是書名姓，無大無小，無巨無細，皆有寓意」〔註128〕，冷
子興雖僅出場兩回，所佔篇幅短小，然而其姓名寓意與其演說內容實緊相聯
繫。首先從「欲知目下興衰兆，須問傍觀冷眼人」觀之，冷子興的命名嵌入
了詩中兩個關鍵字「興」與「冷」，便已說明其作為小說家精心構設的「引
繩」〔註129〕人物，擔負旁觀賈府興衰並對讀者展開演述的任務。誠如文本
所述：

> 此回亦非正文本旨，只在冷子興一人，即俗謂「冷中出熱、無中生
> 有」也。其演說榮府一篇者，蓋因族大人多，若從作者筆下一一敘
> 出，盡一二回不能得明，則成何文字？故借用冷字一人，略出其大

〔註125〕陳慶浩編著：《新編石頭記脂硯齋評語輯校》，頁43、44。

〔註126〕王先謙註：《莊子集解・大宗師第六》（臺北：臺灣商務印書館，1967年），
頁43。

〔註127〕可以補充的是，賈雨村與甄士隱作為全書關鍵的第一組真假對照，後者有宿
慧、「秉性恬淡，不以功名為念」（第一回），乃至於最早微悟出世，強烈對
照出賈雨村的趨利從俗。

〔註128〕冷子興的命名方式也如張新之所言：「即此一事，而信手拈來。從無有隨口
雜湊者。」──〔清〕張新之：〈紅樓夢讀法〉──馮其庸纂校訂定，陳其
欣助纂：《八家評批紅樓夢》，頁75。

〔註129〕陳慶浩編著：《新編石頭記脂硯齋評語輯校》，頁44。

半，使閱者心中，已有一榮府隱隱在心。然後用黛玉、寶釵等兩三次皴染，則耀然於心中、眼中矣。（第二回，頁 37）

此段說明本回特以冷子興之眼、之口，作為「冷中出熱，無中生有」的敘事導引。《紅樓夢》宏篇巨構，人物眾多且「連絡有親」結成繁密網絡，借用冷子興先作一概括性的演說，確能使讀者初步掌握書中人物關係、故事背景，洪秋蕃業已看出：「冷子興演說榮國府，非冷子興說給賈雨村聽，乃作者說給讀者聽也」〔註130〕。必須注意的是，其之所以能夠冷眼旁觀進而述其底裡，乃是因為他非「榮府正人」，而是王夫人陪房周瑞的女婿。正因隔著不近不遠的距離，冷靜理智的觀看方成為可能。倘若距離過近、關係太親則不免有切身利害、情感牽纏，難免當局者迷；若距離太遠則失去旁觀的憑藉。從冷子興之外戚／旁觀者的設計，頗可見曹雪芹面面俱到、滴水不漏的文學構想。此人一番演說，接連引出王熙鳳、賈寶玉、林黛玉、元、迎、探、惜四春、賈母、賈璉等等重要人物，避免了「死板拮据」（第二回）的介紹筆墨，讀者則能獲得簡要認識，順利投入後續情節展演。本回回目雖作「冷子興演說榮國府」，然而細察其演說對象則不僅涵括榮、寧二府五代祖孫，更已涉及金陵王家、史侯家、巡鹽御使林如海家，乃至於江南甄家，由此可見旁觀視野涵蓋範圍之廣。

不僅如此，「傍觀冷眼人」的一番演說，更具有總括小說主題命意的作用，恰如回後總評所述：「冷子興之談，是事跡之總帽……冷暖世情，比比如畫」〔註131〕。著眼其姓其名，除了意指「冷」眼旁觀「興」衰事之外，更可說是透過冷／興的並置，呈現出冷／熱、衰／興的對照。因此，以其所見所述作為引繩，實已將世情冷／暖、人事興／衰的寓意包蘊其中，這便與全書「離合悲歡、炎涼世態、興衰際遇」的主題大要直接對應。張新之認為「《紅樓夢》借逕在《金瓶梅》……《金瓶梅》演冷熱，此書亦演冷熱」〔註132〕，便是指出兩部「世情書」同樣描繪「個人生命有限，世事變化無常」〔註133〕的主題，書寫呈現的是家庭日常、人情冷暖與世態炎涼。對照首回《好了歌註》，「陋

〔註130〕馮其庸纂校訂定，陳其欣助纂：《八家評批紅樓夢》，頁 54。

〔註131〕陳慶浩編著：《新編石頭記脂硯齋評語輯校》，頁 54。

〔註132〕〔清〕張新之：〈紅樓夢讀法〉，馮其庸纂校訂定，陳其欣助纂：《八家評批紅樓夢》，頁 74。

〔註133〕胡衍南：〈《金瓶梅》於《紅樓夢》之影響研究〉，《中國學術年刊》第二十八期（春季號，2006 年 3 月），頁 164～169。

室空堂，當年笏滿床；衰草枯楊，曾為歌舞場。……金滿箱，銀滿箱，展眼乞丐人皆謗」（頁20）等句，即是從一冷一熱、一盛一衰、一起一落、一富一貧的世情幻變中，托出此一主題。再參照張竹坡對《金瓶梅》的評點：「今日冷而明日熱，則今日真者假，而明日假者真矣。今日熱而明日冷，則今日之真者，悉為明日之假者矣。悲夫！本以嗜欲故，遂迷財色，因財色故，遂成冷熱，因冷熱故，遂亂真假。」〔註134〕則可見冷／熱作為全書其中一組二元補襯，也與真／假一般交替循環、互滲互補。有趣的是，冷子興乃是「都中在古董行中貿易的」（第二回，頁43）一名商人。此職業不僅為其見多識廣、瀟灑善言的特質，尋得合於情理的依據，更使得其一雙旁觀「冷眼」因著古董商的身分，而有了鑑別古物、辨識真假的能力〔註135〕。

　　前文曾述及賈雨村一雙「俗眼」，只知從事物表象臆斷賈府之興，不如冷子興能以旁觀「冷眼」看透其內裡底細。若從鑑識真／假的角度閱讀冷子興之語，榮耀興盛之況便為假，而沒落衰敗之兆才是真。至此，可見此二人有趣地呈顯一仕一商，一熱一冷，一假一真的對照。清代評點家王希廉認為冷子興演說一節是「喻寧榮二府極熱鬧後必歸冷落也」〔註136〕，確實如此。細察文本，冷子興的長篇演說以「如今的這榮國兩門也都蕭疏了，不比先時的光景」（頁44）為開端，便已宣告賈家之衰敗，此處批語：「可知書中之榮府已是末世了」〔註137〕，更醒目點明此意。其往下反駁雨村俗眼之見，則明眼戳破賈家：

> 雖說不及先年那樣興盛，較之平常仕宦之家，到底氣象不同。如今生齒日繁，事務日盛，主僕上下，安富尊榮者儘多，運籌謀畫者無一；其日用排場費用，又不能將就省儉，如今外面的架子雖未甚倒，內囊卻也盡上來了。這還是小事。更有一件大事：誰知這樣鐘鳴鼎食之家，翰墨詩書之族，如今的兒孫，竟一代不如一代了！（第二回，頁45）

冷子興正是以此衰敗之兆、朽落之因作為開場白，往下說解賈府世系家譜。

〔註134〕〔明〕蘭陵笑笑生著，張竹坡評：《第一奇書——竹坡本《金瓶梅》》（臺北：里仁，1981年）。

〔註135〕鄧雲鄉：〈古董行貿易〉，《紅樓風俗譚》（臺北：臺灣中華書局，1989年），頁387～393。

〔註136〕馮其庸纂校訂定，陳其欣助纂：《八家評批紅樓夢》，頁51。

〔註137〕陳慶浩編著：《新編石頭記脂硯齋評語輯校》，頁45。

而在其演說中，脂批一再點出：「作者之意原只寫末世。此已是賈府之末世了」〔註138〕，後述及賈敬燒丹練汞，又批曰：「亦是大族末世常有之事，嘆嘆！」〔註139〕關於賈家已處於末世這一點，王熙鳳「凡鳥偏從末世來，都知愛慕此生才」以及探春「才自精明志自高，生於末世運偏消」（第五回，頁141、142）的判詞，都是文本的直接例證。而警幻轉述寧、榮二公之囑：「吾家自國朝定鼎以來，功名奕世，富貴傳流，雖歷百年，奈運終數盡，不可挽回者。故遺之子孫雖多，竟無可以繼業」（頁144），除了同樣呈現「末世」之意，更與冷子興語中由盛而衰、由富而貧、無人繼業的狀況若合符節。本回回前詩云：「欲知目下興衰兆，須問傍觀冷眼人」，事實上賈府之「興」又何待贅言，其富貴顯赫實途人皆知，特設「傍觀冷眼人」作此演說，所欲傳達的核心應在於一「衰」字之上，「冷眼」之「大本領」〔註140〕正是能明察朽敗跡兆，見常人所不見。

綜上所述，可見曹雪芹對於「旁觀之眼」的深細用心。古董商冷子興因具有外戚身分而得佔據一恰適的位置，隔著亦遠亦近的距離觀看、演說賈府興衰人事。而其一雙不俗的「冷眼」，不僅為賈雨村及讀者作了人物關係的初步展示，更透過講述賈府祖孫事跡，進一步將世情冷暖、際遇興衰的全書主題涵括其中。再究其所言，則可知賈府已至末世。由此，曹雪芹於第二回設下的「旁觀冷眼」，誠然具有簡說人物關係樣態、總括全書主題命意、預述衰朽悲劇結局之大用。此回演說如一番「閑話」淡淡結束，所有故事往後陸續開展，既有熱鬧歡愉事，亦有冷落悲傷時，世情冷熱交織。然而無論如何，衰敗末世始終是其底裡真貌，即便一度臻及「烈火烹油、鮮花着錦之盛」（第十三回，頁331），終究是會收結在「到頭一夢，萬境歸空」（第一回）。由此，一如《紅樓夢曲》唱出「白茫茫大地真乾淨」的收尾、命運簿冊將眾女兒的悲劇終局和盤托出，「旁觀冷眼」所見所述，或同樣表現出「先預示結局，後演繹過程」的寫作筆法，悲劇底蘊早經明示，只待讀者展卷漸次領略。此之謂

〔註138〕陳慶浩編著：《新編石頭記脂硯齋評語輯校》，頁45。

〔註139〕陳慶浩編著：《新編石頭記脂硯齋評語輯校》，頁47。此外，第十三回與第十八回都有賈家已屆末世的批語：「此回可卿夢阿鳳，作者大有深意。惜已為末世，奈何奈何！」（頁240）、「又補出當日寧榮在世之事，所謂此是末世之時也。」（頁329）。

〔註140〕第二回，賈雨村讚賞冷子興是個「有作為大本領的人」（頁43）。

「迴風舞雪，倒峽逆波」〔註141〕的「反逆隱曲之筆」（第二回）。

二、陌生俊眼·多面細觀

借人物的眼睛觀看、講述，提供相關訊息、推動故事進展，原是傳統小說中習見的寫作手法。如李卓吾評《水滸傳》「從知客口裏鋪排出叢林中許多職事來」、「從酒家眼中口中寫出武松氣象」〔註142〕等等皆屬前例，《紅樓夢》自也尋常多有，毋庸贅述〔註143〕。然而無可置疑的是，此類限知視角的使用，卻在曹雪芹筆下獲得長足的發展、精彩的發揮，通貫全書的「通靈玉眼」是最顯豁的例子。而第二回重筆強調的「旁觀冷眼」，同時引介故事人物、交代家族背景、傳達主題寓意，以一名人物之觀看作為一部大書的「總帽」〔註144〕，足見其具備多重功能，已不僅是一般性的視角轉換而已。雖然此雙冷眼在第二回發揮「總帽」作用後便從此退隱，然而相似的「眼睛」卻一再重現於開卷數回，其表現既與旁觀冷眼有所呼應，亦因擁有者的不同而產生對照，本節便以「陌生俊眼」〔註145〕為題討論之。

〔註141〕針對智通寺一段，脂批：「未出寧榮繁華盛處，卻先寫一荒涼小境；未寫通部入世迷人，卻先寫一出世醒人。迴風舞雪，倒峽逆波，別小說中所無之法。」——陳慶浩編著：《新編石頭記脂硯齋評語輯校》，頁44。

〔註142〕更多例子，可參孫遜，孫菊園編：《中國古典小說美學資料匯粹》（臺北：大安出版社，1991年），頁253～258。另參考葉朗：《中國小說美學》（臺北：里仁書局，1987年），頁130～134。

〔註143〕略舉例如：前文曾提及通靈寶玉特從寶釵眼中觀看，從「金玉良姻」之對象眼中明其細節（第八回）；從賈母之眼評價寶釵「穩重和平」、以其疼惜眼光看待伶人（第二十二回）；描寫賈芸眼中的怡紅院、花襲人（第二十六回）；藉由賈璉心腹興兒之眼之口，講述賈府諸人：鳳姐「嘴甜心苦，兩面三刀，上頭一臉笑，腳下使絆子；明是一盆火，暗是一把刀」的性情為人，李紈「大菩薩」、迎春「二木頭」、探春「玫瑰花」、黛玉「多病西施」的外號皆由此而出（第六十五、六十六回）。關於借人物之眼觀看、講述之處，脂批多處明眼評出，詳見附錄「表格二」提及「眼中」、「目中」的批語。

〔註144〕除了前引「冷子興之談，是事跡之總帽」（頁54），第二回還有批語：「以百回之大文，先以此回作兩大筆以帽之，誠是大觀。世態人情盡盤旋於其間，而一絲不亂，非具龍象力者其孰能哉。」——陳慶浩編著：《新編石頭記脂硯齋評語輯校》，頁37。

〔註145〕第三回脂批：「以下寫寧（榮）國府第，總借黛玉一雙俊眼中傳來。非黛玉之眼，也不得如此細密週詳。」此處以「俊眼」形容黛玉的陌生之眼，筆者引為本節標題，闡述黛玉、劉姥姥、薛寶琴等人物的「陌生眼睛」及其敘事功能。——陳慶浩編著：《新編石頭記脂硯齋評語輯校》，頁60。

（一）村嫗眼光・見證興衰

第二回開頭處曾說：「蓋因族大人多，若從作者筆下一一敘出，盡一二回不能得明，則成何文字？⋯⋯未寫榮府正人，先寫外戚，是由遠及近、由小至大也」（第二回，頁37）。此段解說「旁觀冷眼」的安排，鋪敘冷子興的出場演說。值得注意的是，相類的自我陳述在第六回復現：

> 按榮府中一宅人合算起來，人口雖不多，從上至下也有三四百丁；雖事不多，一天也有一二十件，竟如亂麻一般，並無個頭緒可作綱領。正尋思從那一件事、自那一個人寫起方妙，恰好忽從千里之外，芥荳之微，小小一個人家，因與榮府略有些瓜葛，這日正往榮府中來，因此便就此一家說來，倒還是頭緒。（第六回，頁182）

此段敘述一如冷子興出場前奏，「與榮府略有些瓜葛」等說明同樣適用於冷子興。「千里之外，芥荳之微」的劉姥姥，因家境貧窘「冬事未辦」而想著向女婿祖上「連過宗」的金陵王家、自身親曾會過面的王夫人求援。小說家正是以此「小小一個人家」接在賈寶玉遊幻境之後，重新開啟小說敘述。而姥姥出發前所說：「果然有些好處，大家都有益；便是沒銀子來，我也到那公府侯門見一見世面，也不枉我一生。」（第六回，頁186）則不僅道出此次謀利、打抽豐的行為動機，更是從「見一見世面」一句，透出這個「庄家人」的重要敘事功能，關鍵即在「見」字之中。於此，小說家再次使用了第二回「由遠及近，由小至大」的筆法。先前是以冷子興「旁觀冷眼」作為全文「引繩」、「總帽」；這回則以劉姥姥「陌生之眼」作為寫作的「頭緒」、「綱領」，兩者雖與主要人物、場景距離遙遠，卻都以「芥荳之微」的小人物身分而承擔「觀看」之大任。

劉姥姥造訪榮府，各別出現在小說第六回、第三十九至四十二回、第一一三及一一九回，此之謂「劉姥姥三進榮國府」〔註146〕。劉姥姥入賈府的歷程或可稱為一場「視覺之旅」，以第六回的告貸之行作為開端，往下二進榮國府，歷覽大觀園，則是其視覺旅程的巔峰。小說如此描寫劉姥姥「一進榮國府」：

> 上了正房臺磯，小丫頭打起猩紅氈簾，才入堂屋，只聞一陣香撲了臉來，【是劉姥姥鼻中。】竟不辨是何氣味，身子如在雲端裡一般。

〔註146〕「借劉嫗寫阿鳳正傳，非泛文可知，且伏二進三進巧姐歸着。」——陳慶浩編著：《新編石頭記脂硯齋評語輯校》，頁138。

【是劉姥姥身子。】滿屋中之物都耀眼爭光的，使人頭懸目眩。【俱
從劉姥姥目中看出。】劉姥姥此時惟點頭咂嘴念佛而已。……劉姥
姥見平兒遍身綾羅，插金帶銀，花容玉貌的，【從劉姥姥心目中略一
寫，非平兒正傳。】便當是鳳姐兒了。（第六回，頁191）〔註147〕

此處所寫皆為村嫗鼻中、眼中的陌生感受，因「耀眼爭光」而「頭懸目眩」的
視覺衝擊等等描述，呈現其初訪富貴世家的嶄新體驗。而「遍身綾羅，插金
帶銀，花容玉貌」這般籠統而浮泛的形容，誠如脂批所言是出於「劉姥姥心
目中」，正因為鄉野村婦之眼無法細緻分辨賈府「通房大丫頭」與一般主子小
姐的頭飾穿著，方有以為平兒是鳳姐的誤會。小說此處凸顯出劉姥姥的身分
背景，也令讀者初見賈母口中的「美人胎子」（第四十四回）。

而後一串巨大陌生的聲響，又令劉姥姥的眼睛四處搜索：「忽見堂屋中柱
子上掛着一個匣子，底下又墜着一個秤砣般一物，卻不住的亂幌」（第六回，頁
192）。此一觀看及隨之而來的困惑，也係「從劉姥姥心目中設譬擬想」〔註148〕，
親貴豪門置有的西洋自鳴鐘，在尋常百姓眼中卻是新奇陌生〔註149〕，乃至於讓
劉姥姥感到驚駭。如此種種，都是從陌生的眼睛所見，寫出人物、場景。所謂
「蓬萊閬苑，天上人見之不奇，凡人見之則奇；高堂華廈，富貴人見之不奇，
貧人見之則奇」〔註150〕，經由劉姥姥的貧窮農人眼中所見，及其帶來的強烈衝
擊，更能對照、凸顯出榮國府的富貴排場。一如脂批所述：「一進榮府一回，曲
折頓挫，筆如游龍，且將豪華舉止令觀者已得大概」〔註151〕，讀者／觀者正是
透過劉嫗外來陌生之眼，得見榮府「豪華舉止」之大概。

曹雪芹深知「陌生眼睛」足以帶來嶄新的認識，更能回過頭詮釋視線發
出者的人物特質，因此可說是不厭其煩地重複採用此一筆法，賈府及大觀園
的內部細節由此逐步向讀者／觀者揭露。確如宋淇所指出：「大觀園先在第十
七回中由賈寶玉陪賈政題字著力描寫，在下一回省親時，從元春眼中略加描
補，然後再從第四十回起劉姥姥入園後從她眼中大加描寫。……大觀園是逐

〔註147〕【】中是脂批文字，後文不再說明。——陳慶浩編著：《新編石頭記脂硯齋
評語輯校》，頁148～149。
〔註148〕陳慶浩編著：《新編石頭記脂硯齋評語輯校》，頁149。
〔註149〕鄧雲鄉：〈掛鐘和打籮〉，《紅樓識小錄》（山西：人民出版社，1984年），頁
218～225。
〔註150〕《讀紅樓夢隨筆》，四川省圖書館特藏部藏。轉引自唐明文：〈《紅樓夢》的
視點〉，《紅樓夢學刊》（1986年第一輯），頁36。
〔註151〕陳慶浩編著：《新編石頭記脂硯齋評語輯校》，頁155。

漸透露的，猶如一幅長江萬里圖，一路捲開，一路呈現，並不能一覽而盡」〔註152〕。事實上，第十七至十八回賈政諸人遊覽題匾以及元妃歸省，皆體現出人物視角的書寫。園中山水走向、院落位置、花樹建築，藉由賈政、寶玉、諸清客眼中看出，既避免了全知視角下一一數算羅列的死板無趣，又能糅合人物情感、評價於其中。如賈政見稻香村而起歸農意、見蘅蕪苑則先覺「無味」後讚「有趣」、寶玉對稻香村「人力穿鑿扭捏而成」不以為然等等。而省親當夜則從「元春目中」〔註153〕觀看園子的豪華富麗，進而「默默嘆息奢華過費」。眾人據其所見而有所思、有所論，逐層豐富讀者對於大觀園設計佈置的認識，也補充說明觀看者的性情及態度。元春之看之嘆，則似呼應賈蓉所述「再一回省親，只怕就精窮了」及賈珍所說「外頭體面裡頭苦」（第五十三回），指向尊貴已極的背面，伏下衰敗之因。其時，新落成的園子對於人物或讀者而言都是陌生而未知的，因此讀者的閱讀／觀看便也同於人物的觀看，兩者共有相類的「陌生的視線」。

　　若說第十七至十八回側重的是大觀園整體景緻以及怡紅院等四處院落，至於他處則如賈政所言「不能細觀，也可稍覽」（第十七至十八回，頁441）地略略帶過；第四十及四十一回便是透過劉姥姥的陌生眼睛，帶同讀者，深細瀏覽了裝飾完備〔註154〕、印染人物生活氣息的居室內部。誠如商偉所述，劉姥姥「不僅僅是一個滑稽逗樂的小人物，也起到了推進和塑造小說敘述的作用。……她是小說內部的敘述者和觀察者之一。在有關她的場合中，小說迫使我們從她的角度來觀察、體驗榮國府和大觀園。」〔註155〕值得注意的是，劉姥姥之所以能夠深入榮國府、大觀園等女眷身處的內院居所，乃是基於作者所賦予的「三姑六婆」般的身分。此一身分使其具備穿街走巷的自由，更因而得以突破閨閣防線，藉著「陌生眼睛」為讀者作近身觀察。〔註156〕

〔註152〕宋淇：〈新紅學的發展方向〉，收錄於余英時‧周策縱等著：《曹雪芹與紅樓夢》（臺北：里仁書局，1985年），頁8。

〔註153〕陳慶浩編著：《新編石頭記脂硯齋評語輯校》，頁334。

〔註154〕第十七至十八回，大觀園甫落成，從賈政話中可知院落房宇中雖「几案桌椅都算有了」，但合式配就的「帳幔簾子並陳設玩器古董」（頁432）則尚未齊備。

〔註155〕商偉撰，駱耀軍譯：〈假作真時真亦假：《紅樓夢》與清代宮廷的視覺文化〉，《文學研究》2018年第4卷01期，頁123。

〔註156〕關於《紅樓夢》中的「三姑六婆」、劉姥姥作為「說故事的人」以及「博覽觀眾」的特質，詳見汪順平：《女子有行：《紅樓夢》的閨閣、遊歷敘事與「海上」新意涵》，頁136～155。

小說第三十九回，劉姥姥與板兒「二進榮國府」。此行是欲以田地現擷的瓜果菜蔬作為贈禮，以報答上回贈銀救急之恩，知恩圖報的行為足見其深明人情事理。而因著機緣湊巧「合了賈母的心」（頁965），劉姥姥便在榮府住了兩三日，更隨著賈母遊園把「古往今來沒見過的」（第四十二回，頁1027）咸皆覽遍。

於此，讀者之眼與劉姥姥之眼疊合，不僅得見綴錦閣「五彩炫耀」的各色藏品、在沁芳亭上眺覽「比那畫兒還強十倍」的園子全景，更將瀟湘館、秋爽齋、蘅蕪苑、櫳翠庵、怡紅院、稻香村的內室陳設一一盡收眼底。其中，劉姥姥酒醉誤闖怡紅院，受立體通景畫誆騙而頭撞板壁、誤解玻璃鏡中人為親家母的戲劇性遭遇，可說是其視覺旅程的奇幻巔峰。如此描寫延續其一進榮國府看見西洋掛鐘的經驗，正可見小說家善用村嫗的陌生眼睛，呈現出富貴人家特有的用物裝飾。誠如學者所論：「她的目光帶來了一種陌生感和驚奇感，讓我們從陌生人的視角，重新打量這個自以為熟悉的園子」〔註157〕。對大觀園內的居住者而言，許多風物、擺設都屬日常習見，唯有藉由劉姥姥陌生眼睛的闖入，方能從其「覷着眼看個不了」（第四十回，頁980）的新奇經驗中，全面展現呼應金釵性格的室內佈置，以及包括花溆蘿港、荇葉渚在內的種種生活場景。此外，從劉姥姥計算螃蟹宴價格，驚嘆：「阿彌陀佛！這一頓的錢穀我們庄家人過一年了。」（第三十九回，頁961），及其所見所食的茄鯗、「一兩銀子一個」的鴿子蛋、「去了金的，又是銀的」筷子等等描寫，則從外人的眼睛呈顯賈府之奢靡日常。

至此，可見作者安排劉姥姥兩回進入榮國府，以一雙「陌生之眼」穿梭其中，具有觀看與傳達小說訊息的敘事作用。而正如脂批所述「略有些瓜葛，是數十回後之正脈也。眞千里伏線。」〔註158〕，以及第五回巧姐判詞「勢敗休云貴，家亡莫論親。偶因濟劉氏，巧得遇恩人」（第五回，頁142）所預言，劉姥姥確在賈府抄家敗落後再度來訪，從「狠舅奸兄」手中救出巧姐。將劉姥姥的三次來訪並置而觀，可見其親身見證了賈府由興而衰的變化，整體而言恰如學者之論：「劉姥姥的三進三出，維繫著賈府的興衰變幻，讀者

〔註157〕 商偉對於劉姥姥所開啟的《紅樓夢》中視覺呈現的新階段，有詳細闡述，參見商偉撰，駱耀軍譯：〈假作真時真亦假：《紅樓夢》與清代宮廷的視覺文化〉，《文學研究》2018年第4卷01期，頁123～128。
〔註158〕 陳慶浩編著：《新編石頭記脂硯齋評語輯校》，頁140。

從姥姥的眼中可以更加清楚的看到榮寧二府的真實面貌及由盛轉衰的演變過程」〔註 159〕。關於見證興衰這一點，劉姥姥的陌生眼睛，又與冷子興的「旁觀冷眼」相映成趣。後者外在於賈府，自遠處觀看而有興衰之談、末世之見；前者則「若有若無」地交錯穿插於文本之中〔註 160〕，先後三次潛入賈府之內，進／近一步發揮「眼看他起朱樓，眼看他宴賓客，眼看他樓塌了」〔註 161〕的見證功能。

（二）黛玉眼力・識見對照

值得注意的是，小說在第三回亦曾出現一雙陌生的眼睛，而其擁有者則是系出「鐘鼎之家，書香之族」的林黛玉。因賈母疼惜外孫女年幼多病，「上無親母教養，下無姊妹兄弟扶持」（第三回，頁 69），黛玉於是在父親勸導下，灑淚拋父，離開揚州入都依傍賈家。因此，林黛玉初到京城、初入賈府時，便短暫地表現了「陌生之眼」的觀看。而劉姥姥以一介「村野人」（第三十九回）而得入公侯富貴之家觀覽遊歷，因著身份背景、見聞閱歷、性格特質的不同，此二雙陌生之眼所見，便也有所差異。首先，黛玉棄舟登岸後，作家便從其雙眼寫出「繁華阜盛」的街市景況，而黛玉「自與別處不同」的淡漠態度，則似可見出世家小姐對於繁盛城市的司空見慣。往下則分別是黛玉、劉姥姥初至榮府一節：

> （黛玉）忽見街北蹲著兩個大石獅子，三間獸頭大門，門前列坐著十來個華冠麗服之人。正門卻不開，只有東西兩角門有人出入。正門之上有一匾，匾上大書「敕造寧國府」五個大字。黛玉想道：「這必是外祖之長房了。」想著，又往西行，不多遠，照樣也是三間大門，方是榮國府了。（第三回，頁 70～71）

> （劉姥姥）來至榮府大門石獅子前，只見簇簇的轎馬，劉姥姥便不

〔註 159〕 肖玲玲：〈劉姥姥：《紅樓夢》中的獨特視角〉，《涪陵師範學院學報》第 23 卷第 3 期（2007 年 5 月），頁 80。

〔註 160〕 「劉老老為歸結巧姐之人，其人在若有若無之間。蓋全書既假託村言，必須有村嫗貫串其中，故發端結局皆用此人，所以名劉老老者，若云家運衰落，平日之愛子嬌妻，美婢歌童，以及親朋族黨，幕賓門客，豪奴健僕，無不雲散風流，惟剩者老嫗收拾殘棋敗局，滄海桑田，言之鼻酸，聞者寒心。」──〔清〕王希廉：〈紅樓夢總評〉──馮其庸纂校訂定，陳其欣助纂：《八家評批紅樓夢》，頁 3。

〔註 161〕 〔清〕孔尚任：《桃花扇傳奇》。

敢過去，且撢了撢衣服，又教了板兒幾句話，然後蹭到角門前，只
見幾個挺胸疊肚指手畫腳的人，坐在大板凳上，說東談西呢。（第六
回，頁186）。

無論是黛玉的「忽見」或劉姥姥的「只見」，皆清楚說明往下所寫皆是人物眼
中所見物事。與黛玉所見相對照，劉姥姥見「簇簇轎馬」而「不敢過去」，一
則顯出其告貸的忐忑心情，二則或呈現出村嫗對於城市景象的陌生與震懾。
有趣的是，同樣是賈府門前，黛玉看見的是「華冠麗服之人」，劉姥姥卻看見
「挺胸疊肚指手畫腳的人」，似乎對應出觀看者的身分，而後者對於劉姥姥的
不揪不睬，更顯出侯門奴僕的「富貴眼睛」、「體面眼」〔註162〕。脂批在此說
明「世家奴僕，個個皆然，形容逼真」〔註163〕，而正是藉由村嫗劉姥姥的體
驗、觀看，才能夠逼真描繪奴僕的勢利態度，此黛玉之身份地位，此等面貌
斷乎不能在其眼前呈現。

　　相較於第六回的粗略一寫，黛玉的視線則引領讀者首次看見寧、榮二府
的門面樣式、方向座落，而特寫其觀看匾上「敕造寧國府」大字，已然凸顯林
黛玉與劉姥姥在社會位階、知識涵養上的差異。前述第三回引文之後，有批
語：「以下寫寧（榮）國府第，總借黛玉一雙俊眼中傳來。非黛玉之眼，也不
得如此細密週詳。」〔註164〕此語點出了「誰看」與「看見什麼」之間的連結，
呼應約翰‧伯格（John Berger）：「我們的知識和信仰會影響我們觀看事物的方
式」〔註165〕之說。由此，面對同樣的事物、場景，不識字的劉姥姥便不曾留
心門上牌匾，鄉村老嫗亦不如出自詩禮之家的林黛玉，能夠注意到「正門卻
不開，只有東西兩角門有人出入」的制度規矩。其後，讀者正是透過黛玉之
眼，看見「榮禧堂」、「座上珠璣昭日月，堂前黼黻煥煙霞」（第三回，頁79）
等等匾額對聯。而向諸人行禮請安的過程中，更將榮國府房屋院宇之形制以

〔註162〕二詞指涉富貴人家的勢利眼。第八回，宦囊羞澀的秦業為了讓秦鐘順利入賈
　　　　家家塾就學，勉強湊齊二十四兩作為贄見禮，其心內便想：「那賈家上上下
　　　　下都是一雙富貴眼睛，容易拿不出來」（頁249）。第七十一回，賈母心細體
　　　　貼，特意囑咐僕人善待留宿的族中孫女（喜鸞、四姐兒），只因深知「僭們
　　　　家的男男女女都是『一個富貴心，兩隻體面眼』，未必把他兩個放在眼裡」
　　　　（頁1719）。
〔註163〕陳慶浩編著：《新編石頭記脂硯齋評語輯校》，頁144。另有「又為侯門三等
　　　　豪奴寫照」之批。
〔註164〕陳慶浩編著：《新編石頭記脂硯齋評語輯校》，頁60。
〔註165〕〔英〕約翰‧伯格（John Berger）著；吳莉君譯：《觀看的方式》，頁11。

及賈家種種「家常禮數」、「階級座次」〔註166〕向讀者和盤托出。

這一回描寫黛玉陌生眼光的注視,使讀者認識到「黛玉之心機眼力」〔註167〕。迎、探、惜三春的身材臉面、王熙鳳「彩繡輝煌」的打扮、「丹鳳三角眼,柳葉掉稍眉」與「粉面含春威不露」的眉目神態、賈寶玉的兩番裝束與「天然一段風騷,全在眉稍;平生萬種情思,細堆眼角」(第三回,頁85)等等外貌身段,全是出自林黛玉之眼。所見的既是外在形象,更已觸及人物的性格特點,深刻表現出黛玉之「心到眼到」〔註168〕。與此同時,小說重要人物的肖像寫照亦已完成,讀者由此初見其相貌與人格。而黛玉「心較比干多一竅」(第三回,頁86)的細膩敏感,「步步留心,時時在意,不肯輕易多說一句話,多行一步路,惟恐被人恥笑了他去」(頁71)的客寄心緒,也從此回所寫的「觀看」經驗中,清晰呈露。可以補充的是,第五十三回描述「寧國府除夕祭宗祠」,也特寫新到賈府的薛寶琴之眼「細細留神打諒」(頁1294)。讀者便循著寶琴陌生而好奇的目光,看見寧府賈氏宗祠「五間大門」的尊貴格局、御筆所書的匾聯、列祖遺像乃至於「左昭右穆,男東女西」的次第排位、「三跪九叩首大禮」〔註169〕等等祭祖排場與流程。〔註170〕如同安排黛玉細看匾聯、座次、禮節,小說家再次借由「本性聰敏,自幼讀書識字」(第四十九回,頁1183)的貴族小姐之眼,細寫建築格局、禮儀典制。而寶琴並非賈門親戚卻能入祠與祭,這次的觀看經驗正正凸顯賈母極致的寵愛,及其作為王夫人乾女兒的特殊身分。

周汝昌曾讚賞曹雪芹「多角度」的寫作筆法,認為小說以不同的角度、不同的距離、不同的局部、不同的特寫鏡頭展開描寫,更經常藉由他人眼中、心中、口中表現出人物、場景、故事,一如電影拍攝手法般角度多變、細膩入

〔註166〕 「此不過略敘榮府家常之禮數,特使黛玉一識階級座次耳,餘則繁。」——
陳慶浩編著:《新編石頭記脂硯齋評語輯校》,頁74。

〔註167〕 陳慶浩編著:《新編石頭記脂硯齋評語輯校》,頁71。

〔註168〕 「寫黛玉心到眼到,儉夫但云為賈府敘坐位,豈不可笑。」——陳慶浩編著:
《新編石頭記脂硯齋評語輯校》,頁75。

〔註169〕 鄧雲鄉:〈生活禮節〉,《紅樓風俗譚》,頁71~80。

〔註170〕 第五十三回回前總批:「作者偏就寶琴眼中欣欣敘來,首敘院宇匾對,次敘
抱廈匾對,後敘正堂匾對,字字古艷。檻以外檻以內是男女分界處,儀門以
外儀門以內是主僕分界處,獻帛獻爵擇其人,應昭應穆從其譚,是一篇絕大
典制文字。最高妙是神主『看不真切』一句……」陳慶浩編著:《新編石頭
記脂硯齋評語輯校》,頁647。

微。〔註171〕綜上所述,小說家特設於文本各處的「陌生眼睛」,正正表現出周氏所言多角度、多面向的寫作筆法。讀者借助人物陌生的觀看,逐步領略賈府全貌、認識人物整體。而透過各人的觀看經驗,又可讀出觀看者的性情人格。以劉姥姥、林黛玉、薛寶琴的陌生之眼互作對照,則清晰可見人物所見所思皆合乎其身分背景、人物設定,曹雪芹「近情近理」〔註172〕之文學構想搭配,可見一斑。誠如米克·巴爾(Mieke Bal)之論:

> 知識引導和塗抹著凝視的目光,由此使對象的某些方面成為可見的,而使其他方面成為不可見的。而且還有另一個方面,可視性不是被看的對象的特徵,它也是一種選擇的實踐,甚至是一種選擇的策略,這一選擇決定了其他方面甚至對象處於不可見狀態。〔註173〕

小說家以村嫗的鄉屯俚俗之眼凸顯賈府的富貴豪奢,以知書識禮的貴族之眼細描世家的禮儀規制,顯見其充分把握上述觀看原則。從小說敘事的角度而言,兩者並無上下優劣之分,相異的目光無疑是從不同面向,一再豐富讀者對於觀看者及其觀看對象的認識。若從修辭策略觀之,第二回冷子興之演述經由「旁觀冷眼」先看後說,仍屬於「講述」(telling)型敘述〔註174〕,讀者仍由人物之口間接獲知訊息,所得為背景概要。本節所論的「陌生俊眼」顯然大為不同,無論是劉姥姥或林黛玉,皆是身處現場、當下觀看,以直接的「展示」(showing)為讀者帶來細緻的府中場景、閨閣情境。而劉姥姥三進榮國府,觀看賈府人事,遍覽大宅園林,見證侯門興衰,更可見其擔負「小說內部的敘述者和觀察者」之重責大任。陌生眼睛具備重要的敘事作用,以脂批稱許黛玉的「俊眼」一詞概括之,應不為過。

三、窺視玉眼・情視情悟

曹雪芹的《石頭記》以青埂頑石敘述,通靈玉眼觀看,由石幻化之玉掛在賈寶玉的頸項,無時無刻不在執行著觀看記錄的任務。而玉眼全程靜默無

〔註171〕周汝昌:〈一架高性能的攝像機〉,頁27~28。

〔註172〕陳慶浩編著:《新編石頭記脂硯齋評語輯校》,頁301。

〔註173〕〔荷〕米克·巴爾(Mieke Bal)著;吳瓊譯:〈視覺本質主義與視覺文化的對象〉,收入吳瓊編:《視覺文化的奇觀》(北京:中國人民大學出版社,2005年),頁137。

〔註174〕關於「講述」與「展示」的修辭策略,參考〔美〕韋恩·布斯(Wayne C. Booth)著,華明、胡曉蘇、周憲譯:《小說修辭學》(北京:北京聯合出版,2017年05月),頁3~19。

聲的觀看，被看者則自始至終毫無知覺，此一全書最主要的觀看，實實具有
窺視特質。誠如康來新所言：

> 蓋石頭所記乃得之於青埂頑石幻化為通靈寶玉、隨身體貼主人寶玉
> 之所見，在操作上豈不形同「偷窺」性質的視覺設備嗎？紅學家蔡
> 義江就以「微型自動攝影機」來形容通靈寶玉幾近「第一人稱」的
> 敘事觀點。〔註175〕

此一通靈玉眼所煥發的窺視特質，可說是流動於文本之中，小說字裡行間經
常可見人物窺視的描寫。有趣的是，賈寶玉作為通靈寶玉的攜帶者、擁有者，
其觀看的方式最是體現此一特質。由此，標題所稱「玉眼」指涉的既是賈寶
玉之眼，亦涵括書中其他人物之窺視。本節據此討論小說中的窺視書寫，探
論其在敘事發展、人物形塑等方面的功用。

（一）窺視與潛聽之用

　　小說中窺視與潛聽的行為經常同時發生，兩者皆有不為窺聽對象知曉、
獲悉密事或隱私的特質，且在敘事上具備相同功能，因此本節並置討論之。
《紅樓夢》作為一部描寫家庭日常、閨閣瑣事的世情小說，故事發生與人物
活動的場景皆在內院屋房、私宅庭園當中，據學者所言：

> 庭園中的門、徑、屏、階、牆、石、山、亭、樓、台、榭等將庭園
> 空間分隔成一個個小的空間單元，它們在花草樹木的映襯和圍繞
> 下，形成相對獨立而又彼此相連屬的景緻佈局。作者就是在這種又
> 隔又連、圍而不隔、隔而不斷的空間中敘寫小說情節……〔註176〕

由此可見，作為小說主要場景的賈府以及大觀園，雖與外界的街市坊巷隔絕，
然而其內在空間佈局卻具有「又隔又連、隔而不斷」的半透明、半開放特質。
不僅如此，傳統建築多為木造結構，設以通風、採光的窗戶又常以紗或紙糊
裱〔註177〕，其在視覺與聽覺上的通透性，無疑為窺聽者帶來便利。而賈府「上
上下下，幾百女孩子」（第五回）乃至於「家裡上千的人」（第五十二回）日夜
行走活動於其中，在「人多眼雜」（第七十七回）的情況下多有窺視與潛聽之

〔註175〕康來新：〈身體的發與變：從《肉蒲團》、〈夏宜樓〉到《紅樓夢》的偷窺意
　　　　涵〉，《中國文哲研究通訊》17卷3期（2007年09月），頁166。
〔註176〕葛永海、張莉：〈明清小說庭園敘事的空間解讀——以《金瓶梅》與《紅樓
　　　　夢》為中心〉，《明清小說研究》2017年第2期，頁37。
〔註177〕詳參駱潔芳：〈《紅樓夢》中的窗意象〉，《紅樓夢學刊》2008年第四輯，頁
　　　　281～290。

事，確屬平常。〔註178〕第七回，周瑞家的送宮花，「穿夾道從李紈後窗下過，隔着玻璃窗戶，見李紈在炕上歪着睡覺」（頁213），便可見窺視的發生是如此尋常，而此處不經意的窺看，則「順筆便墨，閒三帶四」〔註179〕地寫出了小說人物。往下，周瑞家的在鳳姐院中隔屋聽見賈璉笑語聲，在在顯示缺乏隱私的居室設計。此外，第二十回鳳姐僅從窗外過，便清楚聽見趙姨娘惡言責備賈環，因而「隔窗」訓斥了一番，此例亦可見牆與窗雖然隔開室內戶外，卻又如透明般互通聲氣，不全然封閉。

關於這一點，「四面俱是遊廊曲橋，蓋造在池中水上，四面雕鏤槅子糊着紙」的滴翠亭更是一經典之例，而作者正是在此處安排了寶釵潛聽的情節。寶釵為撲蝶而「躡手躡腳」走到滴翠亭，因「在亭外聽見說話，便煞住腳往裡細聽」（第二十七回，頁701），由此聽見墜兒與紅玉議論傳遞帕子之私事，寶釵隨後一計「金蟬脫殼」，則如脂批所言顯出「閨中弱女機變如此之便、如此之急」〔註180〕。此處潛聽及其後的反應，表現出薛寶釵的應變機靈，卻也因急口謅出「黛玉在這裡弄水兒」等語，而招來後世論者嫁禍與否的辯論。此一薛寶釵人物論中聚訟紛紜的論題，竟也是源自一次窺聽。由此可見，人物窺聽的書寫不僅可從窺聽者眼中、耳中，為讀者帶來認知；更是從窺聽者的思想、行動中，豐富其自身的人物塑造。且看小說第七十五回：

> 尤氏笑道：「成日家我要偷着瞧瞧他們，也沒得便。今兒倒巧，就順便打他們窗戶跟前走過去。」眾媳婦答應着，提燈引路，又有一個先去悄悄的知會伏侍的小廝們不要失驚打怪。於是尤氏一行人悄悄的來至窗下，只聽裡面稱三讚四，耍笑之音雖多，又兼有恨五罵六，忿怨之聲亦不少。（第七十五回，頁1806～1807）

此段是尤氏「潛至窗外偷看」（頁1808）之前的敘述，由此可知，此回所寫的窺視與潛聽，屬於人物有意為之的舉動。此時賈珍居父喪，卻因感無聊而以習射為由掩人耳目，邀請薛蟠、邢德全等紈絝子弟前來聚賭吃酒，甚至狎玩孌童。尤氏的窺聽，便讓讀者得窺世家子弟腐敗墮落的一面，且聯同次日的

〔註178〕學者以一百二十回程高本作統計，發現小說中「窺聽」書寫多達五十四例，各別分佈於五十四回，散落在第七回至第一一九回之間。詳見史小軍，王舒欣：〈《金瓶梅》與《紅樓夢》窺聽敘事比較論〉，《暨南學報（哲學社會科學版）》總第250期（2019年11月），頁13～26。

〔註179〕陳慶浩編著：《新編石頭記脂硯齋評語輯校》，頁166。

〔註180〕陳慶浩編著：《新編石頭記脂硯齋評語輯校》，頁520。

「開夜宴異兆發悲音」，更似乎以祠堂傳來的長嘆之聲，共通表達賈府子孫的沈淪不堪，隱伏他日之衰敗。

此處窺聽書寫的多樣功能，還在於表現出尤氏「鋸了嘴子的葫蘆，就只會一味瞎小心圖賢良的名兒」（第六十八回，頁 1653）之個性。尤氏曾在承辦鳳姐生日時，表現過慈厚與能幹的一面；而在「獨艷理親喪」一節的妥當處理，也曾獲賈珍「讚稱不絕」（第六十三回）。脂批便說：「尤氏亦能干事矣，惜不能勸夫治家，惜哉痛哉。」〔註181〕而從此回若無其事的窺聽，正可以見其「不能勸夫治家」的一面。事實上，尤氏知曉此事已有「三四月的光景」，此次窺看的動機卻僅為滿足好奇心，對於賈珍的荒唐悖禮竟毫不在意，可知其一貫庸懦。再看其窺聽後與丫嬛輕鬆笑談的反應，此次窺聽鮮明凸顯其「畏事不肯多言」（第七十五回，探春評價）以及「不能諫夫治家」〔註182〕的性格行止。

同樣從窺聽見其個性者，還有「繡鴛鴦夢兆絳芸軒」一回。襲人獲王夫人器重，正式享有姨娘兼大丫頭的月例，黛玉與湘雲因而相約至怡紅院道喜。此處描寫黛玉「來至窗外，隔着紗窗往裡一看」，窺見寶玉隨便睡在床上，而寶釵則在身旁做針線。見此景象，黛玉「連忙把身子一藏，手握着嘴不敢笑出來」，而湘雲過來看見以後本也要笑，只是「忽然想起寶釵素日待他厚道，便忙掩住口。知道林黛玉不讓人，怕她言語之中取笑」（第三十六回，頁886），便將黛玉帶離現場。屋內寶釵的低頭專注、黛玉的藏身忍笑、湘雲見黛玉招手而也來看覷等描寫，都使此一窺視插曲富有生活趣味。而湘雲因感念寶釵厚誼而「不肯笑」，且因怕黛玉取笑而將其引開的舉動，或又對照出黛玉「嘴裡又愛刻薄人」（第二十七回，頁 703）、「見一個打趣一個」（第二十回，頁544）的性情。

不僅如此，《紅樓夢》中的窺聽描寫也推動敘事發展，更時而扮演導引、銜接敘事的樞紐角色，具有結構意義。小說第九回描寫家塾中不堪情境，素來「雖有情意，只未發跡」的秦鐘與香憐，這日互遞暗號，「假粧出小恭，走至後院說梯己話」。殊不知二人情景早被另一附學就讀的外戚——金榮看在眼裡，於是尾隨窺聽二人行徑對話。其後則刻意咳嗽示警，立心不良地以「我可也拿住了，還賴什麼！先得讓我抽個頭兒，偺們一聲兒不言語，不然大家

〔註181〕陳慶浩編著：《新編石頭記脂硯齋評語輯校》，頁 613。
〔註182〕陳慶浩編著：《新編石頭記脂硯齋評語輯校》，頁 614。

就奮起來。」威脅二人，見其羞怒，更謗言譏刺二人有情色之行：「貼的好燒餅！你們都不買一個吃去？」（頁263）此回「起嫌疑頑童鬧學堂」的風波便由此而起，並且勾連出賈瑞「圖便宜沒行止」的個性、賈薔的聰明心機、茗烟的仗勢狂縱、賈菌的年幼淘氣等等性情樣態，向來結下的人情糾葛集中爆發。由此，回看金榮的尾隨窺聽，實就是引爆衝突的樞紐所在，可見窺聽書寫的結構作用。原來平靜的敘述，加入窺視與潛聽的書寫，便如石子投入水中，能使故事陡生波瀾，甚至「接二連三，牽五掛四」（第一回）地引發連串事件。

小說第三十二回，賈寶玉在湘雲、襲人面前「一片私心稱揚」黛玉，此處描寫凸顯寶釵、湘雲在仕途經濟之事上與寶玉理念分歧，而「林妹妹不說這樣混帳話，若說這話，我也和他生分了」（頁814）一句，則相對顯示寶、黛的知心相契。而此番「親熱厚密，不避嫌疑」的話，作者便特寫林黛玉在外窺聽，令讀者從黛玉「又喜又驚，又悲又嘆」的心理感受中，領略寶玉之語所隱含的重量。從這一窺聽書寫，已足見黛玉之細膩善感，其自承「我最是個多心的人」（第四十五回，頁1101）也可由此看出，而「絳珠仙子」的心當然皆掛牽在賈寶玉處。黛玉本為金麒麟之事怔忡不安，特來怡紅院「見機行事」，如今偶聽見這番「知己之論」，便又在淚中「抽身回去了」。而此時，寶玉卻因出門會賈雨村而瞧見黛玉緩步的背影，「訴肺腑心迷活寶玉」的驚人告白，由此而生。從襲人聽見後深覺「可驚可畏」擔憂「將來難免不才之事」，又「心下暗度如何處治方免此醜禍」（頁817）而觀，黛玉的無意窺聽，隱然是發生寶玉剖白與襲人籌思，不可或缺的一段描寫。而後寶玉遭打，襲人與王夫人的談話，或可歸為此事餘波。

而在後頭，更有一因窺聽而引發連環效應的例子。趙姨娘為了留住彩霞在賈環身邊，夜裡與賈政討論納妾之事。因賈政說「再等一二年」方給寶玉、賈環納妾，趙姨娘便趁勢道出：

> 「寶玉已有了二年了，老爺還不知道？」賈政聽了，忙問道：「誰給的？」趙姨娘方欲說話，只聽外面一聲響，不知何物，大家吃了一驚不小。要知端的，且聽下回分解。（第七十二回，頁1744）

此回結束於此，第七十三回開頭說明「原來是外間窗屜不曾扣好，塌了屜成了吊下來」（頁1749），趙姨娘帶領丫嬛上好後，便入內安歇。而小說緊接下來便將場景轉至怡紅院，此時丫嬛也正要各散安歇，趙姨娘房內丫嬛小鵲徑直走入寶玉房中，留下一句話即離開：「我來告訴你一個信兒。方才我們奶奶

這般如此在老爺前說了你。仔細明兒老爺問你話。」（頁1749）由此回看窗屜、搭扣塌下的描寫，或即暗示了小鵲的窺聽行為。為著窺聽而來的一句話，寶玉頓時「四肢五內皆不自在起來」，馬上起床理書，一房丫嬛皆無法入睡。此時，金星玻璃看見有人從牆上跳下，寶玉接受晴雯提議，遂以受驚嚇生病為由，逃避賈政的質詢。如此一來便鬧得不可開交，眾僕從著忙找人、搜查，管家拷問內外上夜男女，「園內燈籠火把，直鬧了一夜」（頁1752）。因著這一番鬧亂，賈母狠辦了園中聚賭開局之人，眾人見賈母生氣「不敢各散回家」，邢夫人便入園散心，隨後即撞見傻大姐、撿得繡春囊，「抄檢大觀園」已然埋伏待發。由此回看此段未經明寫的窺聽，實在具有引生故事的結構作用。丫嬛的一次窺聽、傳話，使原來無事的怡紅院陷入混亂，更因而催生出後續事件，環環相扣導向大觀園的抄檢，窺聽書寫作為「無中生有」、牽引敘事的寫作策略，可見一斑。

（二）情視與情悟之窺

　　眾學者討論《紅樓夢》的窺視與潛聽書寫時，經常將其與《金瓶梅》並置比較，後者被稱作一部「充滿偷窺樂趣的小說」〔註183〕。根據黃衛總（Martin W. Huang）的論述，相較於《三國演義》的朝堂和戰場、《水滸傳》及《西遊記》的道路與戰場，《金瓶梅》則聚焦於臥房／閨房與花園，在其之前「沒有一部中國長篇小說展現了對於私人生活的如此濃厚的興趣。在這部充滿被舐破的窗紙、關閉的門與放下的門簾的意象的小說中，人們忙於竊聽與偷窺他人的秘密」〔註184〕。所述闡明由公眾空間轉入私人空間的發展軌跡，而同為描寫家庭日常生活的《紅樓夢》更是繼《金瓶梅》而後起的佼佼者。《金瓶梅》中滿佈的窺聽書寫，一般也有著編織情節、刻畫人物，豐富形象、強化小說戲劇性的敘事功用〔註185〕。一如學者的概括，此書的窺聽書寫固然凸顯出西

〔註183〕田曉菲：《秋水堂論金瓶梅‧第十三回》（天津：天津人民出版社，2014年），頁45。清代評點家張竹坡已明眼看出「《金瓶》有節節露破綻處。如窗內淫聲，和尚偏聽見；私琴童，雪娥偏知道；而裙帶葫蘆，更屬險事。牆頭密約，金蓮偏看見；惠蓮偷期，金蓮偏撞著。……總之，用險筆寫人情之可畏，而尤妙在既已露破，乃一語即解，統不費力累贅。此所以為化筆也。」──〈金瓶梅讀法〉，《第一奇書──竹坡本《金瓶梅》》（臺北：里仁，1981年）。

〔註184〕〔美〕黃衛總（Martin W. Huang）著；張蘊爽譯：《中華帝國晚期的欲望與小說敘述》（南京：江蘇人民出版社，2010年），頁49～50、76。

〔註185〕史小軍：〈論《金瓶梅》中的偷窺與竊聽〉，收入陳益源主編：《臺灣金瓶梅國際學術研討會論文集》（臺北：里仁，2013年），頁157。

門家內外的「人情之險」，卻也多有「色情之趣」〔註186〕的表現，既有諷世之意也不能逃開滿足「窺淫癖」之誚。究其原因，實與其「全方位暴露社會的混亂和人性的醜惡」之主旨趣味相關。而從前一節所論《紅樓夢》的窺視、潛聽書寫，已然呈現兩部文本之互別苗頭。

事實上，古典文獻中不乏「窺視」的記載，且常與「非禮勿視，非禮勿聽」〔註187〕的道德約束有所聯繫。如《禮記》中便有「不窺密，不旁狎，不道舊故，不戲色。」〔註188〕的明白訓示；《孟子》更記述「鑽穴隙相窺，踰牆相從，則父母國人皆賤之」〔註189〕。由此可見「窺視」行為總是沾染違反禮教、不道德的意味，因其私密性質，與男女相涉即含有欲望的成分。〔註190〕《紅樓夢》第一回說明：「至若佳人才子等書，則又千部共出一套，且其中終不能不涉於淫濫，以致滿紙潘安、子建、西子、文君……」（第一回，頁5），並強調其與才子佳人小說之「自相矛盾、大不近情理」全然不同。有趣的是，其中「文君」與司馬相如的故事，實也是一著名的「窺視」文本，其正是起於「文君竊從戶窺之，心悅而好之」進而有「文君夜亡奔相如」〔註191〕的結果。小說對其「終不能不涉於淫濫」的貶斥，或間接說明《紅樓夢》中的窺視書寫「不涉淫濫」的特質。確實如此，此一特點在通靈玉眼的窺視中已然可見。第十五回的敘述中，玉眼即以「未見真切，未曾記得，此係疑案，不敢纂創」（頁388）主動規避秦鐘與賈寶玉可能的狎昵、風月情事。而第八回周瑞家的送宮花，小說更以「柳藏鸚鵡語方知」〔註192〕的曲筆，以偶然的笑語聲隱隱帶出鳳姐與賈璉的「白晝宣淫」，《紅樓夢》之窺聽不直露「淫濫」之事，昭然可見。再參照第七十七回，縱慾淫蕩的燈姑娘本以為寶玉與晴雯是「素日偷雞盜狗的」，因而刻意「在窗下細聽」（頁1870），在窺聽的動機上顯然具有情

〔註186〕 「人情之險」與「色情之趣」可說是《金瓶梅》窺聽書寫的用意。——張燕：〈「窺視」的藝術情蘊——從《金瓶梅》到《紅樓夢》的私人經驗之文本呈現〉，《紅樓夢學刊》2007年第三輯，頁326。

〔註187〕 《論語集注·顏淵第十二》，收入〔宋〕朱熹編著：《四書章句集註》，頁132。

〔註188〕 〔東漢〕鄭玄注，〔唐〕孔穎達疏：《禮記·少儀》。

〔註189〕 《孟子集注卷六·滕文公章句下》，收入〔宋〕朱熹編著：《四書章句集註》，頁267。

〔註190〕 陳建華：〈凝視與窺視：李漁〈夏宜樓〉與明清視覺文化〉，《政大中文學報》第九期（2008年6月），頁41。

〔註191〕 〔漢〕司馬遷撰，〔唐〕司馬貞等注：《史記·司馬相如列傳》卷117（臺北：鼎文書局，1993年），頁3000。

〔註192〕 陳慶浩編著：《新編石頭記脂硯齋評語輯校》，頁167。

色意味，其結果卻反而洗淨二人情色污名，可見小說中的窺聽書寫不僅不見淫濫，更能窺破真相，藉此擺脫情色沾染。

往下則考察賈寶玉之窺視與潛聽，作為小說中最主要的窺視者，此雙「玉眼」最是體現出《紅樓夢》窺視書寫之特質。元妃歸省以後仍在正月裡，賈珍邀請諸人至寧府看戲、放花燈。因感戲台上演劇目「繁華熱鬧到如此不堪的田地」，寶玉遂離席各處閒逛：

> 寶玉見一個人沒有，因想：「這裡素日有個小書房，內曾掛着一軸美人，極畫的得神。今日這般熱鬧，想那裡自然無人，那美人也自然是寂寞的，須得我去望慰她一回。」想着，便往書房裡來。剛到窗前，聞得房內有呻吟之韻。寶玉倒唬了一跳：敢是美人活了不成？乃乍着膽子，舔破窗紙，向內一看——那軸美人卻不曾活，卻是茗烟按着一個女孩子，也幹那警幻所訓之事。寶玉禁不住大叫：「了不得！」一腳踹進門去，將那兩個唬開了，抖衣而顫。（第十九回，頁500～501）

此段敘述可說是書中經典的窺視場景，「舔破窗紙」的舉動顯見傳統府宅的通透性，以視覺穿透空間的窺看，誠非難事。寶玉因為心繫畫軸中的美人，深怕其感到冷落寂寞，因而獨往小書房望慰一番。此一心思已是絕無僅有，而在聽見房內傳來「呻吟之韻」時，其竟然以為美人活了起來，更是呈現賈寶玉與別不同之處。「絕代情癡」的特殊性格可見一斑，若是他人則必無此想，無怪「眾人謂之瘋傻」〔註193〕。而其「乍着膽子」舔破窗紙的窺視，乃是懷揣著對美人的敬畏之心。此處罕有地描寫窺見淫事的情節，然而獨獨派與賈寶玉，寫其全無邪念且闖入打斷，實為凸顯寶玉的別致性情。寶玉進房後，先是跺腳道：「還不快跑」，後更追出大喊：「你別怕，我是不告訴人的」，都顯示賈寶玉對於女兒的疼惜；而茗烟著急說：「祖宗，這是分明告訴人了」，更凸出寶玉此舉的天真可愛。其後對於茗烟不知丫頭歲數，寶玉大嘆「可憐」；又在聽見其「卍兒」的姓名來歷後，認為其將來必有造化，沈思了一會。要而言之，此段窺視書寫的前後細節，在在是為寫出寶玉「情不情」與「天生一段癡情」〔註194〕。相對於茗烟只為滿足一時慾望，不曾體貼認識，寶玉因窺視

〔註193〕「極不通極胡說中，寫出絕代情癡，宜乎眾人謂之瘋傻。」——陳慶浩編著：《新編石頭記脂硯齋評語輯校》，頁 354。

〔註194〕陳慶浩編著：《新編石頭記脂硯齋評語輯校》，頁 354。

而有的相救之舉，還表明維護女兒清譽，實見出賈寶玉「情的看視」。

有關「情哥哥」賈寶玉的窺聽書寫，當然也曾與「情小姐」〔註195〕林黛玉產生聯繫。「瀟湘館春困發幽情」一回，寶玉信步走入瀟湘館：

> 只見湘簾垂地，悄無人聲。走至窗前，覺得一縷幽香從碧紗窗中暗暗透出，寶玉便將臉貼在紗窗上，往裡看時，耳內忽聽得細細的長嘆了一聲道：「每日家情思睡昏昏。」寶玉聽了，不覺心內癢將起來，再看時，只見黛玉在床上伸懶腰。（第二十六回，頁684）

此處描寫先從嗅覺寫起，再涉及寶玉的隔窗潛聽與窺視。而其耳中聽見的「每日家情思睡昏昏」，正出自那日沁芳閘橋邊桃花底下秘密共讀的《會真記》。因此，寶玉入內後黛玉便因「自覺忘情」而臉紅，將袖子遮了臉。此一窺聽令寶玉「心內癢將起來」，其後見黛玉「星眼微餳，香腮帶赤」更「不覺神魂早蕩」，似乎引逗出賈寶玉別樣情思，而後造次說出：「若共你多情小姐同鴛帳，怎捨得疊被鋪床？」（頁685），更因其中頗有情色指涉，而令黛玉登時大哭。這一情境與當日共讀此「淫詞艷曲」（第二十三回）後的情景相對，《會真記》中的句子既是二人情感共契的符碼，又是造成矛盾衝突的由來。學者認為《紅樓夢》的窺聽表現為「色情的趣味受到抑制，人情的趣味得到深入和拓展」〔註196〕，此段描寫或也有此意。值得注意的是，林黛玉哀婉動人的《葬花吟》，讀者亦是在寶玉的窺聽中得聞。芒種餞花這日，寶玉將地上各色落花兜在懷裡，欲到畸角上花塚掩埋：「猶未轉過山坡，只聽山坡那邊有嗚咽之聲，一行數落着，哭的好不傷感。寶玉心中想道：『這不知是那房裡的丫頭，受了委曲，跑到這個地方來哭。』一面想，一面煞住腳步，聽他哭道是……」（第二十七回，頁713）寶玉便在山坡上完整聽見一曲《葬花吟》，由此「痴倒、慟倒」。且深感園中諸人終將年華老去「無可尋覓」，進而生出「逃大造，出塵網」方能釋其悲的深慟感慨。

脂批在此曰「非顰兒斷無是佳吟，非石兄斷無是情聆」〔註197〕，以「情

〔註195〕「情小姐故以情小姐詞曲警之，恰極當極。己卯冬。」——陳慶浩編著：《新編石頭記脂硯齋評語輯校》，頁354。

〔註196〕張燕：〈「窺視」的藝術情蘊——從《金瓶梅》到《紅樓夢》的私人經驗之文本呈現〉，《紅樓夢學刊》2007年第三輯，頁331。

〔註197〕「開生面，立新場，是書多多矣，惟此回處生更新。非顰兒斷無是佳吟，非石兄斷無是情聆（賞）。難為了作者了，故留數字以慰之。」其中「賞」字為陳慶浩所補，筆者以為「情聆」與「佳吟」相對，更富趣味。——陳慶浩編著：《新編石頭記脂硯齋評語輯校》，頁530。

聆」二字指涉寶玉深受觸動、情感滿溢的聆賞。筆者則改一字作「情視」，指涉寶玉有情之看視。《紅樓夢》「大旨談情」（第一回，頁6），「情視」或可說是其觀看之特質。必須一提的是，小說第四十六回曾有一次「連環窺聽」的描寫。不願屈服賈赦淫威的鴛鴦，特走到園內，試圖躲避煩人問詢。遇見平兒後，二人坐於石上相談，當鴛鴦決絕表示：「別說大老爺要我做小老婆，就是太太這會子死了，他三媒六聘的娶我去做大老婆，我也不能去。」（頁1119）時，忽聞「山石背後」傳出笑聲，原來襲人早已窺聽多時。而後當襲人說出「誰知你們四個眼睛沒見我」時，石後又傳來笑聲道：「四個眼睛沒見你？你們六個眼睛竟沒見我！」這第二層的窺聽者正是寶玉。平、襲二人具有「通房大丫頭」的身分，已是將來姨娘人選，安排二人與鴛鴦對談，正切合當前鴛鴦可能成為賈赦之妾的情境。而鴛鴦的決絕告白、他日出家或自盡的念頭、三人與鴛鴦那貪利嫂嫂的衝突，寶玉全都看在眼中、聽在耳裡。此處寶玉窺聽的含義，脂批早經點出：「通部情案，皆必從石兄挂號」〔註198〕。這如「螳螂捕蟬，黃雀在後」的連環窺聽，不僅體現小說家有趣妙筆，更可說是特借寶玉之眼，展示鴛鴦的可悲境遇。而只有在賈寶玉誠摯關懷、無私體貼的「情視」之下，女兒的堪傷遭際、無奈命運，方能真正獲得同情理解，甚而有所安頓。與此同時，賈赦這等鬚眉濁物、「魚眼睛」金文翔媳婦的可恨可惡，亦收於寶玉眼底。其中所呈露的無情，或再度完整寶玉對世間的體認，鋪向了悟之路，亦未可知。

如前文所述，窺視一般是通過如槅子、窗戶等物質仲介，以其半隔絕的狀態作為掩護的同時，也經由其縫隙、孔洞作為窺覷的憑藉。而小說第三十回則描寫了一處幽美別緻的窺視。金釧兒與寶玉的對話被王夫人聽見，一怒將其攆出，寶玉即刻溜走，來至大觀園：

> 剛到了薔薇花架，只聽有人哽噎之聲。寶玉心中疑惑，便站住細聽，果然架下那邊有人。如今五月之際，那薔薇正是花葉茂盛之時，寶玉便悄悄的隔着籬笆洞兒一看，只見一個女孩子蹲在花下，手裏拿着根綰頭的簪子，在地下摳土，一面悄悄的流淚。（第三十回，頁782）

〔註198〕「通部情案，皆必從石兄挂號，然各有各稿，穿插神妙。」——陳慶浩編著：《新編石頭記脂硯齋評語輯校》，頁627。

此一過程如寶玉在瀟湘館的窺視，皆表現出「未曾看見先聽見」〔註199〕的真實情境，正因聽見哭泣聲，寶玉方在好奇之下往「籬笆洞兒」內悄悄看視。此處薔薇花架的佈置，可說是傳統園林中充滿視覺趣味之一例。花架、花屏之「善制」者，「或方其眼，或斜其槅，因作葳蕤柱石，遂成錦繡牆垣，使內外之人，隔花阻葉，礙紫間紅，可望而不可親」〔註200〕，上述薔薇花架的設計與此呼應。「隔花阻葉，礙紫間紅」的形制，透出詩情畫境，而就此形成不完全分隔的內外空間，無疑是窺視發生的絕妙所在。此回窺視，是層層遞進的專注細看，從誤會女孩為黛玉開始，寶玉「只管痴看」；發現女孩畫「薔」又誤為寫詩；「再看」女孩竟重複畫了幾千個「薔」，寶玉「不覺也看痴了」。一般言「當局者迷，旁觀者清」，寶玉似是局外人，卻在細細窺看下迷陷其中，回目「痴及局外」道出寶玉痴性。事實上，靈秀女孩的心事情懷，在寶玉而言從來不是「局外」之事。對於女孩「心裡那裡還擱的住熬煎」的同情體貼，自恨「不能替你分些過來」（頁783）的念頭，甚至在雨中仍只記掛對方，在在可見寶玉以女孩之心緒為自己的心緒，其「意淫」情性可見一斑。

當時花架內外、窺視者與被窺之人雙雙陷入癡迷境地。而此次窺視不僅凸顯其癡情滿溢的目光，更是促成「情悟」的關鍵。一陣大雨，寶玉奔回怡紅院，此次事件雖在此告一段落，卻仍草蛇灰線，伏向「識分定情悟梨香院」（第三十六回）。直至此回，寶玉方知曉畫薔之人為齡官。而正如姚燮所言「寶玉過梨香院，遭齡官白眼之看……，皆其平生所僅有者」〔註201〕，此回齡官對其迴避的冷落態度，讓向來眾星拱月的寶玉，感受未曾有過的「被人棄厭」。隨後作者更藉著寶玉「情眼」，為讀者呈現賈薔與齡官的一場癡戀。目睹兩人口角的情景、齡官尖刻中滿懷柔情體恤的言辭，那日「畫薔」留下的疑惑，瞬間豁然明朗。正是經此事件，寶玉「深悟人生情緣各有分定」，自身並不能得盡天下女子的眼淚，「從此後只是各人各得眼淚罷了」（頁892）。職是之故，此回窺視及其後的了悟，實是一次「由迷而悟」的歷程。清代讀者曾經提出：

〔註199〕陳慶浩編著：《新編石頭記脂硯齋評語輯校》，頁507。
〔註200〕李漁：《閒情偶寄·種植部·藤本第二·序》，收入《李漁全集》第三卷（浙江：浙江古籍出版社，1992年）。另可見「結屏之花，薔薇居首。其可愛者，則在富於種而不一其色。」——《閒情偶寄·種植部·藤本第二·薔薇》。
〔註201〕〔清〕姚燮：《讀紅樓綱領》，收入一粟編：《紅樓夢卷》（臺北：里仁書局，1981年），頁169。

> 大觀園與呂仙之枕竅等耳。寶玉入乎其中，縱意所如，窮歡極娛者，十有九年，卒之石破天驚，推枕而起，既從來處來，仍從去處去，何其暇也。若夙根不厚，置身富貴場中，驚怖煩惱，不啻地獄境界，有求為貧民而不可得者。嗚呼！眾生奈何禱祀而求願入呂仙之枕竅？〔註202〕

此處是以〈枕中記〉的故事、結構，說明賈寶玉由迷而悟的成長過程。要言之，作為具有悟道意義的小說，〈枕中記〉所昭示「人生如夢」的主題，與《紅樓夢》有所聯繫。而引文所言「枕竅」則與其藍本〈楊林〉中的「枕有小坼」相同，乃是主角從現實進入夢境的過渡，經由「入洞」而「入夢」，通過歷幻而有所醒悟。〔註203〕上述引文便視寶玉入大觀園如入「枕竅」，在其中展開啟悟冒險。由此，回看賈寶玉窺視「齡官畫薔」進而「情悟梨香院」的歷程，其中所體現的「由迷而悟」之意涵，似乎使「籬笆洞兒」成了如上述「枕竅」般的意象。寶玉由「籬笆洞兒」此一孔隙，窺看齡官之癡，遂而進入癡迷、困惑之境，直到其後目知真相方始頓悟。此段「迷而後悟」的窺視情節，確可與〈枕中記〉、〈楊林〉互文對讀。賈寶玉之「情視」以及《紅樓夢》窺視書寫之豐富性，可再添一筆。

〔註202〕〔清〕二知道人：《紅樓夢說夢》，收入一粟編：《紅樓夢卷》（臺北：里仁書局，1981年），頁92。

〔註203〕詳見張漢良：〈「楊林」系列故事的原型結構〉，收入王夢鷗等著：《中國古典文學論叢・冊三：神話與小說之部》（臺北：中外文學月刊社，1976年），頁259～272。

第五章　結　語

　　魯迅曾在評論《兒女英雄傳評話》時，有此表述：「多立異名，搖曳見態，亦仍為《紅樓夢》家數也。」〔註1〕《紅樓夢》乃是「天下古今有一無二之書」〔註2〕，其「多立異名」實蘊涵著別樣指涉。筆者經由論述小說中種種視覺書寫，大抵肯定楊義的說法：「(《紅樓夢》)實際上是借書題複名，隱括了敘述者審視和體驗天地人生的多元視角」〔註3〕，讀者由不同題名切入文本，亦能掘發出小說的不同側面。本論文則通過「名與目」的閱讀與詮釋，說明了《紅樓夢》與「紅」、《風月寶鑑》與「鏡」、《石頭記》與「眼」的內在聯繫。循此理路考察文本，筆者認為三大題名皆具備視覺意涵，而作為「視覺關鍵字」的「紅」「鏡」「眼」正正標誌出《紅樓夢》視覺書寫中的三個類別與面向。

　　在《紅樓夢》與「紅」的討論中，筆者聚焦於全書至為醒目的視覺元素，釐清小說中「紅」的象徵指涉、敘事功能。紅色構成小說的主色調，是富與貴的象徵，也是「情」之代表色；更具有統合「人花一體」的作用，是書中清淨女兒的另一個名字。在此意義上，小說另一異名《金陵十二釵》已然囊括在《紅樓夢》之中。然而值得注意的是，「紅」既有歡悅、正面的意涵，亦與血淚、病痛、死亡等意象勾連，色彩自身即有雙面意涵。由此觀看《紅樓夢》一

〔註1〕魯迅：《中國小說史略》(臺北：風雲時代，2018 年 04 月)，頁 306。

〔註2〕〔清〕洪秋蕃：《紅樓夢抉隱》，收入一粟編：《紅樓夢卷》，頁 235。

〔註3〕楊義：《中國敘事學：圖文版》(北京：人民出版社，2009 年)，頁 215。

名，顯然較《金陵十二釵》更為精當：總是上演賞心樂事之富麗「紅樓」，卻終歸是一場幻「夢」，題名即是一組「雙面修辭」，在「美麗與哀愁」的對照中透顯「懷金悼玉」的主旨。而透過《風月寶鑑》與「鏡」的論述，小說的「雙面性」或「兩面性」折射出更為複雜的意涵。小說家巧設「兩面皆可照人」的風月寶鑑，使其成為書寫／閱讀層面的隱喻指涉，使得「反面」或「兩面」的閱讀方式具有文本內部的支持。因此，「假作真時真亦假，無為有處有還無」可以是小說家對虛構文學提出的閱讀指點。風月寶鑑既是「物」也是「書」，為物能治療「邪思妄動之症」；為書則寓含「戒妄動風月之情」之旨，兩者皆具有戒淫、警情之意。將風月寶鑑與怡紅院特設的玻璃鏡並置而觀，賈寶玉由迷而悟的歷程遂與空空道人聯通。於是乎，小說另一題名《情僧錄》顯然在覺醒啟悟的層面上，與《風月寶鑑》互相關聯。小說家或藉此提出勸誡，亦未可知。

正如題名《紅樓夢》具有美好與空幻的雙面性，《風月寶鑑》與小說中諸般鏡像書寫亦透顯「眼看他起朱樓，眼看他宴賓客，眼看他樓塌了」的興衰變幻之嘆。其中，「天仙寶鏡」大觀園的「鏡」屬性早經預示其不可長久。而惜春繪製大觀園圖，則可說是一種企圖固著時間，使樂園永恆化的努力，然而此一理想註定落空。「鏡」的書寫無疑加強了小說「樂極悲生，人非物換，到頭一夢，萬境歸空」的悲劇主題。而透過《石頭記》與「眼」的論述，「袖珍照相機」般的通靈寶玉則將「過去」予以「實錄」，為本將煙滅於歲月長河的人事物，留下不朽的記錄，提供另一種救贖。本文認為小說藉由通靈寶玉「天生有眼」的設計，至少在兩方面獲得超前於時代的成就。其一是在敘述視角上的突破。小說家有意識地運用限知視角，從「通靈玉眼」到人物的冷眼、俊眼、情眼，皆以限知視角提供活潑的陳述。敘述者與小說人物觀看的方式同時引領著讀者觀看的方式。其二，則是體現出曹雪芹超出時代的科技想像。筆者從攝影角度討論通靈玉眼，認為小說由玉眼攝影進而顯影石上，使得「石頭之記」具備照片般的記憶性質或功能，小說「使閨閣昭傳」的要旨由此達成，作為題名的《石頭記》因而煥發新意涵。

本文探論「名與目」，可知《紅樓夢》視覺書寫之紛繁多樣，且與題名具備多重聯繫。其視覺書寫不僅具有「繼往」之一面，其「開來」創新的面向更是值得深入探勘。若將《紅樓夢》置於明清視覺文化發展的脈絡、又或是置

於現代性的視野下予以考察、檢視，《紅樓夢》的經典性或將再次翻新——誠如張愛玲所言：「《紅樓夢》永遠是『要一奉十』的」〔註4〕。

〔註4〕「像《紅樓夢》，大多數人於一生之中總看過好幾遍。就我自己說，八歲的時候第一次讀到，只看見一點熱鬧，以後每隔三四年讀一次，逐漸得到人物故事的輪廓，風格，筆觸，每次的印象各各不同。現在再看，只看見人與人之間感應的煩惱。——個人的欣賞能力有限，而《紅樓夢》永遠是『要一奉十』的。」——張愛玲：〈論寫作〉，《華麗緣》（臺北：皇冠，2010 年），頁 103。

參考文獻

（古籍依朝代，其他按姓氏筆畫順序排列）

一、使用文本

1. 〔清〕曹雪芹：《脂硯齋甲戌抄閱再評石頭記》（上海：上海古籍出版社，1985 年）。

2. 〔清〕曹雪芹：《甲辰本紅樓夢》（北京：書目文獻出版社，1989 年）。

3. 〔清〕曹雪芹等著，徐少知新注：《紅樓夢新注》（臺北：里仁出版社，2018 年）。

4. 馮其庸纂校訂定，陳其欣助纂：《八家評批紅樓夢》（北京：文化藝術出版社，1991 年）。

5. 陳慶浩編著：《新編石頭記脂硯齋評語輯校》增訂本（臺北：聯經，2018 年）。

二、古籍文獻

1. 〔漢〕司馬遷撰；〔唐〕司馬貞等注：《史記》（臺北：鼎文書局，1993 年）。

2. 〔漢〕劉安等：《淮南鴻烈解》，現收於北京愛如生數字化技術研究中心著錄，《中國基本古籍庫·哲科庫·思想類·諸子思想目》（合肥：黃山書社，2008 年，據四部叢刊景鈔北宋本）。

3. 〔漢〕許慎撰；〔清〕段玉裁注：《新添古音說文解字注》（臺北：洪葉文化，1999 年）。

4. 〔漢〕王充：《論衡》，現收於北京愛如生數字化技術研究中心著錄，《中

國基本古籍庫‧哲科庫‧思想類‧諸子思想目》（合肥：黃山書社，2008年，據四部叢刊景通津草堂本）。

5. 〔漢〕班固：《漢書》，現收於北京愛如生數字化技術研究中心著錄，《中國基本古籍庫‧史地庫‧歷史類‧二十六史目》（合肥：黃山書社，2008年，據清乾隆武英殿刻本）。

6. 〔漢〕劉熙：《釋名八卷》（臺北：商務，1967年，據四部叢刊初編經部，上海商務印書館縮印江南圖書館藏明嘉靖翻宋刻本）。

7. 〔漢〕郭憲：《漢武洞冥記》，現收於北京愛如生數字化技術研究中心著錄，《中國基本古籍庫‧藝文庫‧文學類‧小說話本目》（合肥：黃山書社，2008年，據明顧氏文房小說本）。

8. 〔晉〕葛洪：《西京雜記》，現收於北京愛如生數字化技術研究中心著錄，《中國基本古籍庫‧史地庫‧歷史類‧雜錄瑣聞目》（合肥：黃山書社，2008年，據四部叢刊景明嘉靖本）。

9. 〔南北朝〕劉敬叔撰：《異苑》，現收於北京愛如生數字化技術研究中心著錄，《中國基本古籍庫‧藝文庫‧文學類‧小說話本目》（合肥：黃山書社，2008年，據清文淵閣四庫全書本）。

10. 〔唐〕魏徵等：《隋書》，現收於北京愛如生數字化技術研究中心著錄，《中國基本古籍庫‧史地庫‧歷史類‧二十六史目》（合肥：黃山書社，2008年，據清乾隆武英殿刻本）。

11. 〔五代〕劉昫等：《舊唐書》，現收於北京愛如生數字化技術研究中心著錄，《中國基本古籍庫‧史地庫‧歷史類‧二十六史目》（合肥：黃山書社，2008年，據清乾隆武英殿刻本）。

12. 〔宋〕朱熹編著：《四書章句集註》（臺北：鵝湖月刊社，1984年）。

13. 〔宋〕李昉等編：《太平御覽》，現收於北京愛如生數字化技術研究中心著錄，《中國基本古籍庫‧綜合庫‧其他類‧類書雜纂目》（合肥：黃山書社，2008年，據四部叢刊三編景宋本）。

14. 〔宋〕李昉等編：《太平廣記》，現收於北京愛如生數字化技術研究中心著錄，《中國基本古籍庫‧藝文庫‧文學類‧小說話本目》（合肥：黃山書社，2008年，據民國景明嘉靖談愷刻本）。

15. 〔宋〕吳自牧：《夢粱錄》，現收於北京愛如生數字化技術研究中心著錄，

《中國基本古籍庫・史地庫・地理類・風土雜述目》（合肥：黃山書社，2008 年，據清學津討源本）。

16. 〔宋〕孟元老：《東京夢華錄》，現收於北京愛如生數字化技術研究中心著錄，《中國基本古籍庫・史地庫・地理類・風土雜述目》（合肥：黃山書社，2008 年，據清文淵閣四庫全書本）。

17. 〔明〕蘭陵笑笑生著，梅節校訂：《金瓶梅詞話》（臺北：里仁書局，2007 年）。

18. 〔明〕蘭陵笑笑生著，張竹坡評：《第一奇書——竹坡本《金瓶梅》》（臺北：里仁書局，1981 年）。

19. 〔明〕李漁：《十二樓》，《李漁全集》（浙江：浙江古籍出版社，1992 年）。

20. 〔明〕李漁：《閒情偶寄》，《李漁全集》（浙江：浙江古籍出版社，1992 年）。

21. 〔清〕王先謙註：《莊子集解》（臺北：臺灣商務印書館，1967 年）。

22. 〔清〕阮元審定，盧宣旬校對：《重刊宋本十三經注疏附校勘記》（臺北：藝文印書館，1965 年）。

23. 〔清〕徐珂：《清稗類鈔》（臺北：臺灣商務印書館，1966 年）。

24. 〔清〕曹寅著，胡紹棠箋注：《棟亭集箋注》（北京：北京圖書館出版社，2007 年）。

25. 〔清〕曹寅等奉敕編纂：《全唐詩》，收於北京愛如生數字化技術研究中心著錄，《中國基本古籍庫・藝文庫・文學類・詩文總集目》（合肥：黃山書社，2008 年）。

26. 〔清〕孔尚任：《桃花扇傳奇》，現收於北京愛如生數字化技術研究中心著錄，《中國基本古籍庫・藝文庫・文學類・雜劇傳奇目》（合肥：黃山書社，2008 年，據清康熙刻本）。

27. 〔清〕笪重光：《畫筌》，現收於北京愛如生數字化技術研究中心著錄，《中國基本古籍庫・藝文庫・藝術類・書法繪畫目》（合肥：黃山書社，2008 年，據清知不足齋叢書本）。

28. 〔清〕沈宗騫：《芥舟學畫編》，現收於北京愛如生數字化技術研究中心著錄，《中國基本古籍庫・藝文庫・藝術類・書法繪畫目》（合肥：黃山

書社，2008 年，據清乾隆四十六年冰壺閣刻本）。

29. 〔清〕富察敦崇：《燕京歲時記》（臺北：廣文書局，1969 年）。

30. 裴普賢編著：《詩經評註讀本》（臺北：三民書局，2001 年）。

三、今人專著

（一）中文專書

1. 一粟編：《紅樓夢卷》（臺北：里仁書局，1981 年）。

2. 王昆侖：《紅樓夢人物論》（北京：生活・讀書・新知三聯書店，1983 年）。

3. 王孝廉：《中國的神話與傳說》（臺北：聯經，1977 年）。

4. 王孝廉：《花與花神》（臺北：洪範，1986 年）。

5. 王乃驥：《金瓶梅與紅樓夢》（臺北：里仁書局，2001 年）。

6. 王璦玲、胡曉真主編：《經典轉化與明清敘事文學》（臺北：聯經，2009 年）。

7. 王懷義：《紅樓夢詩學精神》（臺北：里仁書局，2015 年）。

8. 方豪：《紅樓夢西洋名物考》（杭州：浙江人民美術出版社，2017 年 10 月）。

9. 田曉菲：《秋水堂論金瓶梅》（天津：天津人民出版社，2014 年）。

10. 朱一玄編：《明清小說資料選編（下）》（濟南：齊魯書社，1990 年）。

11. 朱淡文：《紅樓夢論源》（南京：江蘇古籍出版社，1992 年 6 月）。

12. 朱淡文：《紅樓夢研究》（臺北：貫雅文化，1991 年）。

13. 余英時：《紅樓夢的兩個世界》（臺北：聯經出版，1978 年）。

14. 余英時，周策縱等著：《曹雪芹與紅樓夢》（臺北：里仁書局，1985 年）。

15. 余斌：《張愛玲傳》（台中：晨星，1998 年）。

16. 余佩芳：《新文類的誕生──《紅樓夢》的成長編述》（臺北：大安出版社，2012 年）。

17. 沈治鈞：《紅樓夢成書研究》（北京：中國書店，2004 年），頁 54～61。

18. 宋淇：《紅樓夢識要：宋淇紅學論集》（北京：中國書局，2000 年）。

19. 宋廣波編著：《胡適紅學研究資料全編》（北京：北京圖書館出版社，2005 年）。

20. 李圃主編：《古文字詁林（第五冊）》（上海：上海教育出版社，2002 年）。

21. 李軍均：《紅樓服飾》（臺北：時報文化出版社，2004 年）。

22. 李渝：《拾花入夢記：李渝讀紅樓夢》（新北：INK 印刻文學，2011 年 04 月）。

23. 沈從文：《銅鏡史話》（瀋陽：萬卷出版，2004 年）。

24. 汪民安主編：《文化研究關鍵詞》（臺北：麥田出版社，2013 年）。

25. 汪順平：《女子有行：《紅樓夢》的閨閣、遊歷敘事與「海上」新意涵》（臺北：元華文創，2018 年）。

26. 周汝昌：《紅樓夢新證》（上下冊）（北京：人民文學出版社，1985 年）。

27. 周汝昌，周祜昌：《石頭記鑒真》（北京：書名文獻出版社，1985 年）。

28. 周汝昌主編：《紅樓夢辭典》（廣東：廣東人民出版社，1987 年）。

29. 周汝昌：《紅樓藝術》（北京：人民文學出版社，1995 年）。

30. 周汝昌著；周倫苓編：《紅樓奪目紅》（北京：作家出版社，2003 年）。

31. 周策縱：《紅樓夢案：棄園紅學論文集》（香港：中文大學出版社，2000 年）。

32. 周芬伶：《艷異》（臺北：元尊文化，1999 年）。

33. 胡菊人：《紅樓水滸與小說藝術》（香港：百葉書舍，1977 年）。

34. 胡菊人：《小說技巧》（臺北：遠景出版社，1978 年）。

35. 胡適等著：《紅樓夢考證》（臺北：遠東圖書公司，1985 年 9 月）。

36. 胡文彬：《紅樓夢探微》（北京：華藝出版社，1997 年）。

37. 胡文彬：《魂牽夢縈紅樓情》（北京：中國書局，2000 年）。

38. 胡文彬：《紅樓夢與中國文化論稿》（北京：中國書店，2005 年）。

39. 胡衍南：《金瓶梅到紅樓夢：明清長篇世情小說研究》（臺北：里仁，2009 年）。

40. 胡亞敏：《敘事學》（臺北：若水堂，2014 年 2 月）。

41. 俞平伯：《俞平伯論紅樓夢》（上海：上海古籍出版社，1988 年）。

42. 俞平伯：《紅樓夢研究》（臺北：里仁書局，1997 年 4 月）。

43. 施翠峰：《中國歷代銅鏡鑑賞》（臺北：臺灣省立博物館，1990 年）。

44. 俞曉紅：《《紅樓夢》意象的文化闡釋》（安徽：安徽人民出版社，2006 年）。

45. 姜澄清：《中國人的色彩觀》（南京：江蘇教育出版社，1999 年）。

46. 姜澄清：《中國色彩論》（蘭州：甘肅人民美術出版社，2008 年）。

47. 孫遜：《紅樓夢脂評初探》（上海：上海古籍出版社，1981 年）。

48. 孫遜：《紅樓夢探究》（臺北：大安出版社，1991 年）。

49. 孫遜，孫菊園編：《中國古典小說美學資料匯粹》（臺北：大安，1991 年）。

50. 康來新：《紅樓夢研究》（臺北：文史哲出版社，1981 年）。

51. 康來新：《石頭渡海──紅樓夢散論》（臺北：漢光出版，1985 年）。

52. 康來新：《晚清小說理論研究》（臺北：大安出版社，1986 年）。

53. 康來新：《紅樓長短夢》（臺北：駱駝出版社，1996 年 11 月）。

54. 陳平原：《中國小說敘事模式的轉變》（臺北：久大文化，1990 年）。

55. 梅新林：《紅樓夢哲學精神》（上海：學林出版社，1995 年）。

56. 陳珏：《初唐傳奇文鉤沉》（上海：上海古籍出版社，2005 年）。

57. 陳彥青：《觀念之色：中國傳統色彩研究》（北京：北京大學出版社，2015 年）。

58. 郭玉雯：《紅樓夢人物研究》（臺北：大安出版社，1994 年）。

59. 郭玉雯：《紅樓夢學──從脂硯齋到張愛玲》（臺北：里仁書局，2004 年）。

60. 郭玉雯：《紅樓夢淵源論──從神話到明清思想》（臺北：臺大出版，2011 年）。

61. 張愛玲：《紅樓夢魘》（臺北：皇冠文化，2010 年）。

62. 張愛玲：《傾城之戀》（臺北：皇冠文化，2010 年）。

63. 張愛玲：《華麗緣》（臺北：皇冠文化，2010 年）。

64. 張愛玲：《惘然記》（臺北：皇冠文化，2010 年）。

65. 張愛玲：《海上花落》（臺北：皇冠文化，2020 年）。

66. 馮其庸、李希凡主編：《紅樓夢大辭典》（北京：文化藝術出版社，1991 年）。

67. 程章燦：《石學論叢》（臺北：大安出版社，1999 年）。

68. 黃仁達：《中國顏色》（臺北：聯經出版社，2011 年）。

69. 葉嘉瑩：《王國維及其文學批評》（廣東：廣東人民文學出版社，1982 年）。

70. 葉朗：《中國小說美學》（臺北：里仁書局，1987 年）。

71. 詹丹：《紅樓夢的物質和非物質》（重慶：重慶出版社，2006 年 6 月）。

72. 詹丹：《重讀紅樓夢》（臺北：秀威資訊科技，2008 年 4 月）。

73. 趙岡：《紅樓夢論集》（臺北：志文出版社，1975 年）。

74. 趙岡：《漫談紅樓夢》（臺北：經世書局，1981 年）。

75. 趙一凡等編：《西方文論關鍵詞》（北京：外語教學與研究出版社，2006 年）。

76. 廖咸浩：《《紅樓夢》的補天之恨：國族寓言與遺民情懷》（臺北：聯經，2017 年）。

77. 潘重規：《紅樓夢新解》（臺北：文史哲出版社，1973 年）。

78. 蔡元培等：《石頭記索隱》（臺北：金楓出版，1987 年）。

79. 鄧雲鄉：《紅樓識小錄》（山西：人民出版社，1984 年）。

80. 鄧雲鄉：《紅樓風俗譚》（臺北：臺灣中華書局，1989 年）。

81. 劉夢溪：《紅樓夢新論》（北京：中國社會科學出版社，1982 年）。

82. 劉夢溪：《陳寅恪與紅樓夢》（北京：中央編譯出版社，2006 年）。

83. 劉夢溪：《紅樓夢與百年中國》（臺北：風雲時代，2007 年）。

84. 劉藝：《鏡與中國傳統文化》（成都：四川出版集團巴蜀書社，2004 年）。

85. 劉再復：《《紅樓夢》悟》（香港：三聯書店（香港）有限公司，2006 年）。

86. 劉心武：《紅樓眼神》（重慶：重慶出版社，2010 年）。

87. 蔡義江：《紅樓夢詩詞曲賦鑒賞》（北京，中華書局，2004 年）。

88. 魯迅：《魯迅全集》（北京：人民文學出版社，2005 年）。

89. 魯迅：《中國小說史略》（臺北：風雲時代，2018 年 04 月）。

90. 歐麗娟：《詩論紅樓夢》（臺北：里仁，2001 年）。

91. 歐麗娟：《紅樓夢人物立體論》（臺北：里仁書局，2006 年）。

92. 歐麗娟：《大觀紅樓（綜論卷）》（臺北：臺大出版中心，2014 年）。

93. 歐麗娟：《大觀紅樓（母神卷）》（臺北：臺大出版中心，2015 年）。

94. 歐麗娟：《大觀紅樓（正金釵卷）下》（臺北：臺大出版中心，2017 年）。

95. 歐麗娟：《紅樓一夢：賈寶玉與次金釵》（臺北：聯經，2017 年）。

96. 歐麗娟：《唐詩的樂園意識》（臺北：五南圖書，2017 年）。

97. 蕭馳：《中國抒情傳統》（臺北：允晨出版社，1999 年）。

98. 蕭鳳嫻：《渡海新傳統——來臺紅學四家論》（臺北：秀威資訊，2008 年）。

（二）翻譯著作

1. 吳瓊編：《視覺文化的奇觀》（北京：中國人民大學出版社，2005 年）。

2. 周憲主編：《視覺文化讀本》（南京：南京大學出版社，2013 年 10 月）。

3. 〔美〕魯道夫·阿恩海姆著；滕守堯、朱疆源譯：《藝術與視知覺——視覺藝術心理學》（北京：中國社會科學出版社，1984 年）。

4. 〔美〕浦安迪（Andrew H. Plaks）：《中國敘事學》（北京：北京大學，1996 年）。

5. 〔美〕浦安迪（Andrew H. Plaks）著，劉倩等譯：《浦安迪自選集》（北京：生活·讀書·新知三聯書店，2011 年）。

6. 〔美〕浦安迪（Andrew H. Plaks）著；夏薇譯：《《紅樓夢》的原型與寓意》（北京：生活讀書新知三聯書店，2018 年）。

7. 〔美〕余國藩（Anthony C. Yu）著；李奭學譯：《重讀石頭記：《紅樓夢》裏的情欲與虛構》（臺北：麥田出版，2004 年）。

8. 〔美〕夏志清（C.T. Hsia）著，何欣，莊信正，林耀福譯：《中國古典小說》（臺北：聯合文學，2016 年 10 月）。

9. 〔美〕羅鵬（Carlos Rojas）著，趙瑞安譯：《裸觀：關於中國現代性的反思》（臺北：麥田出版，2015 年 1 月）。

10. 〔美〕黛安·艾克曼（Diane Ackerman）著，莊安祺譯：《感官之旅》（臺北：時報文化出版，2007 年）。

11. 〔德〕恩斯特·卡西爾（Ernest Cassirer）著；甘陽譯：《人論》（上海：上海譯文，1985 年）。

12. 〔英〕Gillian Rose 著；王國強譯：《視覺研究導論：影像的思考》（臺北：群學，2011 年 3 月）。

13. 〔英〕約翰·伯格（John Berger）著；吳莉君譯：《觀看的方式》（臺北：麥田出版社，2010 年）。

14. 〔英〕約翰·伯格（John Berger）著；吳莉君譯：《觀看的視界》（臺北：麥田出版社，2010 年）。

15. 〔英〕約翰·伯格（John Berger）、尚·摩爾（Jean Mohr）著；張世倫譯：《另一種影像敘事：一個可能的攝影理論》（臺北：麥田，2016 年）。

16. 〔英〕約翰·伯格（John Berger）著；劉惠媛譯：《影像的閱讀》（臺北：麥田，2017 年）。

17. 〔美〕黃衛總（Martin W. Huang）著；張蘊爽譯：《中華帝國晚期的欲望

與小說敘述》（南京：江蘇人民出版社，2010 年 12 月）。

18. 〔英〕瑪莉塔・史特肯（Marita Sturken）、莉莎・卡萊特（Lisa Cartwright）著；陳品秀、吳莉君譯：《觀看的實踐：給所有影像時代的視覺文化導論（全新彩色版）》（臺北：臉譜，城邦文化出版，2013 年）。

19. 〔美〕韓南（Patrick Hanan）著；徐俠譯：《中國近代小說的興起》（上海：上海教育出版社，2010 年）。

20. 〔美〕羅勃 C・赫魯伯（Robert C. Holub）著；董之林譯：《接受美學理論》（臺北：駱駝，1994 年）。

21. 〔法〕羅蘭・巴特（Roland Barthes）著；許綺玲譯：《明室》（新北：台灣攝影工作室，1997 年），頁 93～94。

22. 〔法〕Sabina Melchior-Bonnet 著；余淑娟譯：《鏡子》（臺北：藍鯨，2002 年）。

23. 〔美〕宇文所安（Stephen Owen）著；鄭學勤譯：《追憶：中國文學中的往事再現》（臺北：聯經出版，2006 年）。

24. 〔美〕蘇珊・桑塔格（Susan Sontag）著；陳耀成譯：《旁觀他人之痛苦》（臺北：麥田，2010 年）。

25. 〔美〕蘇珊・桑塔格（Susan Sontag）著；黃燦然譯：《論攝影》（臺北：麥田，2010 年）。

26. 〔英〕泰瑞・伊果頓（Terry Eagleton）原著，吳新發譯：《文學理論導讀》（臺北：書林，1993 年）。

27. 〔英〕泰瑞・伊格頓（Terry Eagleton）著，黃煜文譯：《如何閱讀文學》（臺北：商周，城邦文化出版，2014 年）。

28. 〔義〕安貝托・艾柯（Umberto Eco）著，黃寤蘭譯：《悠遊小說林》（臺北：時報文化，2000 年）。

29. 〔美〕韋恩・布斯（Wayne C. Booth）著，華明、胡曉蘇、周憲譯：《小說修辭學》（北京：北京聯合出版，2017 年）。

四、專書論文

1. 王國維：〈紅樓夢評論〉，收入《紅樓夢藝術論甲編三種》（臺北：里仁書局，1984 年），頁 1～29。

2. 王立：〈如斯雖逝有壯音──中國古典文學中的流水意象〉，收入氏著：

《心靈的圖景──文學意象的主題史研究》（上海：學林出版社，1999年），頁 204～205。

3. 史小軍：〈論《金瓶梅》中的偷窺與竊聽〉，收入陳益源主編：《臺灣金瓶梅國際學術研討會論文集》（臺北：里仁，2013 年），頁 157。

4. 白先勇：〈戲中戲：《紅樓夢》中戲曲的點題功用〉，《白先勇的文藝復興》（臺北：聯合文學，2020 年）。

5. 朱彤：〈釋「白首雙星」──關於史湘雲的結局〉，收入余英時‧周策縱等著：《曹雪芹與紅樓夢》（臺北：里仁書局，1985 年）。

6. 李豐楙：〈六朝鏡鑑傳說與道教法術思想〉，收錄於《中國古典小說研究專集 2》（臺北：聯經出版，1981 年）。

7. 沈思：〈史湘雲的結局〉，收入余英時‧周策縱等著：《曹雪芹與紅樓夢》（臺北：里仁書局，1985 年）。

8. 宋淇：〈新紅學的發展方向〉，收錄於余英時‧周策縱等著：《曹雪芹與紅樓夢》（臺北：里仁書局，1985 年），頁 8。

9. 宋淇：〈論大觀園〉，收入余英時‧周策縱等著：《曹雪芹與紅樓夢》（臺北：里仁書局，1985 年），頁 694。

10. 林冠夫：〈《紅樓夢》的本命與異名〉，《紅樓夢縱橫談》（南寧：廣西人民出版社，1985 年），頁 8。

11. 周汝昌：〈湘雲的後來及其他〉，收入余英時‧周策縱等著：《曹雪芹與紅樓夢》（臺北：里仁書局，1985 年），頁 315～342。

12. 周策縱：〈《紅樓夢》與《西遊補》〉，收入余英時‧周策縱等著：《曹雪芹與紅樓夢》（臺北：里仁書局，1985 年）。

13. 林偉淑：〈《金瓶梅》身體感知的敘事意義──觀看、窺視、潛聽、噁心與快感的身體書寫〉，《《金瓶梅》女性身體書寫的敘事意義》（臺北：臺灣學生，2017 年），頁 71～130。

14. 胡樸安：〈從文字學上考見古代辨色本能與染色技術〉，《從文字學上考見中國古代之聲韻與言語》（臺南：僴勉出版社，1978 年）。

15. 柯慶明：〈論紅樓夢的喜劇意識〉，《境界的再生》（臺北：幼獅文化，1977年），頁 386～401。

16. 胡萬川：〈由智通寺一段裡的用典看《紅樓夢》〉，收入氏著：《真假虛實

——小說的藝術與現實》（臺北：大安出版社，2005 年），頁 303。

17. 胡衍南：〈《金瓶梅》於《紅樓夢》之影響研究〉，《中國學術年刊》第二十八期（春季號，2006 年 3 月），頁 164～169。

18. 俞曉紅：〈紅樓說鏡〉，《紅樓夢學刊》2004 年第三輯，頁 91。

19. 馬力：〈從敘述手法看「石頭」在《紅樓夢》中的作用〉，收入梅節，馬力著：《紅學耦耕集》（香港：三聯書店，1988 年），頁 67。

20. 〔美〕高辛勇：〈從「文際關係」看《紅樓夢》〉，《中外學者論紅樓：哈爾濱國際《紅樓夢》研討會論文選》（哈爾濱：北方文藝出版社，1989 年），頁 320～337。

21. 郭沫若：〈三門峽出土銅器二、三事〉，《文物》（1959 年第 1 期），頁 14。

22. 張漢良：〈「楊林」系列故事的原型結構〉，收入王夢鷗等著：《中國古典文學論叢・冊三：神話與小說之部》（臺北：中外文學月刊社，1976 年），頁 259～272。

23. 陳國球：〈論鏡花水月——一個詩論象喻的考析〉，《鏡花水月——文學理論批評論文集》（臺北：東大圖書，1987 年）。

24. 陳建華：〈欲的凝視：《金瓶梅詞話》的敘述方法、視覺與性別〉，《經典轉化與明清敘事文學》（臺北：聯經出版，2009 年 08 月），頁 97～128。

25. 張永言：〈上古漢語的五色之名〉，《語文學論集》（北京：語文出版社，1992 年 1 月），頁 100～135。

26. 廖咸浩：〈在有情與無情之間——中西成長小說的流變〉，《美麗新世紀》（臺北：INK 印刻，2003 年），頁 65～80。

27. 蔡義江：〈「石頭」的職能與甄、賈寶玉——有關結構藝術的一章〉，《論紅樓夢佚稿》（杭州：浙江古籍出版社，1989 年 08 月），頁 201～225。

28. 蔡義江：〈為何虛擬石頭作書〉，《蔡義江解讀紅樓》（桂林：灕江出版社，2005 年 05 月），頁 79～86。

五、期刊與會議論文

1. 丁如盈：〈《紅樓夢》鏡意象研究〉，《健行學報》第三十五卷第一期（2015 年 1 月），頁 87～107。

2. 王德育：〈中國古代色彩與宗教表現〉，收入熊宜中總編：《「色彩與人生」學術研討會論文集》（臺北：藝術館，1998 年 5 月），頁 214～232。

3. 王懷義：〈論惜春的《大觀園行樂圖》創作〉，《明清小說研究》總第 131 期（2019 年第 1 期），頁 147。

4. 史小軍，王舒欣：〈《金瓶梅》與《紅樓夢》窺聽敘事比較論〉，《暨南學報（哲學社會科學版）》總第 250 期（2019 年 11 月），頁 13～26。

5. 余珍珠：〈懺悔與超脫：《紅樓夢》中的自我書寫〉，《紅樓夢學刊》（1997 年 S1 期），頁 256～259。

6. 杜春耕：〈榮寧兩府兩本書〉，《紅樓夢學刊》1998 年第 3 輯，頁 193～205。

7. 肖玲玲：〈劉姥姥：《紅樓夢》中的獨特視角〉，《涪陵師範學院學報》第 23 卷第 3 期（2007 年 5 月），頁 80。

8. 吳寶安：〈小議「眼、目」上古即同義〉，《語文考古》2010 年 9 月，頁 145～146。

9. 李明奎：〈略論中國古代的實錄傳統與實錄體史書〉，《玉溪師範學院學報》（第 36 卷）2020 年第 5 期，頁 24～35。

10. 李鵬飛：〈論惜春作畫的意義〉，《中國文化研究》2020 年冬之卷，頁 68。

11. 周紹良：〈雪芹舊有《風月寶鑑》之書〉，《紅樓夢學刊》1979 年第 1 輯，頁 211～221。

12. 林國良：〈唯識學的認知理論〉，《社會科學》（2000 年第 5 期），頁 65～69。

13. 林素玟：〈不寫之寫──《紅樓夢》「春秋筆法」的書寫策略〉，《文學新鑰》第 15 期（2012 年 6 月），頁 35～70。

14. 〔韓〕金芝鮮：〈論《紅樓夢》中的鏡子意象及其象徵內涵〉，《紅樓夢學刊》2008 年第六輯，頁 307。

15. 孫昌武：〈讀藏雜識〉，《文學遺產》1984 年 04 期，頁 138～142。

16. 孫貴珠：〈《紅樓夢》定情信物析論〉，《中國海事商業專科學校學報》（1998 年 6 月），頁 164。

17. 孫福軒，孫敏強：〈《紅樓夢》石頭意象論──從石頭意象的內涵看作者的創作心態〉，《紅樓夢學刊》2005 年第三輯，頁 178～189。

18. 唐明文：〈《紅樓夢》的視點〉，《紅樓夢學刊》（1986 年第一輯），頁 36。

19. 高燕：〈自然之眼、社會之眼和內視之眼──論先秦儒家、道家的眼睛及

五官思想〉,《貴州社會科學》總 240 期（第 12 期，2009 年 12 月），頁 20～25。

20. 梅新林：〈「石」、「玉」精神的內在衝突——《紅樓夢》悲劇的哲學意蘊〉,《學術研究》（1992 年 05 期），頁 118。

21. 陳慶浩：〈八十回本《石頭記》成書初考〉,《文學遺產》1992 年第 2 期，頁 80～92。

22. 陳慶浩：〈八十回本《石頭記》成書再考〉,《紅樓夢學刊》1995 年第 2 輯，頁 164～190。

23. 陳建初：〈試論漢語顏色詞（赤義類）的同源分化〉,《古漢語研究》，1998 年第三期，頁 16～22。

24. 陳建華：〈凝視與窺視：李漁〈夏宜樓〉與明清視覺文化〉,《政大中文學報》第九期（2008 年 6 月），頁 25～54。

25. 陳娟：〈論間色法在《紅樓夢》敘事中的運用——也談曹雪芹原作中史湘雲之結局〉,《渤海大學學報》2009 年第三期，頁 49～53。

26. 陳麗如：〈論古典小說「鏡象書寫」的兩度裂變——《古鏡記》與《紅樓夢》〉,《興大人文學報》第四十九期（2012 年 9 月），頁 77～108。

27. 康來新：〈對照記——張愛玲與《紅樓夢》〉,楊澤主編：《閱讀張愛玲：張愛玲國際研討會論文集》（臺北：麥田出版，1999 年），頁 29～58。

28. 康來新：〈近視眼與千里鏡：李漁的視覺意識及其文本實踐〉,「現代視野下的中國古代文學與文論國際學術研討會」（上海：復旦大學中國古代文學研究中心主辦，2007 年 08 月）。

29. 康來新：〈身體的發與變：從《肉蒲團》、〈夏宜樓〉到《紅樓夢》的偷窺意涵〉,《中國文哲研究通訊》17 卷 3 期（2007 年 09 月），頁 165～173。

30. 張燕：〈「窺視」的藝術情蘊——從《金瓶梅》到《紅樓夢》的私人經驗之文本呈現〉,《紅樓夢學刊》2007 年第三輯，頁 326。

31. 張惠：〈「拒絕成長」與「壓抑欲望」：析美國漢學家黃衛總對《紅樓夢》性心理世界的獨異解讀〉,《紅樓夢學刊》2010 年 04 期，頁 288。

32. 許暉林：〈鏡與前知：試論中國敘事文類中現代視覺經驗的起源〉,《臺大中文學報》第四十八期（2015 年 3 月），頁 137。

33. 商偉：〈逼真的幻象：西洋鏡、透視法與大觀園的夢幻魅影（上）〉,《曹

雪芹研究》2016 年第 1 期，頁 95～117。

34. 商偉：〈逼真的幻象：西洋鏡、透視法與大觀園的夢幻魅影（中）〉，《曹雪芹研究》2016 年第 2 期，頁 103～123。

35. 商偉：〈逼真的幻象：西洋鏡、透視法與大觀園的夢幻魅影（下）〉，《曹雪芹研究》2016 年第 3 期，頁 38～63。

36. 商偉撰，駱耀軍譯：〈假作真時真亦假：《紅樓夢》與清代宮廷的視覺文化〉，《文學研究》2018 年第 4 卷 01 期，頁 123。

37. 黃瓊慧：〈從物質器用到文化記憶：試論《紅樓夢》的「石頭」之記〉，《有鳳初鳴年刊》第三期（2007 年 10 月），頁 299～312。

38. 黃建淳：〈略論漢代葬玉的概念〉，《淡江史學》卷 9（2008 年 9 月），頁 1～17。

39. 葛永海、張莉：〈明清小說庭園敘事的空間解讀——以《金瓶梅》與《紅樓夢》為中心〉，《明清小說研究》2017 年第 2 期，頁 37。

40. 廖咸浩：〈說淫：《紅樓夢》「悲劇」的後現代沉思〉，《中外文學》第二十二卷‧第二期（1993 年 7 月），頁 85～99。

41. 趙樹婷：〈《紅樓夢》「石頭意象」考察〉，《明清小說研究》總第 96 期（2010 年第 2 期），頁 82。

42. 歐麗娟：〈論《紅樓夢》中的隱識系譜及主要表述策略〉，《淡江中文學報》第二十三期（2010 年 12 月），頁 78。

43. 劉藝，許孟青：〈神奇寶鏡的背後——「風月寶鑑」的宗教思想文化蘊含〉，《道教研究》，頁 40～45。

44. 劉錦賢：〈儒釋道三家鏡喻分析〉，《興大中文學報》第四十二期（2017 年 12 月），頁 116～117。

45. 蕭兵：〈通靈寶玉和絳珠仙草——《紅樓夢》小品（二則）〉，《紅樓夢學刊》輯 3（1980 年），頁 155。

46. 賴芳伶：〈孤傲深隱與曖昧激情——試論《紅樓夢》和楊牧的〈妙玉坐禪〉〉，《東華漢學》第 3 期（2005 年 5 月），頁 283～318。

47. 賴芳伶：〈海外學人專訪——陳慶浩博士的紅學研究〉，《東華漢學》第 8 期（2008 年 12 月），頁 255～277。

48. 賴芳伶：〈《紅樓夢》「大觀園」的隱喻與實現〉，《東華漢學》第 19 期（2014

年 6 月），頁 243～280。

49. 駱潔芳：〈《紅樓夢》中的窗意象〉，《紅樓夢學刊》2008 年第四輯，頁 281 ～290。

50. 霍省瑞：〈《紅樓夢》中的「通靈寶玉」〉，《重慶文理學院學報（社會科學版）》第 30 卷第 1 期（2011 年 1 月），頁 74。

51. 魏繼昭：〈《紅樓夢》的色彩意味初探〉，《紅樓夢學刊》第三期（1987 年），頁 168。

52. 〔美〕浦安迪（Andrew H. Plaks）：〈打一用物：中國古典小說中物體形象的象徵與非象徵作用〉，《中正大學中文學術年刊》17 期（2011 年 06 月），頁 257～266。

六、學位論文

1. 陳怡君：《《紅樓夢》脂評技法之研究》（臺北：國立臺灣師範大學國文學系碩士論文，2008 年 6 月）。

2. 郭惠珍：《另類索隱：《紅樓夢》小人物探微》（花蓮：國立東華大學中國語文學系碩士論文，2017 年 7 月）。

3. 黃郁庭：《日用與物用：論《紅樓夢》中的《玉匣記》》（桃園：國立中央大學中國文學系碩士論文，2015 年 6 月）。

4. 劉惠華：《木石為盟：花／園、情／書、紅樓夢》（桃園：國立中央大學中國文學系博士論文，2015 年 6 月）。

5. 顏詩珊：《《紅樓夢》張新之評語之研究》（臺北：天主教輔仁大學中國文學系碩士論文，2008 年 6 月）。

七、其他

（一）演講資料

1. 康來新主講：〈「天生有眼」：試論通靈寶玉的科／技想像及其真／假辨證〉，臺北政治大學主辦：「百年論學：中國古典文藝思潮研讀會」，第六十三次研讀會，政治大學百年樓中文系會議室（O309），2011 年 6 月 11 日。

附　錄

表格一：五行說概覽

事 色尚	五行五德	月　季	帝　號	神　名	方　位	音	味	體
青	木	孟春	太皞	勾芒	東方	角	酸	脾
赤	火	孟夏	炎帝	祝融	南方	徵	苦	肺
黃	土	季夏	黃帝	四方 之神	中央	宮	甘	心
白	金	孟秋	少皞	蓐收	西方	商	辛	肝
黑	水	孟冬	顓頊	玄冥	北方	羽	鹹	腎

表格二：脂批「眼」與「目」[註1]

回　數	批　語	備　註
一	數足，偏遺我，「不堪入選」句中透出心眼。（頁 5）	心眼
	若云雪芹披閱增刪，然後開卷至此這一篇楔子又係誰撰？足見作者之筆，狹猾之甚。後文如此處者不少。這正是作者用畫家煙雲糢糊處，觀者萬不可被作者瞞蔽了去，方是巨眼。（頁 12）	巨眼
	這是畫家煙雲糢糊處，不被蒙蔽，方為巨眼。（頁 12）	巨眼
	知眼淚還債，大都作者一人耳。余亦知此意，但不能說得出。（頁 19）	眼淚

[註1] 表格頁碼皆出自陳慶浩編著：《新編石頭記脂硯齋評語輯校》增訂本（臺北：聯經，2018 年）。

	八個字屈死多少英雄？屈死多少忠臣孝子？屈死多少仁人志士？屈死多少詞客騷人？今又被作者將此一把眼淚灑與閨閣之中，見得裙釵尚遭逢此數，況天下之男子乎？看他所寫開卷之第一個女子便用此二語以定終身，則知託言寓意之旨，誰謂獨寄興於一「情」字耶。武侯之三分，武穆之二帝，二賢之恨，及今不盡，況今之草芥乎？家國君父事有大小之殊，其理其運其數則略無差異。知運知數者則必諒而後嘆也。（頁22）	眼淚
	更好。這便是真正情理之文。可笑近之小說中滿紙羞花閉月等字。這是雨村目中，又不與後之人相似。（頁25）	目中
	前用二玉合傳，今用二寶合傳，自是書中正眼。（頁27）	正眼
	伏筆，作巨眼語，妙！（頁27）	巨眼
二	此回亦非正文本旨，只在冷子興一人，即俗語所謂冷中出熱、無中生有也。其演說榮府一篇者，蓋因族大人多，若從作者筆下一一取出，盡一二回不能得明，則成何文字？故借用冷字一人，略出其大半，使閱者心中已有一榮府隱隱在心。然後用黛玉寶釵等兩三次皴染，則耀然於心中眼中矣。此即畫家三染法也。（頁35）	心中眼中
	通靈寶玉于士隱夢中一出，今于子興口中一出，閱者已洞然矣；然後于黛玉寶釵二人目中極精極細一描，則是文章鎖合處。蓋不肯一筆直下，有若放閘之水、然信之爆，使其精華一泄而無餘也。究竟此玉原應出自釵黛目中，方有照應。今預從子興口中說出，實雖寫而卻未寫。觀其後文，可知此一回則是虛敲傍擊之文，筆則是反逆隱曲之筆。（頁36）	目中
	余批重出。余閱此書，偶有所得，即筆錄之。非從首至尾閱過復從首加批者，故偶有復處。且諸公之批，自是諸公眼界；脂齋之批，亦有脂齋取樂處。後每一閱，亦必有一語半言，重加批評於側，故又有於前後照應之說等批。（頁38）	眼界
	好極。與英蓮「有命無運」四字遙遙相映射。蓮、主也，杏、僕也，今蓮反無運，而杏則兩全，可知世人原在運數，不在眼下之高低也。此則大有深意存焉。（頁39）	眼下
	畢竟雨村還是俗眼，只能識得阿鳳寶玉黛玉等未覺之先，卻不識得既證之後。（頁44）	俗眼
	如何只以釋老二號為譬，略不敢及我先師儒聖等人，余則不敢以頑劣目之。（頁51）	目之
三	二字觸目淒涼之至。（頁55）	觸目
	我為你持戒，我為你吃齋；我為你百行百計不舒懷，我為你淚眼愁眉難解。無人處，自疑猜，生怕那慧性靈心偷改。（頁55）	淚眼

寶玉通靈可愛，天生有眼堪穿。萬年幸一遇仙緣，從此春光美滿。隨時喜怒哀樂，遠卻離合悲歡。地久天長香影連，可意方舒心眼。（頁55）	天生有眼
寶玉含來是補天之餘，落地已久，得地氣收藏，因人而現。其性質內陽外陰，其形體光白溫潤，天生有眼可穿，故名曰保玉，將欲得者盡皆保愛此玉之意也。（頁55）	天生有眼
以下寫寧（榮）國府第，總借黛玉一雙俊眼中傳來。非黛玉之眼，也不得如此細密週詳。（頁60）	俊眼
書中人目太繁，故明註一筆，使觀者省眼。（頁62）	省眼
從黛玉眼中寫三人。（頁62）	眼中
為黛玉寫照。眾人目中，只此一句足矣。（頁64）	目中
從眾人目中寫黛玉。草胎卉質，豈能勝物耶？想其衣裙皆不得不免強支持者也。（頁64）	目中
非如此眼，非如此眉，不得為熙鳳，作者讀過麻衣相法。（頁67）	眼
總為黛玉眼中寫出。（頁70）	眼中
黛玉之心機眼力。（頁71）	眼力
借黛玉眼寫三等使婢。（頁74）	眼
寫黛玉心到眼到，儕夫但云為賈府敘坐位，豈不可笑。（頁75）	心到眼到
三字有神。此處則一色舊的，可知前正室中亦非家常之用度也。可笑近之小說中，不論何處，則曰商彝周鼎、綉幙珠簾、孔雀屏、芙蓉褥等樣字眼。（頁75）	字眼
近聞一俗笑語云：一庄農人進京回家，眾人問曰：「你進京去可見些個世面否？」庄人曰：「連皇帝老爺都見了。」眾罕然問曰：「皇帝如何景況？」庄人曰：「皇帝左手拿一金元寶，右手拿一銀元寶，馬上稍着一口袋人參，行動人參不離口。一時要屙屎了，連擦屁股都用的是鵝黃緞子，所以京中掏茅廁的人都富貴無比。」試思凡稗官寫富貴字眼者，悉皆庄農進京之一流也。蓋此時彼實未身經目覩，所言皆在情理之外焉。又如人嘲作詩者亦往往愛說富麗語，故有「脛骨變成金玳瑁，眼睛嵌作碧璃琉」之誚。余自是評《石頭記》，非鄙棄前人也。（頁75）	富貴字眼、眼睛
不寫黛玉眼中之寶玉，卻先寫黛玉心中已畢有一寶玉矣，幻妙之至。（只）自冷子興口中之後，余已極思欲一見，及今尚未得見，狡猾之至。（頁78）	眼中
又從寶玉目中細寫一黛玉，直畫一美人圖。（頁83）	目中
奇目妙目，奇想妙想。（頁83）	奇目妙目
至此八句是寶玉眼中。（頁83）	眼中

	此十句定評，直抵一賦。 不寫衣裙粧飾，正是寶玉眼中不屑之物，故不曾看見。黛玉之居止容貌亦是寶玉眼中看，心中評；若不是寶玉，斷不能知黛玉終是何等品貌。（頁 84）	眼中
	奇極怪極，癡極愚極，焉得怪人目為癡哉。（頁 86）	目為
	天生帶來美玉有現成可穿之眼，豈不可愛，豈不可惜。（頁 90）	眼
四	請君着眼護官符，把筆悲傷說世途。作者淚痕同我淚，燕山仍舊竇公無。（頁 91）	着眼
	新鮮字眼。（頁 94）	字眼
	可憐可嘆，可恨可氣，變作一把眼淚也。（頁 95）	眼淚
	作者要容貌勢力，要說情，要說幻，又要說小人之居心，豪強之脫大，了結前文舊案，鋪設後文根基，點明英蓮，收緒寶釵等等諸色：只借先之沙彌，今日門子之口層層緒來。真是大悲菩薩，千手千眼一時轉動，毫無遺露。可見具大光明者，故無難事，誠然。（頁 101）	千手千眼
	使雨村一評，方補足上半回之題目。所謂此書有繁處愈繁，省中愈省；又有不怕繁中繁，只有繁中虛；不畏省中省，只要省中實。此則省中實也。（頁 102）	題目
五	此句定評，想世人目中各有所取也。按黛玉寶釵二人，一如姣花，一如纖柳，各極其妙者，然世人性分甘苦不同之故耳。（頁 114）	目中
	如此反謂愚痴，蓋從世人眼中寫出。（頁 115）	眼中
	這是作者真正一把眼淚。（頁 127）	眼淚
	警幻是個極會看戲人。近之大老觀戲必先翻閱角本，目覩其詞，耳聽彼歌，卻從警幻處學來。（頁 128）	目覩
六	風流真假一般看，借貸親疏觸眼酸。總是幻情無了處，銀燈挑盡淚漫漫。（頁 138）	眼酸
	如何想來，合眼如見。（頁 144）	合眼如見
	着眼。這也是書中一要緊人，「紅樓夢」曲內雖未見有名，想亦在副冊內者也。（頁 147）	着眼
	是劉姥姥頭目。（頁 148）	頭目
	俱從劉姥姥目中看出。（頁 148）	目中
	從劉姥姥心目中略一寫，非平兒正傳。（頁 149）	心目中
	從劉姥姥心目中設譬擬想，真是鏡花水月。（頁 149）	心目中
	妙，卻是從劉姥姥身邊目中寫來。度至下回。（頁 153）	身邊目中

	又一笑，凡六。自劉姥姥來凡笑五次，寫得阿鳳乖滑伶俐，合眼如立在前。若會說話之人便聽他說了，阿鳳厲害處正在此。問看官常有將挪移借貸已說明白了，彼仍推聾粧啞，這人為阿鳳若何。呵呵，一嘆！（頁153～154）	合眼
	與前眼色真對，可見文章中無一個閒字。為財勢一哭。（頁155）	眼色
七	以花為藥，可是吃烟火人想得出者，諸公且不必問其事之有無，只據此新奇妙文悅我等心目，便當浮一大白。（頁162）	心目
	妙名。賈府四釵之環，暗以琴棋書畫四字列名，省力之甚，醒目之甚，却是俗中不俗處。（頁164）	醒目
	攢花簇錦文字，故使人耳目眩亂。（頁167）	耳目眩亂
	「和林姑娘」四字着眼。（頁169）	着眼
	着眼。（頁170）	着眼
	設云秦鐘。古詩云：「未嫁先名玉，來時本姓秦」，二語便是此書大綱目、大比托、大諷刺處。（頁172）	大綱目
	「不浮」二字妙，秦卿目中所取止在此。（頁173）	目中所取
	這二句是貶，不是獎。此八字遮飾過多少魑魅魍綺，秦卿目中所鄙者。（頁173）	目中所鄙
	眼見得二人一身一體矣。（頁174）	眼見
	眼。（頁174）	眼
	忽接此焦大一段，真可驚心駭目，一字化一淚，一淚化一血珠。（頁176）	驚心駭目
八	此則神情盡在煙飛水逝之間，一展眼便失於千里矣。（頁183）	展眼
	「一面」二字，口中眼中，神情俱到。（頁183）	口中眼中
	請諸公掩卷合目想其神理，想其坐立之勢，想寶釵面上口中，真妙。（頁185）	掩卷合目
	補出素日眼中雖見而實未留心。（頁185）	眼中
	「芳齡永繼」又與「仙壽恆昌」一對。請合而讀之。問諸公歷來小說中，可有如此可巧奇妙之文，以換新眼目。（頁186）	眼目
	着眼。若不是寶卿說出，竟不知玉卿日就何業。（頁191）	着眼
九	這纔是寶玉的本來面目。（頁205）	本來面目
	此以俗眼讀石頭記也，作者之意又豈是俗人所能知。余謂石頭記不得與俗人讀。（頁207）	俗眼
十	眼前竟像不知者。（頁217）	眼前
	金氏何面目再見江東父老？然而如金氏者，世不乏其人。（頁218）	面目

	將寫可卿之好事多慮，至於天生之文中，轉出好清靜之一番議論，清新醒目，立見不凡。（頁 218）	清新醒目
	欲速可卿之死，故先有惡奴之凶頑，而後及以秦鐘來告，層層尅入，點露其用心過當，種種文章逼之。雖貧女得居富室，諸凡遂心，終有不能不夭亡之道。我不知作者於着筆時何等妙心繡口，能道此無碍法語，令人不禁眼花瞭亂。（頁 219）	眼花撩亂
十一	點明題目。（頁 222）	題目
十二	反文着眼。（頁 226）	着眼
	好題目。（頁 230）	題目
	好大題目。（頁 231）	題目
十三	借可卿之死，又寫出情之變態，上下大小男女老少，無非情感而生情。且又藉鳳姐之夢，更化就幻空中一片貼切之情，所謂寂然不動，感而遂通。所感之象，所動之萌，深淺誠偽，隨種必報，所謂幻者此也，情者亦此也。何非幻，何非情，情即是幻，幻即是情，明眼者自見。（頁 253）	明眼者
十五	寶玉謁北靜王辭對神色，方露出本來面目，迥非在閨閣中之形景。（頁 264）	本來面目
	秦智幽情，忽寫寶秦事云，不知「算何賬目，未見真切，不曾記得，此係疑案，不敢纂創」是不落套中，且省卻多少累贅筆墨。昔安南國使有題一丈紅句云：「五尺牆頭遮不得，留將一半與人看」。（頁 264）	賬目
	妙極。開口便是西崑體，寶玉聞之，寧不刮目哉。（頁 265）	刮目
	凡膏粱子弟齊來着眼。（頁 267）	着眼
	大凡創業之人，無有不為子孫深謀至細。奈後輩仗一時之榮顯，猶為不足，另生枝葉，雖華麗過先，奈不常保，亦足可嘆——爭及先人之常保其朴哉。近世浮華子弟齊來著眼。（頁 269）	著眼
	石頭記總于沒要緊處閑三二筆，寫正文筋骨，看官當用巨眼，不為彼瞞過方好。壬午季春。（頁 269）	巨眼
十六	字眼，留神。亦人之常情。（頁 280）	字眼
	眼前多少文字不寫，卻從外人意外撰出一段悲傷，是別人不屑寫者，亦別人之不能處。（頁 281）	眼前
	一段平兒的見識作用，不枉阿鳳生平刮目，又伏下多少後文，補盡前文未到。（頁 287）	刮目
	二字醒眼之極，卻只如此寫來。（頁 289）	醒眼
	「忙」字最要緊，特於阿鳳口中出此字，可知是關鉅要，是書中正眼矣。（頁 289）	正眼
	甄家正是大關鍵大節目，勿作泛泛口頭語看。（頁 293）	大節目

	目覩蕭條景況。（頁 299）	目覩
	大凡有勢者未嘗有意欺人。奈群小蜂起，浸潤左右，伏首下氣，奴顏悲膝，或激或順，不計事之可否，以要一時之利。有勢者自任豪爽，鬥露才華，未審利害，高下其手，偶有成就，一試再試，習以為常，則物理人情皆所不論。又財貨豐餘，衣食無憂，則所樂者必曠世所無。要其必獲，一笑百萬，是所不惜。其不知排場已立，收斂實難，從此勉強，至成蹇窘，時衰運敗，百計顛翻。昔年豪爽，今朝指背。此千古英雄同一慨歎者。大抵作者發大慈大悲願，欲諸公開巨眼，得見毫微，塞本窮源，以成無礙極樂之至意也。（頁 303）	巨眼
十七	花樣週全之極。然必用下文者，正是作者無聊，撰出新異筆墨，使觀者眼目一新。所謂集小說之大成，遊戲筆墨，雕蟲之技無所不備，可謂善戲者矣。又供諸人同學一戲，妙極。（頁 323）	耳目一新
十八	一物珍藏見至情，豪華每向鬧中爭。黛林寶薛傳佳句，豪宴仙緣留趣名。為剪荷包綰兩意，屈從優女結三生。可憐轉眼皆虛話，雲自飄飄月自明。（頁 327）	轉眼
	元春目中。（頁 334）	目中
	石頭記慣用特犯不犯之筆，真令人驚心駭目讀之。（頁 335）	驚心駭目
	故意留下秋爽齋、凸碧山堂、凹晶溪館、暖香塢等處，為後文另換眼目之地步。（頁 339）	眼目
	按近之俗語云：「寧養千軍，不養一戲。」蓋甚言優伶之不可養之意也。大抵一班之中，此一人技業稍優出眾，此一人則拿腔作勢轄眾恃能，種種可惡，使主人逐之不捨，責之不可，雖不欲不憐而實不能不憐，雖欲不愛而實不能不愛。余歷梨園弟子廣矣，個個皆然。亦曾與慣養梨園諸世家兄弟談議及此，眾皆知其事，而皆不能言。今閱石頭記至「原非本角之戲，執意不作」二語，便見其恃能壓眾，喬酸姣妒，淋漓滿紙矣。復至「情悟梨香院」一回，更將和盤托出，與余三十年前目睹身親之人，現形於紙上。使言石頭記之為書，情之至極，言之至恰，然非領略過乃事，迷陷過乃情，即觀此茫然嚼蠟，亦不知其神妙也。（頁 349）	目睹身親
	此回鋪排，非身經歷，開巨眼，伸文筆，則必有所滯罣牽強，豈能如此觸處成趣，立後文之根，足本文之情者。且借象說法，學我佛闡經，代天女散花，以成此奇文妙趣。惟不得與四才子書之作者，同時討論臧否，為可恨恨耳。（頁 351）	巨眼
十九	形容尅剝之至，弋揚腔能事畢矣。閱至此則有如耳內喧嘩，目中離亂。後文至隔牆聞「裊晴絲」數曲，則有如魂隨笛轉，魄逐歌銷。形容一事，一事畢真，石頭是第一能手矣。（頁 353）	目中

	按此書中寫一寶玉，其寶玉之為人，是我輩於書中見而知有此人，實未目曾親覩者。又寫寶玉之發言，每每令人不解；寶玉之生性，件件令人可笑；不獨於世上親見這樣的人不曾，即閱今古所有之小說奇傳中，亦未見這樣的文字。於顰兒處更為甚，其囫圇不解之實可解，可解之中又說不出理路。合目思之，卻如真見一寶玉，真聞此言者，移之第二人萬不可，亦不成文字矣。余閱石頭記中至奇至妙之文，合在寶玉顰兒至癡至呆囫圇不解之語中，其詩詞雅謎酒令奇衣奇食奇文等類，固他書中未能，然在此書中評之，猶為二著。（頁 354～355）	目曾親覩
	八字畫出縴收淚之一女兒，是好形容，且是寶玉眼中意中。（頁 360）	眼中意中
	這樣妙文，何處得來？非目見身行，豈能如此的確。（頁 366）	目見身行
	寶玉目中猶有「明明德」三字，心中猶有「聖人」二字，又素日皆作如是等語，宜乎人人謂之瘋傻不肖。（頁 377）	目中
	「睜眼」。（頁 381）	睜眼
二十	茜雪至「獄神廟」方呈正文。襲人正文標目曰：「花襲人有始有終。」余只見有一次謄清時，與獄神廟慰寶玉等五六稿被借閱者迷失，嘆嘆！丁亥夏，畸笏叟。（頁 393）	標目
	本來面目，斷不可少。（頁 400）	本來面目
	「等着」二字大有神情。看官閉目熟思，方知趣味。非批書人漫擬也。己卯冬夜。（頁 401）	閉目熟思
	可笑近之埜史中，滿紙羞花閉月，鶯啼燕語。殊不知真正美人方有一陋處，如太真之肥，飛燕之瘦，西子之病，若施於別個不美矣。今見咬舌二字加之湘雲，是何大法手眼，敢用此二字哉。不獨不見其陋，且更覺輕俏嬌媚，儼然一嬌憨湘雲立於紙上，掩卷合目思之，其愛厄嬌音如入耳內。然後將滿紙鶯啼燕語之字樣，填糞窖可也。（頁 403）	大法手眼、掩卷合目
	此回文字重作輕抹。得力處是鳳姐拉李嬤嬤去，借環哥彈壓趙姨娘。細致處寶釵為李嬤勸寶玉，安慰環哥，斷喝鶯兒。至急為難處是寶顰論心。無可奈何處是就拿今日天氣比。黛玉冷笑道：「我當誰，原來是他。」冷眼最好看處是寶釵黛玉看鳳姐拉李嬤云這一陣風；玉釧一節。湘雲到，寶玉就走，寶釵笑說等着；湘雲大笑大說；顰兒學咬舌；湘雲念佛跑了數節，可使看官于紙上耳聞目覩其音其形之文。（頁 404）	冷眼、耳聞目覩
二十一	好。前三人，今忽四人，俱是書中正眼，不可少矣。（頁 407）	正眼
	冷眼人傍點，一絲不漏。（頁 409）	冷眼人
	四字包羅許多文章筆墨，不似近之開口便云非諸女子之可比者，此句大壞。然襲人故佳矣，不書此句是大手眼。（頁 411）	大手眼

	淫婦勾人慣加反語，看官着眼。（頁422）	着眼
	著眼，再從前看如何光景。（頁422）	着眼
二十二	四字評倒黛玉，是以特從賈母眼中寫出。（頁430）	眼中
	是賈母眼中之內之想。（頁434）	眼中
	源泉味甘，然後人爭取之，自尋乾涸也；亦如山木，意皆寓人智能聰明多知之害也。……且寶玉有生以來，此身此心為諸女兒應酬不暇，眼前多少現成有益之事尚無暇去作，豈忽然要分心於腐言糟粕之中哉。……（頁436～437）	眼前
	前夜已悟，今夜又悟，二次翻身不出，故一世墮落無成也。不寫出曲文何辭，卻留與寶釵眼中寫出，是交代過節也。（頁440）	眼中
	黛玉說「無關係」，將來必無關係。余正恐顰玉從此一悟則無妙文可看矣。不想顰兒視之為漠然，更曰「無關係」，可知寶玉不能悟也。余心稍慰。蓋寶玉一生行為，顰知最確，故余聞顰語則信而又信，不必寶玉而後證之方信。余云恐他二人一悟則無妙文可看，然欲為開我懷，為醒我目，卻願他二人永墮迷津，生出孽障，余心甚不公矣。世云損人利己者，余此願是矣，試思之可發一笑。今自呈於此，亦可為後人一笑，以助茶前酒後之興耳。而今後天地間豈不又添一趣談乎。凡書皆以趣談讀去，其理自明，其趣自得矣。（頁441）	為醒我目
	出自寶釵目中，正是大關鍵處。（頁442）	目中
	作者倍菩提心，捉筆現身說法，每於言外警人，再三再四。而讀者但以小說鼓詞目之，則大罪過。其先以「莊子」為引，己曲句作醒悟之語，以警覺世人；猶恐不入，再以燈謎試伸致意，自解自嘆，以不成寐為言。其用心之切之誠，讀者忍不留心而慢忽之耶。（頁449）	目之
二十四	「光棍眼內揉不下砂子」是也。（頁467）	眼內
	作者是何神聖，具此種大光明眼，無微不照。（頁469）	大光明眼
	與賈芸目中所見不差。（頁473）	目中
	好。有眼色。（頁474）	眼色
	冷暖時，只自知，金剛卜氏渾閑事。眼中心，言中意，三生舊債原無底。任你貴比王侯，任你富似郭石，一時間，風流願，不怕死。（頁476）	眼中心
二十五	必云展眼過了一日者，是反襯紅玉「捱一刻似一夏」也，知乎？（頁479）	展眼
	一段無倫無理信口開河的渾話，卻句句都是耳聞目覩者，並非杜撰而有。作者與余實實經過。（頁483）	耳聞目覩
	這是妬心，正題目。（頁484）	題目

	所謂狐群狗黨，大家難免，看官着眼。（頁485）	着眼
	寶玉乃賊婆之寄名兒，況阿鳳乎。三姑六婆之害如此。即賈母之神明，在所不免，其他只知吃齋念佛之夫人太君，豈能防範得來，此作者一片婆心，不避嫌疑，特為寫出。看官再四着眼，吾家兒孫慎之戒之。（頁486）	着眼
	忙中寫閑，真大手眼，大章法。（頁490）	大手眼
	石皆能迷，可知其害不小。觀者着眼，方可讀石頭記。（頁493）	着眼
二十六	從傍人眼中口中出，妙極。（頁497）	眼中口中
	傷哉，展眼便紅稀綠瘦矣，嘆嘆。（頁502）	展演
	前寫不敢正眼，今又如此寫，是用茶來，有心人故留此神，於接茶時站起，方不突然。（頁504）	正眼
	「水滸」文法，用的恰當，是芸哥眼中也。（頁504）	眼中
	寄食者着眼，況颦兒何等人乎。（頁514）	着眼
	怡紅院見賈芸，寶玉心內似有如無，賈芸眼中應接不暇。（頁515）	眼中
二十七	是論物是論人，看官着眼。（頁528）	着眼
二十八	哄人字眼。（頁535）	字眼
	「情情」本來面目也。（頁537）	本來面目
	冷眼人自然了了。（頁542）	冷眼人
	字眼。（頁542）	字眼
	此處表明以後二寶文章，宜換眼看。（頁547）	換眼
三十二	何等神佛開慧眼照見眾生孽障，為現此錦繡文章，說此上乘功德法。（頁555）	慧眼
三十四	有這樣一段話，方不沒滅颦兒之痛哭眼腫，英雄失足，每每至死不改，皆猶此耳。（頁562）	痛哭眼腫
	自己眼腫為誰？偏是以此笑人，笑人世間人多犯此症。（頁565）	眼腫
三十六	忽加「我的寶玉」四字，愈令人墮淚。加「我的」二字者，是明顯襲人是彼的。然彼的何如此好，我的何如此不好，又氣又愧，寶玉罪有萬重矣。作者有多少眼淚寫此一句，觀者又不知有多少眼淚也。（頁571）	眼淚
	觸眼偏生碍，多心偏是痴。萬魔隨事起，何日是完時？（頁572）	觸眼
三十七	真正好題，妙在未起詩社，先得了題目。（頁579）	題目
	好極，高情巨眼能幾人哉，正「一鳥不鳴山更幽」也。（頁581）	巨眼

三十九	分明幾回沒寫到賈璉，今忽閑中一語，便補得賈璉這邊天天熱鬧，令人卻如看見聽見一般，所謂不寫之寫也。劉姥姥眼中耳中，又一番識面，奇妙之甚。（頁 595）	眼中耳中
	奇奇怪怪文章，在劉姥姥眼中以為阿鳳至尊至貴，普天下人都該站着說，阿鳳獨坐才是，如何今見阿鳳獨站哉。真妙文字。（頁 596）	眼中
四十一	尚記丁巳春日，謝園送茶乎？展眼二十年矣！丁丑仲春，畸笏。（頁 603）	展眼
四十二	觸目驚心，請自回思。（頁 608）	觸目驚心
四十三	點明題目。（頁 612）	題目
四十六	余按此一算，亦是十二釵，真鏡中花，水中月，雲中豹，林中之鳥，穴中之鼠，無數可考，無人可指，有跡可追，有形可據，九曲八折，遠響近影，迷離烟灼，縱橫隱現，千奇百怪，眩目移神，現千手千眼大遊戲法也。脂硯齋。（頁 627）	眩目移神、千手千眼
	只鴛鴦一家，寫的榮府中人各有各職，如目已睹。（頁 627）	如目已睹
四十九	寶琴許配梅門，於敘事內先逗一筆，後方不突然。此等法脈，識者着眼。（頁 636）	着眼
五十	看他又寫出一處，從起至末一筆一部之文，也有千萬筆成一部之文，也有一二筆成一部之文也。有如「試才」一回，起若都說完，以後則索然無味，故留此幾處以為後文之點染也。此方活潑不板，耳目屢新。（頁 640）	耳目屢新
五十三	「除夕祭宗祠」一題極博大，「元宵開夜宴」一題極富麗，擬此二題於一回中，早令人驚心動魄，不知措手處。乃作者偏就寶琴眼中欵欵敘來，首敘院宇匾對，次敘抱廈匾對，後敘正堂匾對，字字古艷。檻以外檻以內是男女分界處，儀門以外儀門以內是主僕分界處，獻帛獻爵擇其人，應昭應穆從其諱，是一篇絕大典制文字。最高妙是神主「看不真切」一句，最苦心是用賈蓉為檻邊傳疏人，用賈芷等為儀門傳疏人，體貼入細。噫，文心至此，脈絕血枯矣，誰是知音者。（頁 647）	眼中
五十四	讀此回者凡三變。不善讀者徒讚其如何演戲，如何行令，如何挂花燈，如何放爆竹，目眩耳聾，接應不暇。少解讀者讚其座次有倫，巡酒有度，從演戲渡至女先兒，從女先渡至鳳姐，從鳳姐渡至行令，從行令渡至放燈炮，脫卸下來，井然秩然不亂。會讀者須另具卓識，單著眼史太君一夕話，將普天下不盡理之奇文，不近情之妙作，一齊抹倒。是作者借他人酒杯，消自己塊壘，畫一幅行樂圖，鑄一面菱花鏡，為全部總評。噫，作者已逝，聖嘆云亡，愚不自諒，輒擬數語，知我罪我，其聽之矣。（頁 651）	目眩耳聾、著眼

六十五	筆筆敘二姐溫柔和順，高鳳姐十倍，言語行事，勝鳳姐五分，堪為賈璉二房，所以深著鳳姐不念宗祠血食，為賈宅第一罪人，綱目書法。（頁672）	綱目
七十二	是太監眼中看，心中評。（頁687）	眼中
七十三	險極，妙極。榮府堂堂詩禮之家，且大觀園又何等嚴肅清幽之地。金閨玉閣尚有此等穢物，天下淺閑浦募之家寧不慎乎。雖然，但此等偏出大家世族之中者。蓋因其房寶香宵，嬠婢混雜，烏保其個個守禮持節哉。此正為大家世族而告戒。其淺閑浦募之處，母女主婢日夕耳鬢交磨，一止一動悉在耳目之中，又何必諄諄再四焉。（頁690）	耳目
	殺殺殺殺，此輩崇生離異，余因實受其蠱。今讀此文直欲拔劍劈紙，又不知作者多少眼淚洒出此回也。又問不知如何顧恤些，又不知有何可顧恤之處，直令人不解。愚奴賤婢之言，酷肖之至。（頁692）	眼淚
	一篇姦盜淫邪文字，反以四子五經公羊穀梁秦漢諸作起，以太上感應篇結，後何心哉。他深見「書中自有黃金屋」、「書中有女美如玉」等語，誤盡天下蒼生，而大奸大盜皆從此出，故特作此一起結，為五陰濁世頂門一聲棒喝也。眼空似箕，筆大如椽，何得以尋行數墨繩之。（頁693）	眼空似箕
七十四	音神之至，所謂魂早離舍矣，將死之兆也。若俗筆必云十分粧飾，今云不自在，想無掛心之態，更不入王夫人之眼也。（頁696）	眼
七十七	一段神奇鬼訝之文，不知從何想來。王夫人從來未理家務，豈不一木偶哉。且前文隱隱約約已有無限口舌，浸潤之譖，原非一日矣，若無此一番更變，不獨終無散場之局，且亦大不近乎情理。況此亦是余舊日目觀親聞，作者身歷之現成文字，非搜造而成者，故迥不與小說之離合悲棄臼相對。想遭零落之大族兒子見此，雖事有各殊，然其想理似亦有默契於心者焉。此一段不獨批此，直從「抄檢大觀園」及賈母對月興盡生悲，皆可附者也。（頁710）	目觀親聞
七十九	作誄後，黛玉飄然而至，增一番感慨；及說至迎春事，遂飄然而去。作詞後，香菱飄然而至，增一番感慨；及說至薛蟠事，遂飄然而去。一點一逗，為下文引線。且二段俱以「正經事」三字作眼，而正經裏更有大不正經者。在文家固無一呆字死句。（頁725）	眼
八十	凡迎春之文皆從寶玉眼中寫出。前「悔娶河東獅」是實寫，「誤嫁中山狼」，出迎春口中可為虛寫。以虛虛實實變幻體格，各盡其法。（頁730）	眼中